作者简介

高春燕 佳木斯大学人文学院副教授，中文系主任。古代文学硕士。研究方向：中国古代文学及中国传统文化。佳木斯市政府特聘研究员；省级中小学教师培训首席专家；硕士生导师。发表论文26篇；编写教材6部。

中国
社科

大学经典文库

唐诗类型的文化阐释

高春燕／著

九州出版社
JIUZHOUPRESS

图书在版编目（CIP）数据

唐诗类型的文化阐释 / 高春燕著. -- 北京：九州出版社，2016.7

ISBN 978-7-5108-4550-5

Ⅰ.①唐… Ⅱ.①高… Ⅲ.①唐诗—诗歌研究 Ⅳ.①I207.22

中国版本图书馆 CIP 数据核字（2016）第 165360 号

唐诗类型的文化阐释

作　　者　高春燕　著
出版发行　九州出版社
地　　址　北京市西城区阜外大街甲 35 号（100037）
发行电话　（010）68992190/3/5/6
网　　址　www.jiuzhoupress.com
电子信箱　jiuzhou@jiuzhoupress.com
印　　刷　北京天正元印务有限公司
开　　本　710 毫米×1000 毫米　16 开
印　　张　14
字　　数　187 千字
版　　次　2016 年 8 月第 1 版
印　　次　2016 年 8 月第 1 次印刷
书　　号　ISBN 978-7-5108-4550-5
定　　价　68.00 元

前　言

我国是一个诗歌的国度，尤其是唐代近三百年间，诗歌达到鼎盛，名家辈出，流派纷呈，体裁全备。从初唐的陈子昂，到盛唐的王维、李白、杜甫、孟浩然、高适、岑参，中唐的白居易、元稹、刘禹锡、李贺，至晚唐的杜牧、李商隐等等，都为人们呈献上许多优秀的诗篇，拨动了一代又一代人们的心弦，影响久远而巨大。面对浩如烟海的唐诗，抄录、印刷、阅读显然是困难的，普及和流播更是不易，选本就应运而生了。从唐代殷璠的《河岳英灵集》开始，千余年间，历代都有唐诗选本，人们读之诵之，从中汲取养分，陶冶情操，滋养性灵，提高素养。

中国现存第一部诗文总集《文选》采取了分体、类编、系时三者相结合的编排方式，萧统在《文选序》中对此有明确表述：次文之体，各以汇聚。诗赋体既不一，又以类分。类分之中，各以时代相次。《文选》的编撰体例对后世产生了重大影响，一些大型的诗文总集如《文馆词林》、《文苑英华》、《唐文粹》等，完全效仿这种体例。类编诗文集对于文学创作的作用不仅限于简单地提供材料和范本。作为古人对于文学作品特别是诗歌进行主题学研究的初步成果，将相同题材的诗作依次排列，有助于学诗者辨析异同，更好地了解诗歌的深层意蕴与演变规律，明了作者为文之用心，从而“以故为新”甚至推陈出新。

我们进行诗歌鉴赏的时候，寻找想读的诗大约借助两种方式：一是以诗人为目标的方式,诸如杜甫、陶渊明,或是特定的诗人,或是喜欢的某一类型的诗人,翻读该诗人的别集或选集即可进行;在此基础上更进一步,便是以时代为目标的阅读方法。但要广泛搜求与当时心情相适应的诗,则必须要按照诗的主题进行寻找。这既是中国古典诗歌的习惯性划分方法,也是中国古典诗歌的普及渐次正规化的反映。

刘勰在《文心雕龙》中说:“文之为德也,大矣。与天地并生者何哉!”若依刘勰的见解论之,诗,犹如成文(文样、图案)的织物,是以天地万物为经,以诗人之心为纬织出的文样。此时,与其将诗人比做纺织手——这样比较接近事实——不如将诗人放于更为辽远的天地之间,这恐怕更接近刘勰见解的核心。而这天与地的一个个文样,便是诗的主题。

本书继承了中国传统的分类方式将唐代三百年的诗歌以主题和题材为依据分类阐述,分为唐代叙事诗、山水田园诗、边塞诗、离别诗、爱情诗、咏怀咏史诗、酬唱诗七种主要的题材类型进行分别梳理和文化阐释。针对每种题材探究其渊源,分析其在唐代产生的新变,阶段性地梳理出其在文学史上的发展脉络,以便于读者对不同的诗歌题材有整体宏观的把握。徜徉于诗的世界,感受发现佳篇秀句的欣喜,那是一种无法替代的享受。希望这本书能够使读者拓展阅读视野,增强阅读能力,并能从中感受我国古典诗歌的丰茂华赡,体会中华优秀传统的博大精深。

由于水平所限,书中定有不少错误与疏漏,恳请各位专家学者给予批评指正!

目　录

CONTENTS

第一章

唐诗概说

诗歌是中国文学史上最为古老的文学样式之一，我国古典诗歌的发展是从《诗经》、楚辞开始经过漫长的演变历程，到唐代登上了繁荣的顶峰。唐代诗歌创作空前绝后，仅目前留存下来的唐人诗作就有五万余首，有姓名可考的作者多达两千多人。唐代诗坛不仅有李白、杜甫、白居易、韩愈这样千古宗仰，中外驰名的大师，还有初唐四杰（王勃、杨炯、卢照邻、骆宾王）、王维、孟浩然、李贺等数十位在文学史上独自成家、开宗立派的诗人。唐代诗歌题材内容的丰富，体制形式的齐备，艺术表现的动人，风格流派的纷繁，影响后世的深远，这一切都标志着诗歌创作的全面成熟。唐诗的确是当之无愧的人类艺术文化的瑰宝和中华民族的骄傲。

第一节　唐诗繁荣的表现

自三国到南北朝长达近四百年间，是中国历史上的大屠杀、大混战、大融合、大交流的时期。在这一背景下汉族和其他民族融合同化，外来的宗教、哲学、艺术以及物产各方面的输入，无论在物质还是精神方面，都加入了一些新成分，形成了这一阶段文化生活的新特色。公元 581 年隋文帝杨坚把这个外在的混乱局面加以统一,在汉族与其他民族融和的基础上成立中央集权的政府。如果能在久乱之后,进一步采取一些休养生息的措施,隋帝国的命运是不会短促的。可是到了隋炀帝时期形成残酷剥削人民、阶级矛盾极其尖锐的局面,于是那基础本不稳固的隋帝国便很快地断送了。隋帝国如昙花一现,在这种情势下,要想在政治文化的建设上创造出巨大的成就,就不得不待之于继隋而起的唐朝。

唐朝从历史上接受了"以古为鉴"的教训,不得不采取一系列安定社会,发展经济的积极措施来缓和阶级矛盾。建国不久就出现了政治稳定,经济繁荣,疆土扩大的局面。文学在这种情况下也就出现了前所未有的欣荣局面,唐代文学的繁荣主要体现在四种文学样式方面:唐代诗歌、唐代散文、唐传奇、唐五代词。而这其中最能代表唐代文学成就的应属唐诗。唐诗不仅是唐代文学繁荣的主要标志,它也标志着我国古典诗歌发展的高峰。

一、唐代诗歌和诗人数量

中国古典诗歌从最早的《诗三百》到唐代诗歌的发展可谓历史悠久,源远流长,而唐代是诗歌发展的顶峰时期。唐代不到三百年的时间中,遗留下来的诗歌就将近五万首。这是从西周到南北朝一千六七百年中遗留下的诗篇数目的三倍,独具风格的著名诗人约有五十多人,这也超过战国到南北朝著名诗人的总和。彭定求等人编著的《全唐诗》共收录48000首唐诗。日本人平冈武夫用电脑统计诗歌有49475首,诗人2955人。可见数量之多。唐代不仅有李白、杜甫这样的伟大诗人,还有王维、白居易、李贺、李商隐、杜牧等一大批优秀的诗人。唐诗的一般水平超过了中国历史上任何一个朝代。诗歌的思想性、艺术性达到了很高的程度,再加上题材、形式和流派的多样性,使唐代成为中国古典诗歌的全盛时期。明代胡应麟说:"甚矣,诗之盛于唐也!其体,则三、四、五言,六、七、杂言,乐府,歌行,近体,绝句,靡弗备矣。其格,则高卑、远近、浓淡、浅深、巨细、精粗、巧拙、强弱,靡弗具矣。其调,则飘逸、浑雄、沉深、博大、绮丽、幽娴、新奇、猥琐,靡弗诣矣。其人,则帝王、将相、朝士、布衣、童子、妇人、缁流、羽客,靡弗预矣。"这段话说明了唐诗全面发展的情况及其普及的程度。鲁迅给杨霁云先生的一封信中说:"我以为一切好诗到唐已被做完。此后倘非能翻出如来掌心之齐天大圣,大可不必动手。"这是近代文豪鲁迅对唐诗的高度评价。王国维先生说:"凡一代有一代之文学,楚之骚、汉之赋、六代之骈语、唐之诗、宋之词、元之曲,皆所谓一代文学,而后世莫能继焉者也。"

二、唐代诗歌成就

第一,唐诗体裁齐备。有绝句(五绝、七绝)、律诗(五律、七律)、古体诗(五言、七言)、乐府诗等。

第二,唐代诗人名家辈出。著名诗人有五十多人,如:初唐四杰(王勃、杨炯、卢照邻、骆宾王)、陈子昂、王维、孟浩然、高适、岑参、李白、杜甫(大李杜),盛唐:杜牧、李商隐(小李杜),晚唐:白居易、韩愈、柳宗元、孟郊、贾岛、文章四友、大历十才子等等……

第三,唐代诗歌流派众多。比如较多写山水田园闲适生活的山水田园诗派,盛唐时以王维、孟浩然为代表,中唐时以刘长卿、韦应物为代表。另如较多写边塞征戍生活的边塞诗派,盛唐时以高适、岑参为代表,中唐时以李益为代表。再如伟大的浪漫主义诗人李白,伟大的现实主义诗人杜甫,元白一派(元稹、白居易),韩孟一派(韩愈、孟郊)以及自成一家的柳宗元、刘禹锡、李贺等。这些不同的诗歌流派形成了多种多样的诗歌风格。

第四,唐代诗歌反映的生活容量也相当丰富。比如"初唐四杰"的诗歌或表现从军报国的壮志,或揭发贵族生活的荒淫空虚,或抒发自己怀才不遇的悲愤,题材内容扩大了,思想感情也开始变化了。再如边塞诗人在诗歌中表现将士们从军报国的英雄气概,不畏边塞艰苦的乐观精神,也揭露了将士之间苦乐悬殊的不合理现象，当然他们的诗歌中也描绘了雄奇壮丽的边塞风光。他如李白的诗歌中表现了追求光明理想，抨击黑暗现实，极度蔑视腐朽无能的权贵人物等等。可以说“千汇万状”的作品从各方面表现了唐朝伟大而变动的时代。

第二节　唐诗繁荣的原因

唐诗之所以成为“一代之文学”，即它的所以发达是由于当时社会上形成了一种写诗和诵诗的风气，在这种风气的影响下社会各阶层的人大量进行诗歌创作，量的积累最终造成质的飞跃，唐诗繁荣局面的出现也就水到渠成了。那么又是哪些原因造成了写诗和诵诗风气的形成最终导致唐诗繁荣局面的出现呢？我认为无外乎以下七方面的原因。

一、经济繁荣、人民生活较为安定

我们经常说文学发展的社会原因是经济的繁荣，那是因为作家要有相对安定的生活，才能从事创作，如果要尽全力去谋生，他就没有精力或兴致来作文或写诗。鲁迅曾说：“我们且想想，在生活困乏中，一面拉车，一面之乎者也，到底不大便当。古人虽有种田作诗的，那一定不是自己在种田；雇了几个人替他种田，他才能吟他的诗；真要种田，就没有功夫作诗。”（《集外集·文艺与政治的歧途》）另外就读者来说，如果经常挣扎在饥饿线上，也就没有多少时间和精力来诵读了。所以说文学发展要以一定的物质生活条件为前提。但是这也绝不是文学发展的唯一因素，否则便不能说明像清代康、乾两朝经济的繁荣何以不能促进诗歌的发展，反而使诗歌的发展相对停滞不前。这还要从政治和其他方面去考虑和探索，才能得出较正确、全面的结论。

我们先来看唐代的经济状况。由于隋末农民起义，迫使继起的唐王朝在制定政策上不能不有某种程度的改变，生产力得以向前发展，经济才能日趋繁荣。还有，东晋以来，长江流域经济持续地上升，有超过黄河流域的趋势。唐朝承隋之旧，拥有黄河、长江两大流域及岭南诸地，并且不断向西北扩展，比两汉和南北朝的经济力量更加雄厚。由于唐前期农业生产的兴盛，促进唐文学的发展，加上别的方面的原因，才出现了盛唐诗歌空前壮丽的局面。至于后期，主要表现在工商业的发达，特别是商业的兴盛上。但商业兴盛和对农民剥削加重，使农业逐渐衰落。而中晚唐的文学包括诗歌虽然在某些方面有所发展，但总的说是出现了衰落的现象，与这也有一定的关系。

由于农业生产力的兴盛，初唐和盛唐出现了经济繁荣的空前景象。据史料记载：太宗贞观四年（630 年）全国丰收，米价每斗四五钱，马牛被野，人行数千里不赍粮。杜甫《忆昔二首》（之二）说："忆昔开元全盛日，小邑犹藏万家室。稻米流脂秫米白，公私仓廪俱丰实。"因为是作诗，自然不免有所夸张，但所说农业经济发展也是事实。这样的社会经济状况，为诗歌的创作和欣赏提供了必要的物质保证。

二、政治清明，社会秩序相对稳定

唐朝前期的政治清明是唐诗发展的有利条件。高祖在位九年，太宗在位二十三年，高宗和武后四十五年，玄宗开元二十九年，这一百余年是唐朝政治较为开明和朝廷君臣积极有为的时期，特别是太宗用贤纳谏，玄宗励精图治，在中国封建帝王中是特别突出的，武后虽任用酷吏，大兴刑狱，但也能信任贤臣狄仁杰等，所以也使社会秩序较为稳定。对于文学创作也允许表现政治时事，不像魏晋和宋齐以及清朝那样惩治文人。洪迈《容斋续笔》卷二"唐诗无讳避"条说："唐人歌诗其于先世及当时事直辞咏寄，略无避隐，至宫禁嬖昵，非外间所应知者，皆反复极言，而上者亦不以为罪，如白乐天《长恨歌》讽谏诸章，元微之《连昌宫词》，皆为明皇而发,杜子美尤多,……李义山《华清宫》《马嵬》《骊山》《龙池》诸诗亦然,今之诗人不敢尔也。"

三、统治者的提倡

唐朝的帝王比较重视诗歌,如太宗、中宗、玄宗、德宗、文宗、宣宗以及武后都能写诗,并常令词臣相和,一时间写诗蔚然成风,促进了唐诗的发展。再有,唐朝继隋炀帝以后,也以科举取士,科目有秀才、明经、俊士、进士等科,其中明经主要考贴经,进士最先只试策,高宗调露二年(公元680年)加试帖经与杂文,杂文即包括诗赋,唐代的文士也都愿应进士科,杨万里说:"诗至唐而盛,至晚唐而工,盖当时以此设科取士。士皆争竭其心思而为之,故其之后无及焉。时之所尚而患无其才者,非也。"(《黄御史(滔)集序》)所以不可否认唐朝在上者所倡导和以诗取士对唐诗发展有重要的影响。唐朝以诗取士也说明皇帝对诗的重视,朝廷大僚或州郡长官向皇帝推荐和进奏的诗集也不止于省试诗。还有,宪宗极赏白居易的诗,召为翰林学士,元稹也以《连昌宫词》等为穆宗所赏,文学的发展不完全由于在上者的倡导,但在上者的倡导也有不小的影响,因此唐朝以诗取士使广大士人习诗,并在政治上得到了公开的明确承认。

四、科举制度以诗文取士,鼓励了士人的习诗,使诗歌创作得到公开的承认

唐人入仕非由一途,而科举仍要算作最正规的途径。因为科举有定时和限额,还有一套标准的程式,是唐王朝选拔官吏最有效的手段,具有其他方式不可比拟的优越性。从唐代开始,科举制度就成为古代最重要、绵延时间最长的政治制度之一,直至晚清因八股文的积弊,最终废除科举,改兴学校,才算是寿终正寝。但此后不少制度其实仍或多或少地带有科举制度的残留影响。这里我简单介绍一下唐代科举考试的流程:

唐代科举考试中每年都举行的,被称为"岁举",这主要是指进士和

明经两科。其他不少科目虽然号称“常科”，但有的设置一段时间后就停废，有的是后来增设的，有的时停时复、中有间断。因此每年大批举子赴京往往都是来参加进士或明经科考试的。这些考生应举的流程主要有以下几个阶段。

1. 通过学校或乡贡进行初步选拔

《新唐书·选举志》谓：“唐制，取士之科，多因隋旧，然其大要有三：由学馆者曰生徒，由州县者曰乡贡，皆升于有司而进退之。……其天子自诏者曰制举，所以待非常之才焉。”①制举情况比较特殊，不属于常科。就常科而言，生徒和乡贡是考生的两个最主要的来源。

唐代空前发达的社会经济和强盛的国力以及统治者的重视，都为各级学校的发展奠定了良好的基础。唐初高祖李渊初立，即令国子学置学生 72 人，供三品以上高级官员的子弟入学；太学学生 140 人，供五品以上官员子弟入学；四门学生 130 人，供七品以上官员子弟入学。地方上则郡有郡学，县有县学，上郡 60 人，中郡 50 人，下郡 40 人；上县 40 人，中县 30 人，下县 20 人。可见在唐代立国之初，即大力兴办各级学校，设立学官，教授生徒。前述几种学校中，国子学、太学、四门学三所专门性的学校和律学、书学、算学，合称六学，隶属于最高学府国子监。玄宗开元后期，又设立了广文馆，也属国子监。

另外还有弘文馆、崇文馆二馆，是级别更高、入学资格要求更严的两所学校。这些都是中央朝廷直属的学校。到唐太宗时期，大征天下儒士为学官，扩大了学校的规模，命颜师古、孔颖达等考定五经、修撰《五经正义》等儒家经典，学校教育由此得到更大的发展，王定保《唐摭言》载：“贞观五年以后，太宗数幸国学，遂增筑学舍一千二百间，增置学生凡三千二百六十员。无何，高丽、百济、新罗、高昌、吐蕃诸国酋长，亦遣子弟请入。国学之内，八千余人，国学之盛，近古未有。”②另外地方州郡县学的规模也大大扩

---

① 欧阳修、宋祁：《新唐书》卷四四《选举志》上，中华书局 1975 年版，第 1159 页。

② 王定保：《唐摭言》卷一《两监》，古典文学出版社 1957 年版，第 5 页。

充,《通典》谓“州县学生六万七百一十员”,①可见唐代学校教育的发达程度。而这众多学校的主要目的之一,就是培养科举人才。学生在这些学校中学习儒家经书,其教学内容的设置、规章制度的订立,与进士、明经等科举考试的要求都是相适应的。学校生徒业成者,即由国子监进行考核,然后按规定人数报送到尚书省参加各科考试。唐代初年至玄宗开元年间,对学校生徒出身者最为看重,进士及第的举子中多出自学校,尤其是西京长安和东都洛阳的两所国子监。《唐摭言》谓:“开元以前,进士不由两监者,深以为耻。”②可见当时的风气。但玄宗天宝以后,随着唐王朝的由盛转衰,唐代的学校教育也渐趋衰落,学校和学生的数量均有所减少。而且国学生徒多为官员子弟,贫寒人家的子孙只能通过乡贡来参加科举考试,这在客观上也使得中唐以后以乡贡应举者远远超过了出身生徒者。

所谓乡贡,是指举子“怀牒自列于州县”,即考生自行向原籍贯所在地的州县官府报名,通过县一级的考试,淘汰一批后,再报送至州、府参加考试,所试内容亦与朝廷科举相类,然后从中选拔若干名给予解状,报送朝廷尚书省参加当年的科举考试。这叫“投牒取解”。实际上就是一种通过逐级考试以选拔优秀举子的方式。唐代虽然规定每个州郡举送名额的限制,但同时也规定如“必有才行,不限其数”、“不须限制,贵在得人”。因此每年至长安应试的举子,往往多达两三千人以上。县一级的考试,一般由县尉主持,州府考试一般由功曹或司功参军主持,有时刺史节镇也会亲自出题试士。州府试后,当地长官召集名流耆宿举行宴会,行礼奏乐,举行欢送本州所贡举子的仪式。按照唐代制度,地方州郡长官或僚佐每年要亲自或派员到京城去汇报地方官员的政绩考课情况,并进贡各地的土特产品,各地的举子也就“随物入贡”,③一般在每年的十月份到达京师。至此,乡贡的程序即已完成。不过到唐代中后期,制度废弛,举子们

① 杜佑:《通典》卷一五《选举三》,中华书局1988年版,第362页。

② 王定保:《唐摭言》卷一《两监》,第5页。

③ 王定保:《唐摭言》卷一《统序科第》,第1页。

往往不在原籍所在地报名，或不参加县级考试，直接投牒于州府，而贡士的诸种繁缛仪式也多流于具文了。

2. 至京师后接受资格审查

举子们不论是通过学校还是通过乡贡的形式，到达京城后，都要先赴尚书省报到，接受资格审查。首先要交纳各类文状，其中包括“文解”，即各州府发给举子们的荐送证明。还有“家状”，即考生的个人和家庭状况的介绍，如籍贯、三代名讳、本人的体貌特征等。这些文件的写法均有一定的格式和要求，礼部贡院的门口也会挂上样板供考生参照填写，如仍不合规格，就会受到批评甚至取消考试资格。其次举子们要结款通保，即签署文书，互相保证人品德行无亏等，并各自写明在京城寓居的地址。然后由户部或礼部进行审核，审查的结果，张榜公布，这种榜被称为“驳榜”，主要审查考生的文状是否完备以及考生的人品德行等内容，不合格者即被驳放即丧失考试资格。此外，唐代还间或有含元殿朝见、元日引见、举子们赴国子监去拜祭孔子像并听学官讲经问难等礼仪活动，但时举时废，就不是常仪了。

3. 参加考试

唐代的朝廷科举考试，大部分时间在京城长安举行，有时在东都洛阳举行，有时还会在长安与洛阳同时举行。主持考试的官员，唐代初年时是从六品上的吏部考功员外郎，开元年间转归正四品下的礼部侍郎主持，称为知贡举，担任者多为知名官吏。

举子们通过各项审查后，于次年春天参加考试，时间一般在正二月间。地点则在尚书省礼部贡院，贡院中分东西两廊，举子们就分别按一定的号数坐于廊下应试。举子被引入试场前，还要接受搜身检查，不许夹带书籍等，但可能允许携带和查阅《切韵》等工具书。乾元初年，礼部侍郎李揆主持考试，在贡院庭中放置五经、诸史及《切韵》等书籍，并谓：“大国选士，但务得才，经籍在此，请恣寻检。”①以后这种做法渐成惯例，搜身的

---

① 刘昫：《旧唐书》卷一二六《李揆传》，中华书局 1975 年 5 月版，第 3559 页。

制度也就慢慢废止了。考试时间则一般是清晨发考试题目,傍晚左右收考卷,后来偶尔也有通宵夜试的情况。由于时间较长,考生往往要自带食物。而且初春时长安天气尚冷自是寒气逼人。舒元舆曾记载说:"试之日,见八百人尽手携脂烛水炭,洎朝晡餐器,或荷于肩,或提于席,为吏胥纵慢声大呼其名氏,试者突入,棘围重重,乃分坐庑下。寒余雪飞,单席在地。"他希望朝廷优待举子,"试之时,免自担荷,廊庑之下,特设茵榻,陈炉火脂烛,设朝晡饭馔"。① 考生在考试时,对试题有疑问的,可以向考官提出,请考官解释,这叫做"上请"。如遇上题目有考生家讳的,文字不便,举子须托疾退出考场。中唐李贺父亲名晋肃,与"进士"二字谐音,李贺就不便参加进士科考试。唐人颇重家讳,此即其例。

4. 录取和放榜

唐代前期,录取举子主要由主司即主考官根据考生策文的好坏即考试成绩来做定夺,然后上报皇帝批准。随着科举制的发展,应举人数不断增加,仅以一场考试来决定取舍,往往也不能准确全面地反映考生的才能,因此考官逐渐要重视举子的社会声誉,而且举子之声誉对其录取的影响也逐步加大。主司在录取时往往也请名士参谋。到唐代后期,宰相甚至皇帝对士子的录取也常常进行干预。如《云溪友议》记载,元和二年(807 年),崔邠知贡举,拟录取 27 人,放榜前把名单送到宰相李吉甫府中,李偶然问道:吴武陵及第否?"主司恐是旧知,遽言吴武陵及第也。其榜尚在怀袖,忽报中使宣口敕;且揖礼部从容,遂注武陵及第,呈上李公。公谓曰:'吴武陵至是粗人,何以当其科第?'礼部曰:'吴武陵德行虽即未闻,文笔乃堪采录。名已上榜,不可却焉。'相府不能因私讪士,唯唯而从。"②宰相的一句随口之言,就使得本未登第的吴武陵阴差阳错地跃入了龙门。这一故事从侧面说明了宰相对科第是有实际影响力的。

---

① 舒元舆:《上论贡士书》,《全唐文》卷七二七,上海古籍出版社 1990 年版,第 3318 页。

② 范摅:《云溪友议》卷下"因嫌进"条,《唐五代宋笔记十五种》本,辽宁教育出版社 2000 年版,第 41 页。

将录取的进士名单张榜公布，称为放榜。一般在礼部南院东墙，《唐摭言》载："进士旧例于都省考试，南院放榜。张榜墙乃南院东墙也。别筑起一墙，高丈余，外有壖垣。未辨色，即自北院将榜就南院张挂之。"①因进士放榜在春季，故称为春榜。又因榜书用黄纸，也被称为金榜，如林滋《和主司王起》诗云："恩光忽逐晓春生，金榜前头添姓名。"应举者到礼部观榜后，及第者列队而出，并有进士团为之开道，自是春风得意。而落第者自然是非常羡慕和惆怅。一般新进士及第后，以泥金书帖子或金花帖子送抵家中报喜，这叫"榜帖"，是非常荣耀的事。

5. 谢恩宴集

进士于放榜后，要参与一系列的礼仪活动，主要包括拜谢座主、参见宰相和同年宴集等。

新及第进士一般须到主司住宅或都省或贡院举行谢恩礼，表示答谢座主的知遇之恩。谢恩时，新进士到主司门前下马，排列成行，呈送名纸，入门后，排列于阶下。状元致辞后，进士一一拜见主司，作自我介绍并谢恩。这样饮酒数巡，即告退，三天以后，还要再来拜谢。

参见宰相，在尚书省都堂举行，唐人称之为"过堂"。是由知贡举者率领新及第进士谒见宰相。新进士在大明宫光范门里东廊集合等待宰相接见，宰相到齐后，堂吏来收取名纸，生徒随座主至中书，宰相横排站立在都堂门内。堂吏通报："礼部某姓侍郎，领新及第进士见相公。"然后状元出列致辞："本月日，礼部放榜，某等幸忝成名，获在相公陶铸之下，不任感惧。"然后一一自报姓名。参见宰相后，还要再去拜见中书舍人。这些礼仪活动虽纯属形式，但百官都须陪同观看，应该说也是一时的盛况了。

进士及第后，取得了出身资格，还要到吏部参加关试，然后取得到吏部参加铨选授官的资格，这就算是正式步入仕途了。

关试后，新进士大宴于长安城东南的曲江，教坊要派乐队助兴，最为

① 王定保：《唐摭言》卷一五《杂记》，第159页。

热闹。许多公卿豪门也希望能在新及第进士中挑选到中意的女婿,因此长安城中仕女往往倾城而出,有时皇帝也登上曲江南岸的紫云楼,垂帘观看。这叫"曲江宴"。另外还有杏园探花之宴,即在同科进士中选择两个年纪较轻的俊少年,使之骑马遍游曲江附近或长安各处的名园,采摘名花。孟郊《登科后》一诗中所描写的"春风得意马蹄疾,一日看遍长安花",即是此事。然后,新科进士还要到长安东南的慈恩寺大雁塔下题名。这些宴集活动结束后,进士们就开始分赴各地任官去了。这就是唐代科举考试的一般流程。

玄宗开元、天宝以后,进士科特盛,由此进身的士人授官后往往升迁较易,以致中唐以下的宰相多由进士出身,更引起时人对科举的重视。唐代文人中,除李白表示不屑于应举,企图通过征召由布衣一跃而为卿相外,其余很少有人自甘放弃这条从政之路。元辛文房《唐才子传》录唐代诗人二百七十八人,其中进士及第者一百七十一人,占总数的一半多。考取其他科目或应考而未取者尚不在内,可见科举势力之大。

那么科举对诗歌创作发生了什么积极作用呢?考试诗赋,有助于扩大写诗的风气和促进字句音律的推敲,这是毫无疑义的,但仅限于这一点,并不能保证诗歌创作的繁荣。实际上,科举对诗歌创作的作用是多方面的,而单就考试本身所直接涉及的知识与技能来说,也不能局限于诗赋这一项。唐代科举名目繁多,常见的进士明经二科以外,尚有秀才、俊士、明法、明字、明算以及不定期举行的各种制科,总数不下五十余种,试诗赋主要是进士科的要求。即以进士科而言,所试内容也还有策问、帖经、杂文等,并不止于诗赋一道。此其一。其次,正如我们说过的,唐代科举考试不全取决于一张试卷,相当程度上要靠考生平时的声望,由此衍生出一种行卷的风习,即应试者将平生精心撰作的诗、文、杂著各类文章汇编成卷,投献于达官名流,请他们为自己延誉。初盛唐之交的陈子昂就是这样闻名于京城的。《唐诗纪事》卷八引《独异记》载:"子昂初入京不为人知,有卖胡琴者,价百万,豪贵传视无辩者。子昂突出谓左右曰:'辇千缗市之。'众惊问,答曰:'余善此乐。'皆曰:'可得闻乎?'曰:'明日可集宣扬里。'如期偕往,则酒肴毕具。置胡琴于前。食毕,捧琴语曰:'蜀人陈子昂,有文百轴,驰走京毂,碌碌尘土,不为人知。此乐贱工之役,岂宜留心!'举而碎之,以其文轴遍赠会者。一日之内声华溢郡。时武攸宜为建安王,辟为书记。"正因如此唐人看重行卷,绝不亚于科场文字,而行卷的方面又很广,也绝不是程式化了的一诗、一赋所能包容得了的。再者,唐制进士及第,并不能马上释褐授官,还须经过吏部博学宏词或书判拔萃考试及格,方予铨选,亦有人另参加制科选拔。这有些相当于现今的复试。如白居易于贞元十六年中进士后,又于贞元十八年冬应拔萃试,作判百道;元和元年,再应"才识兼茂明于体用科",与元稹"闭户累月,揣摩当代之事",写成《策林》七十五篇(见白居易《策林序》)。这些又都超轶了试诗赋的范围。于此看来,唐代科举考试要求于考生的是比较全面的文化修养,包括经术、时务、文章以至书判,光用"诗赋取士"来概括,并不准确。

科举制度推动了文人去广泛涉猎典籍,增强文化修养。唐代著名诗人都以读书勤奋,学识渊博而自负。李白夸称"五岁诵六甲,十岁观百家"(《上安州裴长史书》),杜甫自谓"读书破万卷,下笔如有神"(《奉赠韦左丞丈二十二韵》),均为突出的例子。白居易《与元九书》中回顾自己:"十五六始知进士,苦节读书。二十以来,昼课赋,夜课书,间又课诗,不遑寝息矣。"生动地反映了一般士子为应举而刻苦攻读的情景。这跟颜之推所批评的梁朝"贵游子弟,多无学术","明经及第,则顾人答策,三九公宴,则假手赋诗"以至招来公众舆论"上车不落则著作,体中何如则秘书"的讥诮(见《颜氏家训·勉学》),构成了何等鲜明的对照!正是这种文化修养的多方面提高,给予文学创作以比较丰厚的知识基础,再加上技巧、声律、体制的讲求,才有可能促成诗歌的兴盛。唐代科举制度对文学的影响不同于明清"八股取士"道理就在这里。

与此同时,科举也推动了文化的普及。唐王朝对举子资历的限制,是放得比较宽的,除贱民与商工杂色外,均能应考。这样就刺激了各类教育的空前发展,使整个社会的文化水准有所提高,也扩大了诗歌的群众基础。现存《全唐诗》里载有不少非专业文人的作品,说明一般民众已开始涉足诗歌创作。至于通过演唱、抄集、榜贴、题壁、口授等方式来传播诗歌,造成较为宽广的欣赏氛围,更是常见的现象。《集异记》所载王昌龄、高适、王之涣诸人"旗亭画壁"的故事,足证谱诗人乐传唱之风的盛行。白居易作诗使"老妪都解"的传说(见惠洪《冷斋夜话》)虽不可靠,但他自述"自长安抵江西,三四千里,凡乡校、佛寺、逆旅、行舟之中往往有题仆诗者,士庶、僧徒、孀妇、处女之口每每有咏仆诗者"(《与元九书》),谅非虚夸。这种情况又会反过来作用于文人创作,促使作者考虑到社会的需求,注意改进作品的内容与形式。我们看唐诗的风格大多比较质朴明朗,形象活泼生动,语言口语化,声韵和美流畅,文人诗作与民歌之间的界限悬隔不深,都是同群众基础的广阔有联系的。对比六朝世族文学的一味涂饰藻丽,堆砌典故,有意显示文人的"高雅"趣味,亦自区划判然。

五、交通发达,物质、精神文明都大为进步,开拓了人们的眼界

唐朝交通发达,水陆畅通,西至西域各国,南至两广、交趾(今越南北部),东到日本,北到塞外,东北至朝鲜,国内、国际的物质、文化交流,促进了宗教和绘画、音乐、舞蹈、戏剧、诗歌等文艺各个领域的发展。民族间的文化互相学习、融合,形成新的风格和流派。唐代文人一生中,大多有漫游的经历。通常是在入仕之前,比如李白、杜甫。为什么会出现这种风尚呢?国家的统一,社会的富庶,是必要的保证,除此之外,我们说唐文人的入仕,不同于汉魏以来的乡举里选制度。那时候,人才由乡里推荐,且多安排在本乡本土任职(如任职县令或州郡佐僚),所以乡里豪右强宗得以操纵选举,而一般士人也容易安土重迁。唐王朝打破世族把持政权的局面,入仕的途径主要通过科举、征辟或参加幕府,这都需要离乡背井,出门远游。加上唐代的科举不像宋以后采取试卷糊名的办法。应试者要能入选，不光卷子须做好，还要事先为自己制造声誉，让姓名传入考官耳中才行。于是长年累月地过州历府，结交天下豪俊，谒请达官贵人、宿老名流给予吹嘘，更成了不可少的过门。这种做法固然助长了社会上请托、虚夸的风气，而亦推动一般士子走出个人狭小的天地，步入大千世界，四海为家地从事遨游。正是在这一点上，唐人形成了自己最具特色的生活方式，不仅不同于六朝，跟宋以后文人只需埋头读书，走“书斋—考场—官场”三点一线的人生旅途，亦有差异。漫游既然是唐文人生活的重要内容，必然在他们的诗歌创作上留下鲜明的痕迹。扩大了诗歌表现的领域，表现真切，寄慨深沉。

六、从文学本身来说

六朝诗歌一方面为唐诗的发展准备了条件，比如诗的形式逐渐趋于律诗，从而使唐诗形式多样化，既有古律，又有今体（指律诗）。另一方面，六朝诗歌的思想内容僵化（浮靡），也促使唐诗不能不加以变革；从文学自身说，诗歌在齐梁已经为唐诗的发展准备了一定的条件，如诗的词汇的日趋丰富和优美，诗的音节的愈益和谐铿锵，平仄的调协和对偶的大体工整，可以说已具备了律诗的雏形。当然，齐梁陈隋诗歌的内容大多是萎靡和僵化的，唐诗在这方面可继承的较少，但是物极必反，这也正好激起了唐诗的变革。陈子昂高举改革旗帜开始诗歌革新运动。李白、杜甫、元结等成为唐诗改革的中坚人物。

七、唐朝诗人的认真学习和发展我国的丰富的文学遗产，努力创作新诗歌也是唐诗发达的重要因素

唐诗兴盛的关键还在于唐朝的诗人努力学习和继承古典诗歌的优良传统，主要是“诗言志”，“美教化，移风俗”（《毛诗序》）的重视思想内容的创作态度，但是也学习和继承古典诗歌的艺术表现方法，包括齐梁陈隋的艺术技巧，比如律诗在沈佺期、宋之问等人努力下完全形成，成为唐诗

的重要表现形式之一，杜甫、李商隐等成为创作律诗的代表人物。没有诗人的主观方面的努力，唐诗的发达是完全不能想象的；只有社会的客观有利条件，是不可能形成唐诗的绚烂局面的。汉朝和清朝都曾经有过经济的繁荣，但汉诗和清诗都没有出现像唐诗这样发达的盛况，可见只有二者的紧密结合，才能结出如此美满的硕果。

第三节　唐诗的分期

众所周知，有关唐诗的分期问题，传统上形成了以“初、盛、中、晚”划界的“四唐”说。也就是初唐、盛唐、中唐、晚唐这四个时期。多数的文学史也是以此为划分标准的。而这一分期也是有着漫长的演化过程的。

最早对唐诗发展的过程加以综合叙述的是唐末的司空图。他在《与王驾评诗书》一文中谈到唐代诗歌的流变，文中讲到初唐诗人沈佺期、宋之问，盛唐诗人李白、杜甫、王昌龄等，对王维、韦应物的清淡诗风予以较高的评价，而后对大历、元和时期的一些诗人各有一两句的尖锐批评，并且对晚唐诗歌境界的日就“偏浅”表示不满。从整体上把初盛中晚各个时期的诗歌创作情况大体照应到了，初步理出了唐诗盛衰变化的脉络，只是没有提出明确的分期。

最早给唐诗作分期的是南宋严羽的《沧浪诗话》。其中《诗体》一章，从诗风兴替因革的角度，将整个唐诗区划为唐初、盛唐、大历、元和、晚唐五种体式，其实就是唐诗演变的五个阶段。严羽为我们勾画了唐诗流变的一个基本轮廓，即由六朝经初唐而趋向盛唐之盛，再经大历、元和而转入晚唐之衰的全过程。严羽的“五体”辨为后来的“四唐”说奠定了基础。

明代初年的高棅《唐诗品汇》对唐诗在各个时期的流衍变化情况作了具体地分析。其《总叙》开头部分指出：有唐三百年诗，众体备矣。故有往体、近体、长短篇、五七言律句、绝句等制，莫不兴于始，成于中，流于变，而陊之于终。至于声律、兴象、文辞、理致，各有品格高下之不同。略而言之，则有初唐、盛唐、中唐、晚唐之不同。详而分之：贞观、永徽之时，虞、魏诸公稍离旧习，王、杨、卢、骆因加美丽。刘希夷有闺帏之作，上官仪有婉媚之体，此初唐之始制也。神龙以还，洎开元初，陈子昂古风雅正，李巨山文章宿老，沈、宋之新声，苏、张之大手笔，此初唐之渐盛也。开元、天宝间，则有李翰林之飘逸，杜工部之沉郁，孟襄阳之清雅，王右丞之精致，储光羲之真率，王昌龄之声俊，高适、岑参之悲壮，李颀、常建之超凡，此盛唐之盛也。大历、贞元中，则有韦苏州之雅淡，刘随州之闲旷，钱、郎之清赡，皇甫之冲秀，秦公绪之山林，李从一之台阁，此中唐之再盛也。下暨元和之际，则有柳愚溪之超然复古，韩昌黎之博大其词，张、王乐府得其故实，元、白序事务分明，与夫李贺、卢仝之鬼怪，孟郊、贾岛之饥寒，此晚唐之变也。降而开成以后，则有杜牧之之豪纵，温飞卿之绮靡，李义山之隐僻，许用晦之偶对，他若刘沧、马戴、李频、李群玉辈，尚能黾勉气格，将迈时流，此晚唐变态之极，而遗风余韵犹有存者焉。

在这段诗歌小史式的陈述中，作者将原有的“初、盛、中、晚”的粗略断限，推演为由“初唐之始制”经由“初唐之渐盛”而到达“盛唐之盛”，然后通过“中唐之再盛”转入“晚唐之变”以至于“晚唐变态之极”的复杂变化过程，其间贯串着以“盛衰正变”论诗的指导思想，而对于各个阶段的代表诗人及其诗风，亦各有论析。

但是“四唐”说并不是没有缺点的。在高棅的整个思想中，潜藏着两个突出的矛盾，一是李白与杜甫分列的问题，二是元和诗坛的归属问题，露出了他理论上的重大破绽。

关于李、杜并尊为唐诗的顶峰，这是中晚唐以来多数人的看法，至严羽之后差不多成了定论。高棅接受这一传统看法，但在具体品第安排上，他却将李白列入各体的“正宗”，而另将杜甫列作“大家”。“正宗”和“大家”在高棅的体系中都享有崇高的地位，但含义各别：前者指的是足以为人师法的盛唐风范，所谓“使学者入门立志，取正于斯，庶无他岐之惑”(《唐诗品汇·五古叙目》)；后者则是指诗人个人达到的成就，如上引叙目中转述元稹、严羽有关杜甫诗歌“集大成”论断。那么，为什么要将李、杜分别列入不同的品目呢？是否表明李白够不上“大家”的标准？当然不是。《唐诗品汇总叙》中议及元杨士弘的《唐音》，批评其选诗时“李杜大家不录”，明指李白为“大家”。叙中还说到自己选诗的范围包括“一二大家，十数名家与夫善鸣者殆将数百”。按是书叙目列入“大家”的仅杜甫一人，此处却说“一二大家”，亦显然留有余地。据这些迹象推断，李白在高棅的心目中被视为具有“大家”水平，是没有疑义的。之所以未列进这一品，想来因为他已经占据各体“正宗”的地位，无须头上安头，再加一顶桂冠了。因此，李杜分列的缘由，不在于李白，而在于杜甫，它意味着高棅眼中的杜甫，实际上并不能算作唐诗的“正宗”。但是，不作为“正宗”，就难免有“变体”之嫌，而伸“正”绌“变”又是当时流行的观念。高棅既不能破除这种观念，又不敢对李杜的诗歌成就妄加扬抑，于是只好在“正宗”之外，特辟“大家”一栏以处之。这固然体现了高棅安排诗人品第上“一碗水端平”的苦心，却不免在他的以“盛衰正变”为贯串线索的理论体系中打开了一个缺口。

不仅如此，高棅此书题名“品汇”，还包含品评诗歌的意味在内。书中“凡例”和各体“叙目”部分，均标出“正始”“正宗”“大家”“名家”“羽翼”“接武”“正变”“余响”“旁流”九个品目，用以品第诗人。这种品第又经常是同诗歌的盛衰正变结合在一起的。大致说来，“正始”指的是某一体裁诗歌演进中可以作为唐风开创者的诗人；“正宗”则指一种诗体进入成熟时期所产生的典范性诗人；“大家”指成就特高的作者，全书中仅列杜甫一人；“名家”指次于“大家”和“正宗”的人；“羽翼”比“名家”又次一等；“接武”指生当“正宗”“名家”之后，而能够大体继承前代诗风的作者；“正变”的意思是“变而不失其正”，表明列进这一档的诗人，已开始将典型的唐风引向了蜕变；“余响”更在其后，应该相当于《总叙》中所说的

"此晚唐变态之极，而遗风余韵犹有存者焉"；至于"旁流"则是指文人士夫以外的和尚、道士、妇女等诗歌作者。九个品目中，除"旁流"一品专从作者身份着眼外，其余品第都和诗歌的历史演进有关。正如"凡例"所云："大略以初唐为正始，盛唐为正宗、大家、名家、羽翼，中唐为接武，晚唐为正变、余响，方外异人等为旁流。间有一二成家特立与时异者，则不限世次拘之。"由此看来，高棅不仅给唐诗作了时期的划分，更指明了前后时期乃至同一时期作家之间的遭递因革与主从高下的关系。就这样，世次为经，品第为纬，组成了一个更为严整而细密的框架，唐诗的分期至此进入圆熟的境地。以后明清两代的诗家直到今天的一些文学史论著，在叙述唐诗的发展过程时，仍大体遵循这一划分原则。

高棅体系中的另一个要害，是如何看待元和诗变的问题。"诗到元和体变新"（白居易《余思未尽加为六韵重寄微之》），元和属于唐诗中的变风，早有定评。所以《唐诗品汇总叙》将元和时期列入"晚唐之变"，跟大历诗歌作为盛唐之"接武"、"中唐之再盛"区分开来，是有根据的。但是，元和作为唐诗发展中一个有特色、有成就的阶段，也不容忽视，完全归之于诗歌衰变，不免显得不合理。所以高棅特设了"正变"这一栏目，来安置韩、孟、元、白等元和诗人，承认他们的诗作"变中有正"或"变而不失其正"。不仅如此，他在五绝、七绝、五律、七律这几种诗体的叙目中，还把绝大多数元和名家跟大历诗人一起归进"接武"一品，认为他们在诗风上可以接续盛唐，另以许浑、李商隐以下的诗歌归属"正变"。这些地方都可以看出，对于如何将元和诗坛纳入其诗歌源流正变的框子里去，高棅未免有点举棋不定，多少陷于自相抵牾的处境。

明代徐师曾《文体明辨》一书，则明确提出了"四唐"的具体标界，即：由高祖武德初至玄宗开元初为初唐，由开元至代宗大历初为盛唐，由大历至宪宗元和末为中唐，自文宗开成初至五季为晚唐。（见《文体明辨序说·近体律诗》）

"五四"以来，随着西方学术思想的输入和传统"正变"观念的扬弃，在唐诗分期上也产生出若干新的说法。

其一是以“安史之乱”为界标，将全部唐诗划分为前后两大段落。胡适《白话文学史》上卷首倡此说，闻一多、陆侃如等也采取了这一分法（见郑临川整理的《闻一多说唐诗》及陆侃如、冯沅君合撰的《中国诗史》）。

另一种按文艺思潮的变迁，苏雪林《唐诗概论》将唐诗分作五个时期，即：唐初宫廷诗，“四杰”至盛唐的浪漫诗潮，杜甫至元和年间的写实诗潮，李贺、李商隐以后的唯美思潮，以及唐末诗坛。

再一种则按诗歌作风的转变，把唐诗分成如下八个阶段（中国社科院文学所《唐诗选前言》提出了这一看法）：

1. 唐初；2. “四杰”至开元前；3. 开元初至安史之乱前；4. 安史之乱爆发至大历初；5. 大历初至贞元中；6. 贞元中至大和初；7. 大和初至大中初；8. 大中以后至唐末。

陈伯海先生则将唐诗的整个历史进程区划为如下三大段：唐前期——唐初至安史之乱前（618—755），作为唐诗的成长期；唐中期——安史之乱爆发至穆宗长庆年间（755—824），为唐诗的转变期；唐后期——敬宗宝历以下至唐末（825—907），为唐诗的蜕变期。借用传统称呼，也可以叫作初盛唐、中唐和晚唐。

从中我们可以看出这几种新说有一个共同的倾向，均以“安史之乱”作为整个唐诗发展史上的主要分水岭，而以李白和杜甫分属前后两个时期。不过以上几种新说法目前尚未得到普遍认可，可能因为不如“四唐”说流行久远，也可能同它们本身还存在某些弱点有关（如两分法稍嫌宽泛，五分、八分又似乎失之细碎）。但它们能够摆脱传统的偏见，尝试从实际出发去重新探讨唐诗的流变过程，值得借鉴。

综上所述，唐诗的分期有二分法、三分法、四分法、五分法和八分法。但其中影响最大的仍是四分法，即传统的初、盛、中、晚四唐说。

第四节 唐诗的分类

后人论唐诗常常以诗体论之,唐诗诗体是唐诗发展过程中自然形成的,某一种诗体都蕴涵着此一类诗的一些风格特征。诗体的产生与时代的文学风尚有着千丝万缕的联系,也随着时间的推移和朝代的变换对后代产生不同的影响。诗体是作为创作主体的诗人的创新意识的凝结与表现,因而大多诗体都是群体诗人风格的表现,也有一些诗体是具有代表性的个体诗人风格的表现。就时代、诗人、诗风来说,诗体的内涵在一定程度上有不确定性,甚至某种诗体的形成,在当时是无意识的,经过后人的总结概括才逐渐明晰。在诗体中较为稳定而且随着唐诗发展逐渐成熟的,是体裁的嬗变与定型。

诗歌的发展与时代有着密切的关系,随着时代的迁移,诗风也在不断地变化,在一定的时段当中,往往会形成阶段性的特点,这就是诗体。严羽《沧浪诗话》所说的"唐初体""盛唐体""大历体""元和体""晚唐体"都是如此。严羽对诗体的划分,大体有三个方面:其一是指诗歌的形式与格式,如其称四言五言、七言、古体、近体、绝句、杂言、乐府等;其二是指诗歌风格,亦即唐初体、盛唐体、大历体、元和体、晚唐体;其三是就体式与风格合而言之的,如其称"张籍王建体",自注:"谓乐府之体同也。"如以时代论诗体,唐诗可以分为大历体、元和体、长庆体等。以诗人论诗体,唐诗又可以分为沈宋体、上官体、王阳卢骆体、陈拾遗体、韦柳体、韩孟体、温李体、姚贾体、皮陆体等。这是唐宋以后的评论家最常用的评论唐诗的方法。今天我们在这里换个角度看唐诗。以唐代诗歌的不同主题和题材为划分标准来审视唐代诗歌的发展及演进的成就,从而梳理出各类诗歌发展到唐代所经历的阶段及文化印记。

我们姑且把唐诗的几种主要类型拈出以探究竟。如:唐代叙事诗、山水田园诗、边塞诗、离别诗、爱情诗、咏怀咏史诗、酬唱诗。以叙事为主的诗歌创作我们称之为叙事诗。唐代的叙事诗更多的体现了对时事的关注。所以唐代的叙事诗也可称为时事诗。唐代诗坛盛行两大流派,一个是以描写山水田园为主的山水田园诗派。一个是以描写边塞生活和战争为主的边塞诗派。由此,在唐代诗坛上山水田园与边塞题材便成为两种主要的题材并取得了前代未曾有过的成就。自古多情伤离别,唐代离别诗也不少,这不仅有多情伤离别而导致的离别诗,更有士子远游求仕而产生的怀乡离别诗。诗歌不仅用来"言志"也可用来"缘情"。诗歌中的情感有亲情友情和爱情。爱情这一亘古不变的永恒主题在唐代也有重大突破。咏物诗是诗人通过对客观事物做出准确生动的描绘,并从中倾注诗人的审美情趣,抒发自己的情感、意趣和心态,给人以美的教育和享受的一种诗歌形式。咏史诗多是人们对历史人物、历史事件、历史现象的慨叹,它是人们借古鉴今的一种手段。人们往往在歌咏历史事件及人物的同时抒发自己的情绪和感慨,所以唐代的咏史和咏怀紧密融合在一起难分彼此。故我们把它放在一起论述。它的源头可以追溯到《诗经》。唐以前的咏史诗总量不到200首,唐代约有1500余首。可见咏史诗在唐代也不容小觑。我国诗人之间早就有以诗会友的社会习惯,人们通过相互酬赠的方式表达自己的爱慕、思念、怜惜等情怀,这种交流思想,相互切磋的酬赠诗在唐代再掀高潮。以上这七种唐诗类型应属唐诗发展中的主要题材。我们就以这七种类型的唐诗为例来探究唐代诗歌所取得的辉煌成就,以及其背后所潜藏的文化意蕴。

第二章

唐代叙事诗

第一节　叙事诗概说

我国是诗的国度，中华民族在诗歌方面的辉煌成就及其对于人类文化的贡献，已在世界上获得公认。但中国诗歌的发展，一直侧重于抒情诗，叙事诗特别是篇幅较长的叙事诗，并不多见。这是一个值得注意和研究的问题。它和西方正好相反，西方抒情诗并不繁荣，但叙事诗非常发达，从荷马史诗开始，一直到20世纪上半叶，有许多长篇巨制。而中国文学史上汉语叙事诗所占的比重，远远不能与抒情诗相比。

唐代以前，中国叙事诗的创作经历了两个较为发达的阶段：其一，以《诗经》为代表的时期。《雅》、《颂》中有《生民》、《公刘》、《绵》、《皇矣》、《大明》、《玄鸟》、《长发》、《殷武》等类似史诗之作；《风》中有《谷风》、《氓》等叙事诗。后于《诗经》的《楚辞》中也有少量近于叙事之作，如《国殇》。其二，汉魏时期。有《战城南》、《陌上桑》、《羽林郎》、《上山采蘼芜》、《东门行》、《孔雀东南飞》、《悲愤诗》等篇。其中《悲愤诗》出自著名女诗人蔡琰之手，余者大部分属于民歌或对民歌的模拟。自晋至隋，叙事诗很少,但大约在北朝后期产生了《木兰诗》,它与《孔雀东南飞》被看作中国民间叙事诗的双璧。

唐代叙事诗绝大部分是文人的作品,数量多于前两个阶段,但跟同时期的抒情诗相比,它所占的比重仍然很小。

中国叙事诗的一个突出特色就是体现为时事诗的风雅传统。时事诗在我国有着悠久的历史与优良的传统。这些富有现实精神的诗篇都是对社会生活现象的集中与提炼,也使诗歌最为紧密地贴近了社会现实。在这一概括与加工的过程中,往往呈现出极为强烈的风雅精神,这就是:既希冀能美刺时政,于世道人心有所裨补,构成充满崇高感的主体旋律,又保有其理应具备的艺术精神;既留下不同时代风云的深刻印记,又具有多元的艺术品格,从而展现出自身存在的独特意义与价值。孔子在《论语·阳货》中强调了《诗经》的“兴观群怨”的社会作用,最早从理论上肯定了诗歌与其他文学样式一样都具有一定的社会政治功能与教化净化民风的作用。身处时危世艰之时,一切有良知的文士往往亲历奔波颠沛之苦,自然应该面对社会现实,真切地反映时代生活;而人们在对客观现实作忠实反映的同时也会致力于自我灵魂和人格的表现。与其他作品相比,时事诗主要表现客观现实所引起的情感体验,这样的诗往往都能超越个体的狭窄天地,表现出高度的社会批判精神,从而具有较为深刻的现实意义。所以,时事诗中较多地具有那么一种深挚的忧患意识,弥漫着一层浓厚的忧患色彩。国人的文化心态中早就有了普遍的忧患意识和感伤情绪,即使“忧患”一词产生较迟。《周易·系辞下传》说:“《易》之兴也,其于中古乎?作《易》者,其有忧患乎?”《孟子·离娄下》也说:“君子有终身之忧,无一朝之患也。”

《诗经》中有许多作品就是时事诗的滥觞,呈质实之美。正如宋湘《说诗》所强调的:“三百诗人岂有诗,都成绝唱沁心脾。今人不讲源头水,只问支流派是谁。”《诗经》的编集,过去有“采诗”“献诗”等说。也正因为经历了这样一个艺术积聚过程,《诗经》产生地域才显得相当辽阔,遍及黄河中下游流域及江汉地区。关于采诗,《汉书·艺文志》认为是“王者所以观风俗,知得失,自考正也”,《汉书·食货志》则记载:“孟春之日,群居者将散,行人振木铎徇于路以采诗,献之太师,比其音律,以闻于天子。”关于献诗,《礼记·王制》载:“周制,天子五年一朝诸侯,五年一巡守,岁二月,东巡守,至于岱宗,柴而望祀山川,觐诸侯,问百年者就见之,命大师陈诗以观民风……”这些都从一个侧面道出了时事诗的精神源泉。《诗经》多角度、多层面地叙写人们的生活、愿望与苦乐,真实、广泛、深刻地反映了当时的社会现实,开创了我国诗歌中的写实传统。人们对于社会的黑暗在认识和体察上深浅各自不同,但能如实描写本身就具有一种特殊的意义,《诗经》的作品也是这样。如《陈风·株林》,即为讽刺时事而作,《左传》宣公十年(公元前599年)载有关陈灵公事。《秦风·黄鸟》揭露了暴君的残酷,哀思沉郁。《左传》文公六年(前621年)载:“秦伯任好卒,以子车氏之三子:奄息、仲行、鍼虎为殉,皆秦之良也。国人哀之,为之赋《黄鸟》。”《豳风·东山》相传是周公东征奄国(今山东曲阜境内)时的作品。诗篇通过叙述东征战士在归途中的感受,揭露了战争给人民带来的苦难,也表达了他们对和平安定生活的渴望。全诗四章,每章都以“我徂东山”四句构筑环境气氛,奠定悲苦的心理基础。作品善于在对家庭生活的描写中展示广阔的社会生活,景物的描写都带着浓厚的感情色彩,含蓄悲婉,曲折动人。《诗经》不仅主题和题材广泛丰富,深刻反映社会生活,还以惊人的艺术概括力,把握和揭示出当代社会生活中的一些本质矛盾,表达了对社会现实的清醒认识和批评精神,从而使它有了巨大的认识价值和美学意义。随着时势的推移,这一传统也一直为后世进步作家所继承和发扬。《诗经》影响可谓深远,如李白《古风》第一即称:“大雅久不作,吾衰竟谁陈。”

陆游《读唐人愁诗戏作》:“天恐文人未尽才,常教零落在蒿莱。不为千载《离骚》计,屈子何由泽畔来?”实际上,屈原固然“惊才风逸,壮志烟高”(刘勰《文心雕龙·辨骚》),但终其一生却是矛盾而痛苦的。他的

《离骚》、《哀郢》等作品也就是深刻反映时代重大事件的时事诗,诗人以其特殊的时代际遇,在诗篇中充分宣泄了强烈的爱国感情,而不是个人情志的随意抒发。《离骚》一诗便是屈原根据楚国的政治现实和诗人自身的不平遭遇创作而成,反复陈述他对"美政"理想的追求以及为此进行的不懈努力,显示其不屈于邪恶势力的坚强秉性,展现诗人忧愤、悲伤却又奋发向上的精神世界,给人以强烈的社会感、时代感和现实感。正是在这样的意义上,刘鹗《老残游记自序》才说:"《离骚》为屈大夫之哭泣,《庄子》为蒙叟之哭泣,《史记》为太史公之哭泣,《草堂诗集》为杜工部之哭泣……"见地超卓。所以,苏轼《屈原塔》也称:"屈原古壮士,就死意甚烈。……大夫知此理,所以持死节。"

建安文学有鲜明的时代特色,表现出强烈的社会责任感、积极向上的进取精神,它真实地描绘出时代风貌,坦诚地展示了当代士人的普遍心态,同时富于浓郁的抒情化和个性化的特点,风格慷慨遒劲,史称"建安风骨"。汉献帝建安时期社会动荡、政局剧变,建安诗人又是深重灾难的深刻体验者,他们一生颠沛流离,情感悲凉,其时事诗也多为他们动荡不宁生活的真实记录。但是,建安诗人并不沉沦潦倒,时代的苦难并没有将他们压倒和摧毁,而是激发了他们超越生命悲哀的自觉意识和反抗精神,以及创造人生价值的悲壮而热烈的功业理想,促使他们在时代的苦难中高度关注民生疾苦,具有强烈的社会责任感、积极向上的进取精神,使他们的痛苦、悲哀之情升华为一种崇高的悲剧情感。一生尚法术、崇事功的曹操是其中最有典范意义的诗人,在作品中往往表露出以天下为己任的精神。王士祯《带经堂诗话》卷二九说:"古人山水之作,总不如曹操'水何澹澹,山岛竦峙'二语,此老殆不易及。"此话扬之过头,但曹操的开创意义确实非同一般。在时事诗领域,自也有曹操的一席之地。他的《薤露行》、《蒿里行》等诗借挽歌古题描写现实政治事件,既反映当时的社会离乱和民生疾苦,为时代留下苦难悲惨的剪影,声调悲怆谐和,也表现出才雄志大的诗人一统天下的政治理想和自强不息的进取精神,又能很好地遵循艺术创作规律，是诗歌史上的一大创造，展现出极强的艺术生命力，沈德潜《古诗源》卷五指出“借古乐府写时事，始于曹公”，是极为正确的，方东树《昭昧詹言》卷二也指出这是曹操用“乐府题目自作诗”。《薤露行》叙汉灵帝中平六年（189 年）何进谋除宦官不成而反为所害，从而引发国势大乱以致不可收拾的历史事件，用自己的诗笔描绘出时代的苦难，有直录时事之意，无矫揉造作之态，钟惺《古诗归》卷七评《薤露行》“汉末实录，真诗史也”；《蒿里行》述汉献帝初平元年（190 年）讨董卓事。张玉谷《古诗赏析》卷八：“上章执君杀主，意重在上之人；下章万姓死亡，意重在下之人，又恰与《薤露》送王公贵人，《蒿里》送士大夫庶人两相配合。”指出诗作既有继承性，又有了新的创造，自出精神，自成面目。

“西京乱无象，豺虎方遘患。复弃中国去，委身适荆蛮。亲戚对我悲，朋友相追攀。出门无所见，白骨蔽平原。路有饥妇人，抱子弃草间。顾闻号泣声，挥涕独不还。未知身死处，何能两相完！驱马弃之去，不忍听此言。南登霸陵岸，回首望长安。悟彼下泉人，喟然伤心肝。”——王粲《七哀诗三首》其一

王粲的《七哀诗》创作于汉献帝初平三年（192 年）。这是一首叙事性的抒情诗，真实地描绘了当时动乱的社会现实，反映了下层百姓深受战乱之苦的生活状况，表达了诗人对人民不幸遭遇的深切同情和对国家命运的无限忧虑，深得性情之真。“复”字把初平元年作者从洛阳西迁长安的往事在意念中勾带出来，以少胜多，丰富了诗的内涵。“亲戚”句以互文手法写出生离死别的惨痛场面。“出门无所见，白骨蔽平原”一句是汉末中原一带的真实写照。饥妇弃子的场面，富于浓烈的悲剧色彩，具有高度的概括性和典型性，对战乱的谴责也显得更为深刻，感同身受，感人至深。全诗情感真挚，内容丰富，从一个侧面表现出一种时代精神，章法严谨，语言含量极大。全诗保持乐府诗的传统，把叙事、描写和抒情结合起来，辞采技巧与思想情感浑融，推动了文人诗作现实主义传统的发扬。王夫之《古诗评选》卷三说：“落笔刻，登音促，入手紧，后来杜陵有作，全以

此为褅祖。‘未知身死处，何能两相完’，居然杜句矣。‘南登霸陵岸’一转，取势平远，则非杜所及也。”沈德潜《古诗源》卷六也指出：“此杜少陵《无家别》、《垂老别》诸篇之祖也。”

《晋书·阮籍传》说阮籍“志气宏放，傲然独得，任性不羁，而喜怒不形于色”，已经体察到诗人的哀伤之深。阮籍是一位深于感情的诗人，又有着精细入微的审美感知力。他的五言《咏怀》诗共八十二首，既非一时之作，也不是为某一事而作，取材广泛，主题也各自不同，主要有自抒怀抱、讽刺时世、游仙归隐、忧生感伤等。其中一些篇章实际上也是时事诗，诗人正视家国的痛苦，把自身政治上的失意与对社会的抨击联系起来，进而展开对社会历史的理性思考。不过因为采用比兴寄托的手法，写得比较隐晦曲折、含蓄蕴藉而已。《文选》李善注说：“咏怀者谓人情怀。籍于魏末晋文之代，常虑祸患及己，故有此诗。多刺时代无故旧之情，逐势力而已。观其体趣，实谓幽深，非夫作者不能探测之。”这样的判断是符合艺术创作客观情况的。元好问《论诗三十首》赞誉：“纵横诗笔见高情，何物能浇块垒平？老阮不狂谁会得，‘出门一笑大江横’。”王夫之《古诗评选》卷四称：“步兵一切皆委之咏怀，弘农一切皆委之游仙。”这样的构想方式对后世产生了深远影响，人们以此为基点，袭故求新，更求所成。嵇康刚肠嫉恶，清高孤傲，努力开拓属于自己的艺术时空。其代表作《幽愤诗》情感底蕴真实而充沛，也是时代生活的真实感应。

第二节　唐代叙事诗的发展脉络

叙事诗的风雅精神表现出一种极强的历史传承性。唐代的叙事诗则更多地体现为对时事的关注。所以唐代的叙事诗也可称为时事诗。情志是诗歌创作的本源。总体上看，唐人都能直面现实，秉笔直言，指陈时事，反映唐代社会的历史面貌，在意境中渗透着崇高的美学思想。唐人在精神上既接受了开明盛世雨露的沐浴，也承受了动荡时代的苦难，应该说都还是获得了一份生命的欣慰。创作又可以称得上是诗人情绪的律动回荡，在更高的层次上表现时代的精神与风采，又能妙在以形传神，从而放射出瑰丽的异彩，标志着一个新的诗歌审美时代的到来。艺术发展历程本身就贯穿着现实主义与理想主义的交叠更替。唐诗固然也给人以一种精神解脱的审美享受，但当人们接触以叙写多姿多彩的生活形态为主要目标的时事诗的时候，可能更多体会到的是一种沉重的感受，同时感受到诗人惊人的才华。孙琴安先生在《唐诗与政治》一书的《前言》中说："从唐诗的成功中，我们是否可以得到这样的启迪：文学创作首先应该是自由的，它对政治应是一种自由的选择；而政治也应给作家创作上的自由权力和空间；作家反映政治有主动与被动之分，凡主动反映，其艺术成就与价值相对较高；凡被动反映，其艺术成就和价值相对较低。"①极富启示意义。

一、初唐叙事诗

初唐时期出现的"位卑而才高，官小而名大"的初唐四杰写过不少的叙事诗，因为四杰生活接触面较宽，体验较为丰富而深刻，诗歌题材较为广泛，高扬时代精神，揭露社会现实，既表达建功立业的憧憬，也宣泄怀才不遇的愤慨，赠别怀人，咏史咏物，骨气刚健，格调慷慨。在他们一些反映时事的作品中，渴望为时所用的热情与长期坎坷失意的牢骚，投笔从戎博取功名的幻想与辗转边庭不得升迁的苦闷，豪侠浪漫的性格与久遭幽縶的愤懑，错综交织在一起，构成他们诗歌情感的主旋律，使意象充满感染力，也使人们能体会到强烈的人生况味。如骆宾王《在军登城楼》："城上风威冷，江中水气寒。戎衣何日定？歌舞入长安。"前两句的描述真实而

① 孙琴安：《唐诗与政治》，上海人民出版社 2003 年 7 月版，第 5 页。

又富于表现力,后两句也抒发了一种豪情。杜甫《戏为六绝句六首》之二“王杨卢骆当时体,轻薄为文哂未休。尔曹身与名俱灭,不废江河万古流”,即是历史定评。

初盛唐之交的陈子昂倡导诗歌革新提出“汉魏风骨,风雅兴寄”的口号。他的创作内容中自然会出现大量的时事诗。王夫之《读通鉴论》卷二一:“陈子昂以诗名于唐,非但文士之选也。使得明君以尽其才,驾马周而颉颃姚崇,以为大臣可矣。”陈子昂的刚健古朴、含蕴深沉的《感遇》诗,体恤民瘼,抨击时弊,是他追求“风骨”“兴寄”,反对齐梁以来“采丽竞繁”理论主张的具体实践,也是一种时代的声音。“感遇”即指“感于心,困于遇”(《唐诗别裁集》卷一),也含有感而有所寄寓之意,着力对历史和现实作深入的思索,从而与现实政治直接关联。《感遇》诗内容广泛,包含了作者俯仰宇宙的哲理思考、出入历史的人生感慨、直面现实的批判意识、壮志难酬的悲愤情怀,激愤之情往往溢于言表。总之,诗人的努力为唐诗开辟了一条健康的发展道路,自然也包括了密切关注时局的精神意蕴,具有超越时代的意义。

二、盛中唐叙事诗

盛唐时期集大成的诗人李白早年所受教育除儒家经籍外,内容驳杂,所谓“五岁诵六甲,十岁观百家”(《上安州裴长史书》),“十五观奇书,作赋凌相如”(《赠张相镐》),“十五游神仙,仙游未曾歇”(《感兴》其五),“十五好剑术”(《与韩荆州书》),又曾与善谈纵横术的赵蕤交游。赵蕤喜谈王霸之术,著有《长短经》,对李白思想的形成无疑有一定影响。在这一环境中成长起来的李白,自然具有建功立业的思想,向往“长剑一杯酒,男儿方寸心”(《赠崔侍御》)的生活。李白的长安生活,不能实现他的政治理想,最后由于遭受谗毁而被“赐金放还”,结束了前后不满两年的帝京生活。李白是“五噫出西京”(《经乱离后天恩流夜郎忆旧游书怀赠江夏韦太守良宰》),自己“申管晏之谈,谋帝王之术,奋其智能,愿为辅弼，使寰区大定，海县清一。事君之道成，荣亲之义毕，然后与陶朱、留侯，浮五湖、戏沧洲"（《代寿山答孟少府移文书》）的志愿无法实现，正如刘基《登太白楼》所慨叹的："小径迂行客，危楼舍酒星。河分洸水碧，天倚峄山青。昭代空文藻，斯人竟断萍。登临无贺老，谁与共忘形。"李白《行路难》、《长相思》等歌，发出"大道如青天，我独不得出"（《行路难》其二）的控诉和"美人如花隔云端"的慨叹。

安史之乱爆发，人们都置身于战乱流离之中，一路奔波颠沛。诗人的远大政治抱负与黑暗的社会现实发生尖锐矛盾，使得他们空怀爱国心志而无法施展。血雨腥风的现实生活给人们的心灵以极大的震撼。天真的诗人们遭到了一次沉重的打击，目光更加敏锐了，素养也有了丰富和提高，感情的激荡找到了喷发口。他们都经历了由早期那种诗化的、充满激情的生活而一朝陷入严酷现实的人生遭遇。于是，他们的创作进入了一个全新的时期，写下了许多脍炙人口的诗篇，揭露封建社会的罪恶，并把矛头直指最高统治者。作为伟大诗人的李白，不会也不可能像王维那样"晚年惟好静，万事不关心"（《酬张少府》），终留"万户伤心生野烟"七字于安史之乱。李白极为注意政局与时事的发展，但再也抒发不出豪迈的时代强音，创作了《扶风豪士歌》、《南奔书怀》等，一定程度上揭露了叛乱，表达了诗人的愤慨，如《扶风豪士歌》："洛阳三月飞胡沙，洛阳城中人怨嗟。天津流水波赤血，白骨相撑乱如麻。"于是，诗人有"平生不下泪，于此泣无穷"（《江夏别宋之悌》）的慨叹。李白还亲自参加了镇叛斗争，唱出了"但用东山谢安石，为君谈笑静胡沙"（《永王东巡歌》之二）的高歌，表达了高亢的爱国热情，固然带有较为强烈的理想化的色彩，也可见出在他的心中依然激荡着驰骋千里的豪情。《古风》其十九"西上莲花山"则用游仙体比较深刻地反映了安史之乱真实而又令人触目惊心的生活场景，实现了叙事形象的抒情化、意象化，最后的"流血涂野草"等句为后人描绘出一幅幅活生生的历史画面，其中也寄寓着对社会下层民众的关切与悲悯，谴责战乱给人们造成的痛苦和灾难，使诗的意境得到了升华和飞跃。实际上在很早的时候,李白就针对唐帝国对南诏的战争,写有《古风》其三十四,真切地反映了严酷的社会现实:“羽檄如流星,虎符合专城。喧呼救边急,群鸟皆夜鸣。白日曜紫微,三公运权衡。天地皆得一,澹然四海清。借问此何为,答言楚征兵。渡泸及五月,将赴云南征。怯卒非战士,炎方难远行。长号别严亲,日月惨光晶。泣尽继以血,心摧两无声。困兽当猛虎,穷鱼饵奔鲸。千去不一回,投躯岂全生。如何舞干戚,一使有苗平。”由于这一战争明显属于非正义,所以百姓“莫肯应募,杨国忠遣御史分道捕人,连枷送诣军所。……御史行者愁怨,父母妻子送之,所在哭声振野”(《资治通鉴》天宝十载)。李白的诗歌就深刻揭露了这一社会现实,充满了深厚的忧国伤时之情。《古风》其三“秦皇扫六合”借秦皇故事讽喻唐明皇,淋漓尽致地倾吐了作者情感。

遭受战争荼毒之后的“大历”时期,由于“交汇成盛唐之音的观念、气魄、情调全都黯淡了、褪色了、低沉了,为一种疲倦、衰顿、苍老而又冷淡的风貌所取代”,①所以,这一时期的一些反映时事的作品如李嘉祐的《和郎中破贼后经剡县山水上李太尉》、刘长卿的《和袁郎中破贼后军行过剡中山水谨上太尉》、皇甫冉的《和袁郎中破贼后经剡中山水》、《送袁郎中破贼北归》等直接涉及袁晁起义这一对唐代历史产生重大影响的事件,都具有独立存在的价值。但总体上看,这些作品大多通过诗人细微深婉的心灵展现来审视社会现实,固然也在一定程度上反映安史之乱后田园荒芜、民生凋敝等状况,为后人留下一幅幅社会生活的画面,反映出一种充满苦难又缺乏生气的特定时代的普遍情绪,“然而应当指出的是,即使是在这少数触及现实的诗歌中,他们也很少正面剖视社会的疮痍,而是更多地注目于带有乱后残迹的月露风云”,②笼罩着一层浓重的时代阴影。他们固然也以自我敏感的诗心去把握时代的普遍心理与情绪,但展现出来的多为叹老嗟卑之作,陶醉于颓废感伤的情调中,自然露出气象衰飒之

① 蒋寅:《大历诗风》,上海古籍出版社 1992 年 8 月版,第 22 页。

② 葛晓音:《汉唐文学的嬗变》,北京大学出版社 1990 年 11 月版,第 129 页。

色，杜诗那种深沉博大的主体精神在一时间嗣响寥落。“大历十才子”固然“皆负当时盛称”（卢纶《酬畅博士当感怀前踪五十韵》），但他们的思想总体上看来较为庸劣，缺乏强烈的社会时代责任感，这是一个最为致命的缺失，而这一缺失也就在很大的程度上损害了诗歌建构的意境的完美。乔亿《剑溪说诗》“大历诗品可贵，而边幅稍狭”，就是从这样的意义上说的。关于“大历十才子”的审美风貌及其在文学史上的意义，张福庆在《唐诗美学探索》一书中有着较为准确而全面的定评：“大历诗风的出现，标志着盛唐气象的终结，这在唐诗发展史上无疑是一个重要的消息。唐诗的审美情趣，由反映社会生活、人生理想，转为表现内在情感、身边琐事；由崇尚刚健挺拔的建安风骨，转为追慕清丽纤巧的六朝之风；由追求雄豪壮伟的阳刚之美，变成醉心于闲静淡雅的阴柔之美。唐诗的风貌，从此发生了深刻的变化，并对中晚唐诗风产生了深远的影响。”①

中唐时期叙事诗的代表性诗人则应数杜甫和白居易，先说杜甫，朱彝尊《与高念祖论诗书》指出：杜诗“无一字不关乎纲常伦纪之目，而写时状景之妙，自有不期工而工者。然则善学诗者，舍子美其谁师也？”杜甫是中国几千年文化史上最富于人格魅力的伟大诗人，是具有光辉人格的中国传统文人的典范。杜甫的精神和品格熔铸成动人的诗篇，哺育了历代进步作家。这也可以说是大唐这个时代为中华民族做出的最杰出的贡献之一。杜甫是那个时代的先知，以时代先驱者所特有的那种天才和直觉，得时代风气之先，从而对于那个伟大而独特的时代，表现出极大的创造活力，登上了中国传统诗歌艺术的最高峰。诗人有着爱国爱民的高尚思想与豁达胸怀，唱出一支支激昂的赞歌，代表着时代的最强音，那么一种壮阔的气势，给人以极大的鼓舞力量；同时，他又直面惨淡的时代，较为自觉地以时代、社会的批判者自任，表现出对现实发展走向的深切关注，展露忧国忧民的幽愤心情，全面地触及时代的弊端。杜甫在相当多的作品中

---

① 张福庆：《唐诗美学探索》，华文出版社 2000 年 1 月版，第 228 页。

隐含着对不合理的社会现实的反抗情绪,深入揭露时政的弊害,唱出一支支深沉的讽喻之曲,有着极强的审美震撼力。那么一种深沉的时代意蕴又是常人难以企及、遑论逾越的美学高度,有着丰厚的文化意义,是真正意义上的“前无古人,后无来者”。诗人一生政治理想无从实现,但他的爱国爱民之心,至老不衰。“一个时代的文学高峰,是艺术性和人民性的完美统一,是逻辑和历史的统一,是时代精神的结晶。”①杜甫之诗,最当此誉。他成功的创作实践为中国传统诗歌发展提供了最富有诗学意义的启示,标举高洁的人格,创作中具有强烈的抒情性,又致力于诗歌艺术的总结和提炼,诗境和诗情都是那么博大与深沉,动人心魄。

这里特别强调杜甫的时事诗,也只是为了以此为基点,更好地阐析杜诗留给后人的从精神到艺术的审美启示。王直方《题清芬阁》所谓:“人以诗自业,在唐如蜂房。香英众采撷,论功归其王。恭维少陵老,实提六义纲。人能分一体,犹足生辉光。……”诗人不仅在诗歌创作领域取得了极高的艺术成就,在诗歌理论方面也进行了一定的探索与商讨。杜甫固然没有专门的理论著作问世,但有着大量的紧扣诗歌美学艺术本质的理论表达,显示出他对艺术审美规律和艺术辩证法的深切领悟。理论的空白往往是创作贫弱的一种表现,杜甫以自己在诗歌创作中的深切体会,为后人提供了艺术上的精论妙理。通过对杜甫这些话语的有效解读,也能帮助后人更好地理解诗人艺术精神及创作方法,如《戏为六绝句》论述了诗歌的审美特征,也探讨了诗的艺术规范等问题,尚永亮先生《唐代诗学论纲》一文着重强调“杜甫这六首绝句,既是诗论,亦为诗作,以诗论诗,阐述主张,不仅具有理论深度,而且给人以阅读的快感、美感。这种形式,创此前所未有,示后人以轨辙,在中国诗学史上影响甚大”,②“这种将理性思维借助感性形式加以表现,利用或叙或议的诗境扩大读者想象空

① 赵敏俐:《周汉诗歌纵论》,学苑出版社 2002 年 11 月版,第 106 页。

② 尚永亮:《唐代诗歌的多元观照》,湖北人民出版社 2005 年 6 月版,第 5 页。

间的形式，蕴含着丰富的理论信息，不可轻易放过”。① 杜甫出身于“生常免租税，名不隶征伐”（《咏怀》）的特殊家庭，自小接受封建正统儒学教育，熏陶渐染，深入肌理，但又能超越儒家的修齐之道。正因为如此，才有《咏怀》诗中的艰辛、表白与感慨，对当今的批评与讽刺，也极为含蓄婉转，如《忆昔》“关中小儿坏纪纲，张后不乐上为忙。至今今上犹拨乱，劳心焦思补四方”，正是诗人对国事关怀的自然体现，辛辣而又韵味深长。又如《北征》“顾惭恩私被，诏许归蓬荜。拜辞诣阙下，怵惕久未出。虽乏谏诤姿，恐君有遗失”，前半“含泪的微笑”，后半委婉的讥讽，极为得体。清人蒋士铨所谓“先生不仅是诗人，薄宦沉沦稷契身”（《南池杜少陵祠堂》），极是。他游泰山，泛浙江，多是借山水寄寓伟大情怀，《望岳》诗“会当凌绝顶，一览众山小”，充满了一股笼盖宇宙的力量，激荡着一股豪迈、磅礴之气，既表现了诗人阔大非凡的胸襟与抱负，也生动准确地概括了奋发向上的时代特征。金圣叹《杜诗解》卷一：“作如此结，真是有力如虎。”浦起龙《读杜心解》卷一论《望岳》诗：“杜子心胸气魄，于斯可观。取为压卷，屹然作镇。”《登兖州城楼》“东郡趋庭日”，即用《论语·季氏》所载孔鲤典故。《壮游》一诗中说“七龄思既壮，开口咏凤凰”，他后期也常提及凤凰，对凤凰崇拜之至，以凤凰降世作为祥瑞、理想的社会。凤凰是以鸟为主兼具鸟兽特点的综合性虚拟动物，寄寓着人们善良美好的社会理想，积淀着丰富的历史文化内涵，凤鸟至，河图出，一向被视为祥瑞之兆。《山海经》说：“是鸟自歌自舞，是则天下安宁。”《尚书·考灵耀》：“明王之治，凤凰下之。”《国语·周语》：“周之兴也，鸑鷟鸣于岐山。”“鸑鷟”即是凤凰的别名。《说文解字》卷四上：“凤，神鸟也。天老曰：凤之象也，麟前鹿后，蛇颈鱼尾，鹳颡鸳思，龙文龟背，燕颔鸡喙，五色备举，出于东方君子之国，翱翔四海之外，过昆仑，饮砥柱，濯羽弱水，莫宿风穴，见则天下大安宁。”《诗经·大雅·卷阿》：“凤凰鸣矣，于彼高冈。梧桐生矣，于彼朝

① 尚永亮：《唐代诗歌的多元观照》，第6页。

阳。”郑笺说:“凤凰鸣于山脊之上者,居高视下,观可集止,喻贤者待礼乃行,翔而后集。梧桐生者,犹明君也。生于朝阳者,彼温仁之气,亦君德也。凤皇之性,非梧桐不栖,非竹实不食。”但诗人笔下的凤凰也有个性特点,《朱凤行》中的凤凰成了诗人自我象征和诗人理想的自我体现:“君不见,潇湘之山衡山高,山巅朱凤声嗷嗷。侧身长顾求其群,翅垂口噤心劳劳。下愍百鸟在罗网,黄雀最小犹难逃。愿分竹实及蝼蚁,尽使鸱鸮相怒号。”①诗人在《又观打鱼》中热情呼唤凤凰降临:“干戈兵革斗未止,凤凰麒麟安在哉。”这正是诗人对国事关怀的深切体现。杜甫《兵车行》、《丽人行》、《咏怀》等作,唱出了“朱门酒肉臭,路有冻死骨”这样惊心动魄的诗句,对比强烈的画面无情鞭挞了炙手可热的权贵,批判他们荒淫、奢侈的生活。诗人既洞察国家内部危机!又关心民生疾苦,能够透过生活表象而洞察问题的根本。这是因为诗人自身不但“致君尧舜上,再使风俗淳”的抱负落空,而且还过着“朝扣富儿门,暮随肥马尘。残羹与冷炙,到处潜悲辛”的屈辱生活,所以,由己及人,他的目光深深关注下层人民的痛苦,“默思失业徒,因念远戍卒”(《咏怀》),但又苦于无力改变现实。《咏怀》诗中的诸多环境描写往往都渗透隐喻现实的深意,着意渲染的是风雨飘摇的时代特征。作品既铺排内心的忠诚,又怒视最高统治集团,委婉曲折,一唱三叹,真所谓“平生忠义心,一饭不少忘。臣甫宁饿死,愿君尧舜唐”(姚勉《先贤八咏·杜甫吟诗》)。

安史之乱中,杜甫身尝战乱之苦痛,和父老乡亲一起流浪奔波,更加自觉地将个人情感与民族安危、百姓哀乐联系起来,黄庭坚《老杜浣花溪图引》所谓“中原未得平安报,醉里眉攒万国愁。生绡铺墙粉墨落,平生忠义今寂寞”(《山谷外集》卷一六),俞文豹《吹剑三录》以为这两句诗“状尽子美平生矣”,极是。诗人以这样的生活体验为基础写下了《悲陈陶》、《悲青坂》、“三吏”、“三别”、《北征》等现实主义名篇,真实而又全面

① 许总:《宋诗史》,重庆出版社 1997 年 3 月版,第 109 页。

地叙写当时动荡不定的战事和政局，吟唱着一首首揪人心腑的时代哀歌。诗人以深沉的目光注视满目疮痍的现实社会，不但要展现各种社会现象，更要对这些现象进行探根究底的剖析，从而广泛、深切地反映了安史之乱前后唐帝国盛极而衰这种大动荡的历史事实，就是在登览山水中，诗人也常常流露出伤时忧国之情，实现了中国山水诗的革命性的伟大突破。诗人那些面对活生生现实生活的“即事名篇”，更是被后人推誉为“诗史”，愤激情绪都蕴藏在文字背后，所谓力透纸背。如《丽人行》，杨伦《杜诗镜铨》引蒋弱六云“美人相、富贵相、妖淫相，后乃现出罗刹相”，可谓一针见血，正如魏庆之《诗人玉屑》卷九引张天觉论诗文的讽刺艺术时说：“讽刺则不可怒张，怒张则筋骨露矣。”这是因为中国传统的温柔敦厚的诗教观使得中国传统诗歌审美艺术一贯讲求节制情感的外露。但这也不可一概而论，而要根据行文的要求灵活地掌握，杜甫在这方面有着高度的艺术技巧，如《岁晏行》的“去年米贵阙军食，今年米贱太伤农。高马达官厭酒肉，此辈杼柚茅茨空”等句，直入时事，映衬的效果特别强烈。杜甫的一些诗歌还可作史实看，补正史之阙，如《三绝句》之一：“前年渝州杀刺史，今年开州杀刺史。群盗相随剧虎狼，食人更肯留妻子?”信然泣血之作。可见，杜甫的诗歌直面现实人生，严格按照生活自身的逻辑客观冷静地反映生活，穿透现象，洞悉社会、人生百态的本相。杜甫充满着对现实世界的关注和执著之心，所以着重描写有血有肉的活生生的人，他的诗中也常常出现同时代的知名人物，如郑虔、李白、严武等。

同时，杜甫也以诗人的巨大活力，更加重视诗艺探索，扩大作品的社会内容和表现能力。他在诗歌形式上不断地进行着多方面的具有开拓意义的实践，比如有意识地运用组诗的形式，扩大诗歌的思想容量。杜甫很少直接叙述，而是着力找寻那些最富于表现力而又极其恰切的字眼，来表达心中那一份深挚的情怀。所以，黄庭坚《大雅堂记》称杜甫诗“妙处乃在无意于文，夫无意而意已至”，也主要是从这一意义上立论的。杜甫常用“衰”“老”“迟暮”等带感伤色彩的字眼，营造出许多独特鲜明的境界，从而更深地传达了诗人的体验，给人以浓重的抑郁感，奇中寓正，意旨深密，如《茅屋为秋风所破歌》，艺术上取得杰出成就，素来为人称颂，如《诸将》、《秋兴》、《咏怀古迹》及《秦州杂诗》等。他到死还关心着国家大事，“战血流依旧，军声动至今”，写了最后一首诗——《风疾舟中伏枕书怀三十六韵奉呈湖南亲友》。王国维《文学小言》六强调：“三代以下之诗人，无过于屈子、渊明、子美、子瞻者。此四子者苟无文学之天才，其人格亦自足千古。”证之以史，信然。

残酷的现实生活最能教育人。杜甫的创作，主要在天宝十五载(756年)庞大的帝国开始解体后的劫难动乱中。这一时期，社会急剧动荡与变化，黎民涂炭。诗人为了生存，尝遍了西北、西南、中南一路流离漂泊的辛酸，应该说是获得了比李白更深切的生命体验，真是所谓“天地困腐儒，江湖托孤楫”(陈与义《舟抵华容县》)了。任何关心国家前途与百姓命运的人，都会自觉不自觉地将心融入这样的社会中，何况是杜甫那样志在有为而又偏遭如此时局的人。诗人目睹时艰，正视现实，生活和劳动人民接近，感情也和他们融汇，承担着人间的一切苦难和忧患。或许这正是他诗歌创作所必需的、注定的命运。无论是吴乔《围炉诗话》卷四指出杜甫“于黎民，无刻不关其念”，还是周紫芝《竹坡诗话》“少陵有句皆忧国”，都着重强调这一点。杜甫亲眼看到胡人的屠杀焚掠，和人民一同感受到国破家亡的苦痛，目睹“所遇皆被伤，呻吟更流血”，“夜深经战场，寒月照白骨”(《北征》)这样的悲惨场面，以充满同情的笔触申诉了民众的灾难。这一切都是历史风云的生动写照，也是几十年人生苦难经验的凝定，因此，他的现实主义创作达到了最高峰，这样也就全面提升了文学反映客观现实的社会功能。他密切地注意着平乱的动向，又具有对于现实生活的深邃的洞察力，所以，随着时间的推移，自然也就有了《留花门》、《诸将》、《闻官军收河南河北》、《忆昔》、《三绝句》等名篇，这些作品都渗透了诗人的真情实感，而这种感情又植根于对现实的深刻观察与认识，其代表作《洗兵马》艺术更为娴熟，王安石选为杜诗的压卷之作，可谓别具只眼，吴师道《吴礼部诗话》也说是“尤为诸篇之冠”。肃宗至德二载（757年）九月，唐王朝收复长安，同年十月收复洛阳，随后肃宗、玄宗也相继返回长安。杜甫于次年三月写下《洗兵马》一诗，诗歌首先展现了“中兴诸将收山东，捷书日报清昼同”的喜悦，中间叙写了“三年笛里关山月，万国兵前草木风”的残酷现实，最后则表达了“安得壮士挽天河，净洗甲兵长不用”的良好愿望，这是身经长期战乱的社会与人民的共同心理感受。管世铭《读雪山房唐诗序例》“七律凡例”则对《诸将》五首特别推崇，指出：“少陵七律，自当以《诸将》五首为压卷，关中、朔方、洛阳、南海、西蜀，直以天下全局运量胸中。如借兵回纥，府兵法坏，宦官监军，皆关当时大利大害，而群臣无能见及者。气雄词杰，足以称其所欲言。每章起结，皆具二十分力量。”王寿昌《小清华园诗谈》卷上从一个特定的视角论析了诗人在情性、取材上的差异：“陶彭泽志在归来，实多田园之兴。谢康乐志在山水，率多游览之吟。他如颜延年志在忿激，则咏《五君》。……凡此之伦，不一而足，惟杜工部志在君亲，故集中多忠孝之语。《曲礼》曰：‘志之所至，诗亦至焉。’不信然乎？故学者欲诗体之正，必自正其志向始。”最后的结论应该是可信的。方回《瀛奎律髓》卷一〇评价杜甫《春远》更是强调：“大抵老杜集，成都时诗胜似关、辅时，夔州时诗胜似成都时，而湖南时诗又胜似夔州时，一节高一节，愈老愈剥落也。”卷二九评杜甫《岁暮》诗甚至说：“唐中叶衰矣，却只成就得老杜一部诗也。”陶文鹏先生在论及苏轼的山水诗时精辟地指出：“苏轼比一般山水诗人高明之处在于：他经常把当时政治的黑暗、人民的疾苦等社会现实问题引入山水诗中，使人们读了他的作品，既获得对于山水自然美的艺术享受，又能够认识诗人所处时代的社会生活面貌。……这是苏轼为宋代山水诗开拓出的一种新的意境。”①杜甫则更可以说是这一手法的拓荒者。

后人对杜诗仰之者难以胜数，文天祥便是其中之一。囚北期间，集杜

① 陶文鹏、韦凤娟主编：《灵境诗心——中国古代山水诗史》，凤凰出版社 2004 年 4 月版，第 411—412 页。

诗为五绝二百首,在《集杜诗自序》中,诗人从心灵深处表达了这样的情怀:“余坐幽燕狱中,无所为,诵杜诗稍习。诸所感兴,因其五言,集为绝句。……凡吾意所欲言者,子美先为代言之,日玩之不置,但觉为吾诗,忘其为子美诗也。乃知子美非能自为诗。诗句自是人情性中语,烦子美道耳。子美于吾隔数百年,而其言语为吾用,非情性同哉!”

再说白居易和元稹。唐代诗人中叙事诗创作最多、成就最高的是白居易和元稹。他们的叙事诗可以分为乐府和歌行两类。乐府叙事诗继承了汉魏乐府和杜甫“三吏”“三别”的传统,一般比较短小朴实。所写的事虽然经过了概括加工,但征实性还比较强。他们将生活中许多真实事件加工为诗中之“事”,酷似真实生活的场景和过程。但作者的兴趣不完全集中在他所叙述的故事上,而是特别关心由此引出的问题。“首句标其目,卒章显其志”,所写之事是作为问题的例证出现的。故虽有个别诗篇情节比较曲折(如《缚戎人》、《新丰折臂翁》),多数却只是简短的事件。对这类诗要用近似读问题诗、读报告文学和读汉乐府的心情去体会,而不宜用纯粹的叙事诗或“诗体小说”之类的眼光去读,否则在欣赏过程中会出现种种不切实际的期求。

元白的另一类叙事诗以《长恨歌》、《琵琶行》、《连昌宫词》为代表,可以说是更成熟、更典型的叙事诗。不仅继承了先秦以来叙事诗的艺术传统,而且吸取了初唐以来七言歌行的成就,其叙事的委曲动人、语言的顺适惬当、音调的优美和谐,都取得了高度的成就。更值得注意的是,把它们与作者的乐府叙事诗相比,征实性因素下降了,诗人的兴趣更多地集中在故事上。而作者本人又是抒情诗的高手,虽为叙事诗却同时具有浓厚的抒情气氛。它所呈现的艺术风貌,有以下几点值得注意:

(一)完整曲折的故事情节

元白之前文人叙事诗很少有曲折复杂的情节。蔡琰的《悲愤诗》叙述了一些事件,但说不上完整曲折的故事情节;李白、杜甫的一些小型叙事诗,如《长干行》、《佳人》及“三吏”、“三别”,也只有一个简单的故事轮廓。等到元白登上诗坛,叙事诗才真正故事化了。同样的故事,可以写成小说(传奇)、戏剧,足见其情节引人入胜。《长恨歌》的故事由五个环节组成:结合、惊变、思念、寻觅、致词,一环环连续向前发展,既经常出现出人意料的转折,又环环相扣,完全符合人物性格逻辑,而且每一大环节中又有一些小的曲折波澜(如致词一节先寄旧物,后又提及密誓)。像李、杨这样一个爱情悲剧,如果按照杜甫那种仅仅是纪事的写法,到马嵬事变即须收场。但从构成传奇故事的要求看,杨贵妃生前的事,无非是承欢侍宴、缓歌曼舞,可以说是无奇可写。《长恨歌》突破了现实生活的限制,着重写马嵬事变以后的情节,便增加了许多曲折,给整个故事带来了浪漫的传奇色彩。《长恨歌》不仅歌咏了一个传奇故事,而且还紧紧抓住这条主线,把故事叙述得非常紧凑。凡遇到有可能使爱情主线中断或松弛的地方,即通过剪裁和语言上的承接联系,把这条主线拉紧。如安史之乱爆发和玄宗由蜀回京,如果离开主线去叙述背景,无疑会使故事岔开,生出枝蔓,但《长恨歌》只分别用"渔阳鼙鼓动地来""天旋日转回龙驭"这样的诗句,就把背景交代清楚,而仍将叙述重点放在爱情主线上。这表明作者不仅善于创造故事,而且善于对它进行叙述。《琵琶行》的故事没有《长恨歌》那样富有传奇性,但诗中除了琵琶女的身世构成一层故事外,作者由京城贬居江州的遭遇也构成一层故事。与此同时,两人此次相遇,由送客到闻乐、到演奏、到琵琶女和作者先后自叙身世、到再次弹奏和满座掩泣,又是一重故事。由于有这样三方面结合,《琵琶行》的故事也显得丰富曲折,不同凡响。元稹的《望云骓马歌》虽然写一匹马,但并非咏物诗。作者实际上是把望云骓作为一个平时受冷遇,到朝廷危难时方受到识拔的英雄人物来写的,而它在给皇帝立了大功之后,又在群小的排挤暗算下,郁郁死去。故事颇具波澜,耐人寻味。

(二)卓越的叙事艺术

苏辙云:"老杜陷贼时,有《哀江头》诗……予爱其词气如百金战马注坡蓦涧,如履平地,得诗人之遗法。如白乐天诗词甚工,然拙于纪事,寸步不遗,犹恐失之。此所以望老杜之藩垣而不及也。”(《栾城集》三集卷八)批评的立场显然是站在抒情诗一边。只要稍加思考,人们很容易会问:能否用《哀江头》等抒情诗的写法去衡量叙事诗呢?事实上,不仅不能用《哀江头》的写法来要求《长恨歌》、《琵琶行》,就是《哀江头》与杜甫《北征》、《自京赴奉先县咏怀五百字》的写法也不能一样。《哀江头》作为抒情诗,以抒写诗人忆昔伤今的情感发展为线索,首尾写诗人自己,中间插入回忆中玄宗与杨妃游幸曲江的情景。构成转换跳跃,大起大落。而《长恨歌》、《琵琶行》以及《北征》、《自京赴奉先县咏怀五百字》,旨在叙述故事或纪事,则需要首尾连贯,有节次步骤。二者区别很明显,不能以此例彼。所谓“寸步不遗”,如果理解为叙事的前后连属,有条不紊,则正是叙事诗这种体裁对于叙述方式的一种基本要求。当然,这不等于说不要剪裁或排斥插叙、倒叙、设伏、照应等艺术手法。《唐宋诗醇》分析《长恨歌》云:“通首分四段:‘汉皇重色思倾国’至‘惊破《霓裳羽衣曲》’,畅述杨妃擅宠之事。却以‘渔阳鼙鼓动地来’二句暗摄下意,一气直下,灭去转落之痕。‘九重城阙烟尘生’至‘夜雨闻铃肠断声’叙马嵬赐死之事。‘行宫见月伤心色’二句,暗摄下意。盖以幸蜀之靡日不思,引起还京之彷徨念旧,一直说去,中间暗藏马嵬改葬一节,此行文飞渡法也。‘天旋日转回龙驭’至‘魂魄不曾来入梦’,叙上皇南宫思旧之情。‘悠悠生死别经年’二句亦暗摄下意。‘临邛道士鸿都客’至末叙方士招魂之事。结处点清长恨为一诗结穴,戛然而止,全势已足,更不必另作收束。”对照苏辙与《唐宋诗醇》的评析,让我们看到从宋代到清代诗学思想的进步。《唐宋诗醇》认同了作者按爱情线索分四段依次推进的写法,同时对《长恨歌》中“一气直下,灭去转落之痕”以及妙于剪裁、“行文飞渡”等别具匠心处,也作了点拨。除《唐宋诗醇》所举的例子外,《长恨歌》叙事精彩处还很多。如上文提到的用“渔阳鼙鼓动地来”“天旋日转回龙驭”等句简洁地交待背景而又扣紧主线,削去可能出现的枝杈。如诗的开头,用“汉皇”二句写玄宗,“杨家”二句写杨妃,“天生”二句写结合,只六句就把男女双方合到一起，两股成一线，简洁且又清楚。长诗表面上“一气直下”，而行文之中伏笔和前后照应之处极多。如从“回眸一笑百媚生”到“回头下望人寰处”“含情凝睇谢君王”；从“尽日君王看不足”到“回看血泪相和流”“不见玉颜空死处”，既形成联系照应，又显示了情节发展。末尾写杨妃致词一段，把诗人叙述语与女性陈述语融为一体。致词本身又分两层，第一层寄物，第二层寄词，愈转愈深，且转入回忆与倒叙。凡此，皆极见白居易叙事艺术之精。从叙述故事看，《琵琶行》的头绪比《长恨歌》复杂，它把自叙和一个可能是虚构的故事整合在一篇之中，既要写琵琶女的身世与思想情绪，又要写作者的遭遇与思想情绪，还要写琵琶演奏以及两人如何见面、如何收场，处理起来难度是相当大的。作者巧妙地用琵琶演奏贯串始终，使首尾一贯而又紧凑。又通过“同是天涯沦落人”这种联系，用琵琶女的身世映带、衬托作者身世，既减省了头绪和笔墨，又使诗中两条线索结合得更为紧密。

（三）细致传神的人物描写

中国传统艺术是重抽象轻具象的。叙事诗作为一种应该重视具象的诗体，却又出现在中国文化大背景下，它在人物描写方面面临着一些难题，但白居易等人对此作了较好的解决，既能传神又较为细致。前代叙事诗中人物描写最为成功的是《孔雀东南飞》，但在解决上述问题方面尚未达到《长恨歌》、《琵琶行》的自觉程度。《孔雀东南飞》对于刘兰芝有一段很集中的肖像描写：“足下蹑丝履，头上玳瑁光。腰若流纨素，耳著明月珰。指如削葱根，口如含朱丹。纤纤作细步，精妙世无双。”从足下说到头上，看上去很细，实际上在传神方面是不够的。《长恨歌》和《琵琶行》不作这样的集中描写，避免了具象过多之嫌。但同时又配合情节发展，在关键时刻加以点画，着墨不多却能细致传神。如《长恨歌》中“回眸一笑百媚生，六宫粉黛无颜色”“玉容寂寞泪阑干，梨花一枝春带雨”；《琵琶行》中“犹抱琵琶半遮面”“整顿衣裳起敛容”都是突出的例子。在心理描写方面，《孔雀东南飞》还非常简单，如写焦仲卿会见刘兰芝后回家准备自杀,只有两句诗:“长叹空房中,作计乃尔立。”而《长恨歌》写玄宗回京后在空寂的宫殿中思念杨妃则是大段情景交融的心理描写。《琵琶行》中心理描写的内容也很丰富,特别是借音乐描绘曲传琵琶女的内心世界,更是心理描写中一种新的成功的尝试。

(四)浓郁的抒情气氛

中国诗歌抒情诗占优势,而元白叙事诗又出现在唐代抒情诗特盛的背景之下,因此元白叙事诗抒情气氛非常浓郁。拿《长恨歌》和《长恨歌传》作比较,李、杨故事的开头部分,诗短传长。因为有关入宠的许多事不便抒情,勉强写出,必然是只有事件而无情韵。写马嵬事变后玄宗对杨妃的怀念,传短诗长。如从事变发生到玄宗回京,传文只有四句,而诗则分为云栈剑阁、行宫月夜、重经马嵬三个层次进行咏叹。因为这些地方宜于抒情,在中国传统文化所造成的心理定势下,无论是作者还是读者到此都会发生感情的震颤而需要有极好的抒情文字。陈鸿的《长恨歌传》自始至终以第三人称进行叙述,显得比较客观,可是《长恨歌》正如清代学者贺贻孙所评“如泣如诉”,“字字从肺腑中流出”,作者(叙述人)的口吻和诗中人物的心声、语言常常融合在一起,难以区分。这样,既保持了音节气氛的统一连贯,又时时以近似人物自身的口吻来演唱他们的悲歌,使抒情力量大大加强。“一篇《长恨》有风情”,“风情”和诗中的抒情因素是不可分的。与《长恨歌》相比,《琵琶行》的抒情气氛显得更浓。《长恨歌》开头部分尚带有若干讽刺成分,而《琵琶行》不存在这种障碍。《琵琶行》的作者在诗中直接出场,与琵琶女共同倾诉天涯沦落之痛。从抒写“迁谪意”来讲,《琵琶行》等于是抒情诗,而从为琵琶女作诗传的角度看,又是叙事诗。《琵琶行》等于是把抒情诗嫁接在叙事诗上,其抒情气氛之浓自不待言。

三、晚唐叙事诗

时代精神的特征在很大的程度上能左右艺术家的审美趣味,晚唐那“夕阳无限好,只是近黄昏”的时代特征对晚唐叙事诗影响很大。高启曾慨叹“登临亦可悦，但恨时非平”（高启《吴越纪游诗·早过萧山历白鹤柯亭诸邮》），晚唐诗人也处于这一特定历史时期，所以，也有“诗旨未能忘救物，世情奈值不容真”（杜荀鹤《自叙诗》）的无奈，饱含沉重的伤感。他们更加慨叹“诗旨未能忘救物，世情奈值不容真”，但时事诗深入揭露社会现实的美学精神还在继续延展，也有着丰富充实的政治内涵。晚唐时代诗歌的独特审美风貌，正是这一时代独特心态的审美表现。这一审美心态包括诗人对国运黯淡的忧虑与理想幻灭的忧伤等等。李商隐的诗借鉴杜甫，《行次西郊作一百韵》所写的正是真的情感、真的遭遇，更以反映现实的深广和思想的深刻著称，呈现出杜甫式的批判色彩，学杜而且得其神似，与杜甫的《咏怀》、《北征》先后辉映，名垂千古。朱庭珍《筱园诗话》说：“五言长篇，始于乐府《孔雀东南飞》一章，而蔡文姬《悲愤诗》继之。唐代则工部之《北征》、《奉先述怀》二篇，玉溪《行次西郊》一篇，足以抗衡。”这样的历史定位是正确的。诗人把关切的目光投向社会现实，他的《有感》二首集中反映了“甘露之变”这一重大政治事件，着重揭露了宦官在这一事变中挟制天子、篡权乱政和株连、滥杀无辜的罪恶，表现了诗人强烈的愤慨之情。诗题下的自注“乙卯年有感，丙辰年诗成”，既写出了诗人的政治敏感，也道出了诗人的良苦用心。此后，李商隐又作《重有感》，进一步表达了对时事的关注：“玉帐牙旗得上游，安危须共主君忧。窦融表已来关右，陶侃军宜次石头。岂有蛟龙愁失水，更无鹰隼与高秋。昼号夜哭兼幽显，早晚星关雪涕收。”《随师东》诗是唐文宗大和元年(827年)朝廷讨伐横海镇李同捷之战在作品中的投影，也倾注着他对时局和国家前途的关切之情，深得杜诗神理：“东征日调万黄金，几竭中原买斗心。军令未闻诛马谡，捷书唯是报孙歆。但须鸑鷟巢阿阁，岂假鸱鸮在泮林？可惜前朝玄菟郡，积骸成莽阵云深。”这一作品中有诗人个人情志的强烈抒发，声情恳切，真挚动人。在这一诗中，李商隐通过两个典故的对比对腐败的社会现实进行揭露，一个是历史上著名的严明军纪的故事：诸葛亮挥泪斩马谡；另一个却是弄虚作假的故事：晋将王浚诳报复孙歆的故事。两个都是有特定的内容,通过“未闻”与“唯是”,从正反方面把他们连接起来。

李商隐《登乐游原》一诗实际上也可以理解成一首时事诗,展现了诗人内心深处的抚事念乱之情,体情细腻,充满诗意的美丽感伤:“向晚意不适,驱车登古原。夕阳无限好,只是近黄昏。”诗歌既表达年华易逝、英雄迟暮的感叹,又蕴含国事日非的隐忧,诗意丰富,含而不露,使之具有超越历史的力量。何焯《义门读书记·李义山诗辑评》认为诗歌“叹时无宣帝可致中兴,唐祚将沦也”,不为无据。诗句或从张九龄《登乐游原春望书怀》“城隅有乐游,表里见皇州。策马既长远,云山亦悠悠。万壑清光满,千门喜气浮。花间直城路,草际曲江流。凭眺兹为美,离居方独愁。已惊玄发换,空度绿荑柔。奋翼笼中鸟,归心海上鸥。既伤日月逝,且欲桑榆收。豹变焉能及,莺鸣非可求。愿言从所好,初服返林丘”而来,但诗中那凄然西下的夕阳,成了家国衰亡之前这一特定时代民族心理苦痛的象征。姜夔《白石诗说》:“小诗精深,短章蕴藉,大篇有开阖,乃妙。”《登乐游原》正是这样精妙而又耐人咀嚼的“小诗”。管世铭《读雪山房唐诗钞凡例》:“李义山《登乐游原》消息甚大,为五绝中所未有。”纪昀说:“百感茫茫,一时交集,谓之悲身世可,谓之悲时事亦可。”俞陛云《诗境浅说》的分析较为详尽:“诗言薄暮无聊,藉登眺以舒怀抱。烟树人家,在微明夕照中,如天开画图。方吟赏不置,而无情暮景,已逐步逼人而来。一入黄昏,万象都灭。玉溪生若有深感者。莺花楼阁,石季伦金谷之园;锦绣江山,陈后主琼枝之曲。弹指兴亡,等斜阳之一瞥。夫阴阳昏晓,乃造物循例催人,无可避免。不若趁夕阳余暖,少驻吟筇。彼赵孟之视荫,徒自伤怀。且咏‘人间重晚晴’句,较有清兴耳。”

张祜《喜闻收复河陇》也见出诗人对国事的关切,尾句进一步拓开诗境:“诏出频降尽论边,将择英雄相卜贤。河陇已耕曾殁地,大羊雄辩却朝天。高悬日月胡沙外,遥拜旌旗汉垒前。共感垂衣匡济力,华夷同见太平年。”韦庄的《秦妇吟》百年前才重现于世间。孙光宪《北梦琐言》卷六

“以歌词自娱”条最早记载《秦妇吟》的创作情况:“蜀相韦庄应举时,遇黄寇犯阙,著《秦妇吟》一篇,内一联云:‘内库烧为锦绣灰,天街踏尽公卿骨。’尔后公卿亦多垂讶,庄乃讳之。时人号‘秦妇吟秀才’。他日撰家诫,内不许垂《秦妇吟》幛子。以此止谤,亦无及也。”后来,韦庄之弟韦蔼编《浣花集》时没有收录此诗,致使《秦妇吟》一诗于后世长久湮没无闻。作品长达一千六百字,全景式地描绘了唐末农民战争,有着丰富深沉的历史内涵,擅长以生活意象入诗,给人以真切生动的审美感受。诗人以一个流落的贵族少妇的独特视角,全方位地叙写了农民战争给长安乃至整个社会带来的全面而深刻的影响,全面反映了这一时期的历史风云,着意写社会的悲剧,特别是易代之际京城的混乱荒凉和民众的凄惨遭遇,如“东南断绝无粮道,沟壑渐平人渐多。六军门外倚僵尸,七架营中填饿殍”,“长安寂寂今何有?废市荒街麦苗秀。采樵砍尽杏园花,修寨诛残御沟柳。华轩绣毂皆销散,甲第朱门无一半。含元殿上狐兔行,花萼楼前荆棘满。昔时繁盛皆埋没,举目凄凉无故物”等,力图客观地向读者叙述眼前发生的事件,以诗人独特的感受去折射时代精神,也展现了诗人内心对一个王朝沦亡的悲痛情思,具有“史诗”的审美品格。《秦妇吟》可以说是唐代时事诗继杜甫、李商隐等大量作品之后的一篇集大成之作,在中国诗歌史上有自己独特的历史地位。

综上所述,唐代叙事诗与前代相比既有继承又有创新。唐代叙事诗绝大部分是文人的作品,但跟同时期的抒情诗相比,它所占的比重并不是很大。总体上看,唐代叙事诗继承了风雅精神,成为唐代社会现实的真实反映,对今天我们了解唐代社会有一定的认识意义。另一方面唐代叙事诗与前代作品相比又有所发展,唐代叙事诗不仅有完整曲折的故事情节,卓越的叙事艺术而且诗中的人物描写非常细致传神。唐代诗人在叙事的过程中还充满了浓郁的抒情气氛。这些新变都体现了唐代文人对文学遗产的借鉴和变革的主观精神。而杜甫和白居易确实成为唐代叙事诗创作的集大成者。

第三章

唐代山水田园诗

第一节　山水田园诗概说

一、唐前山水田园诗起源

山水田园诗是将山水田园本身作为审美对象加以观照，以山水田园为主要题材的诗歌作品。这类诗以描写自然风光、农村景物以及安逸恬淡的隐居生活见长。诗境隽永优美，风格恬静淡雅，语言清丽洗练，多用白描手法。山水诗并不只写山光水色，名曰“山水”仅举其大端而已。有的关于民生，有的是随性而作。有的作者假借山水田园别有寄托。广义地说，中国古典山水田园诗的源头可以上溯至先秦时期。先秦时期是中国诗歌产生和发展时期，在中国诗歌史上占有重要地位。古代劳动人民用自己的劳动创造了那个时代条件下的经济文化和艺术，也创造了最原始的诗歌。那个时期的不少诗歌都跟劳动密切相关。“今举大木者，前呼邪许，后亦应之。此举重劝力之歌也。”（《淮南子·道应训》）“土反其宅，水归其壑。昆虫毋作，草木归其泽。”（《礼记·郊特性》）这些都和农业劳动密不可分。中国第一部诗歌总集《诗经》收集了西周初年到春秋中期的诗歌三百零五篇。其中《国风》的大部分是表现广大劳动人民的生产劳动,对反动统治者的愤怒与控诉的,深刻反映了当时的社会生活面貌。《豳风·七月》就是通过奴隶一年四季种种繁重劳役的叙述深刻揭露了奴隶主的残暴,是当时社会生活的一个缩影。全面反映了奴隶一年四季从春耕到严冬凿冰的田园生产劳动。“春日载阳,有鸣仓庚。女执懿筐,遵彼微行,爰采柔桑。”诗中描绘了春天灿烂的太阳,充满生活气息的鸟儿鸣唱,姑娘们拿着竹筐走在乡间的小道上采桑养蚕的情景。“不稼不穑,胡取禾三百廛兮。”“不狩不猎,胡瞻尔庭有县貆兮。”(《国风·伐檀》)。自《诗经》而下,描写山水田园的诗篇散见于历代诗歌中,成了脉脉不息的流。

如果说《诗经》中有些篇章反映了古代劳动人民的田园劳动生活,可以看作中国古典山水田园诗的源的话。那么,作为一个文学的流派——山水田园诗派的出现则是在晋宋时期。东晋时期,天下仍未安定,但于世事沧桑,人们已司空见惯,文学思潮渐趋平和。清谈老庄玄理的风气进一步影响到文学,产生了玄言诗,许询、孙绰为一时所宗。其代表作如:“仰观大造,俯察时物。机过患生,吉凶相拂。智以利昏,识由情屈。野有寒枯,朝有炎郁。失则震惊,得必充诎。”(孙绰《答许询》)不过借诗歌形式谈玄说理,“理过其辞,淡乎寡味”(《诗品序》)。唯郭璞《游仙诗》借助形象来阐述玄理,增加了抒情成分。在较长时间内,未能出现卓有成就的大诗人,清新可喜的作品不多。直到东晋末年,才出现了一位划时代的大诗人陶渊明,给诗坛带来了新的内容和风格,并昭示着充满希望的未来。

二、田园诗派的开创者陶渊明

陶渊明(365—427),一名潜,字元亮。浔阳柴桑(今江西九江)人,曾祖陶侃出身寒微,晋时为大司马,是个务实而洁身自爱的人,外祖父孟嘉是标榜自然的名士。一生三仕三隐,最后的一次是义熙元年(405 年)八月出任彭泽县令,同年十一月郡里派了一名督邮来到,县吏提醒渊明应该穿戴得整齐一些,而他已厌倦县务,当天就解去印绶,辞官回家,从此再没有出来做官。有《陶彭泽集》。

钟嵘称渊明为"隐逸诗人之宗",但他并不是一般意义上的隐士。他很看重温饱,为人有极平常实际的一面,既亲近农业,然而当种田不能过活时,也不惜去做小官。做官不称心了,还回来躬耕。渊明诗以五言为主,从内容上大致可分两类,一类是咏怀(如《杂诗》、《饮酒》等)咏史(如《咏荆轲》),与阮籍、左思一脉相承;一类是田园诗,则是渊明的新创。

中国以农业立国,在古老的大地上,很早就产生了关于农业劳动的歌谣,如《击壤歌》、《豳风・七月》等农事诗,但农事诗不等于田园诗。田园诗较农事诗更多审美趣味,它从田园风光和农村生活中汲取创作的素材和灵感,表现山水田园风光之美,赞美人与自然的和谐关系,歌颂农村淳朴的风俗及表达诗人对和平、自由的热爱与赞美。

陶渊明算得是中古时期新型的、具有田园色彩的士大夫典型,"六朝第一流人物"(沈德潜《说诗晬语》卷上)。他的诗品与人品统一,他的全部诗文展示着一种平实而有深度、有魅力的人生境界。其诗品与人品对后世文人影响极大,唐代大诗人如王孟、韦柳、李杜、白居易等都不同程度地受到他的影响,他超越于自己的时代,称得上是唐诗的先驱;宋代的苏轼与陶渊明风味最似,其对陶诗的推崇也不遗余力——以为曹刘、鲍谢、李杜诸人皆莫及也(参苏轼《与苏辙书》)。

自汉末天命观发生动摇,魏晋时代的个性觉醒走出了旧的悖谬,却又陷入新的困境。从《古诗十九首》到曹植、阮籍,诗中充满忧生之嗟,诗人在苦苦思索生命的价值和人生的意义,但走不出人生的苦闷,为严重的心态失衡所困扰。陶渊明田园诗的产生,其最大意义就在于它第一次对这些问题作出了明确答复,对生命价值和人生意义给出了肯定答案。本来,诗人和同时代人一样,也有苦闷,但他通过回归自然、参加劳动、享受亲情、从事创作,找到了新的生命价值和人生意义,并提出了他桃花源的社会政治理想,以内心的充实与贫乏动乱的现实对立,找回了心理的平衡。

陶诗表现了一种新的人生观与自然观,这就是反对用对立的态度看待人与自然的关系,强调人与自然的同一,追求人与自然的和谐、人向自然的回归。人们欣赏陶诗的“冲淡”。而这才是“冲淡”的本质。如他的《归园田居》之一:

“少无适俗韵,性本爱丘山。误落尘网中,一去三十年。羁鸟恋旧林,池鱼思故渊。开荒南野际,守拙归园田。方宅十余亩,草屋八九间。榆柳荫后檐,桃李罗堂前。暧暧远人村,依依墟里烟。狗吠深巷中,鸡鸣桑树颠。户庭无尘杂,虚室有余闲。久在樊笼里,复得返自然。”

《归园田居》组诗作于渊明在辞去彭泽令的翌年,五首诗分别从辞官、居闲、农事、访旧、夜饮几个侧面描绘诗人归隐后的生活及情趣。第一首写辞官归来如释重负的愉快心情。诗中“尘网”“羁鸟”“池鱼”“樊笼”等比喻,前后映带,表现出诗人对官场的厌倦。“守拙”是一个关键词,与官场的机巧相对,“守拙”就是讲要老老实实做人。诗中用疏淡的笔墨画出一派田园风光,表现了诗人初回田庄的喜悦。诗人从与社会对立的自然,与城市对立的农村,与破坏对立的生产中看到希望。他用冲淡的五言诗,以平和从容的语调,叙述着他的愉悦和发现,在潜移默化中向真向善向美。所以方东树赞美渊明及其诗:“衣被后来;各大家无不受其孕育,当与《三百篇》同为经,岂徒诗人云耳哉!”(《昭昧詹言》卷四)

陶渊明的田园诗在艺术上的造诣概括而言有两个方面:其一,平淡与醇厚的统一。诗人运用白描的手法,日常生活的语言,质朴自然乃至疏淡的笔调来精练地勾勒形象,一切明白如话,所以平淡。然而,诗人对自然与生命作诗意把握的悟性极高,从而诗味不薄。苏轼说:“渊明诗初看若散缓,熟看有奇句。”“质而实绮,癯而实腴。”(《与苏辙书》)朱熹说:“陶渊明诗,人皆说是平淡,据某看他自豪放,但豪放得来不觉耳。”(《朱子语类》卷一三六)前贤之论,实肯定了陶诗平淡中有醇厚。如他的《读山海经》:

“孟夏草木长,绕屋树扶疏。众鸟欣有托,吾亦爱吾庐。既耕亦已种,时还读我书。穷巷隔深辙,颇回故人车。欢然酌春酒,摘我园中蔬。微雨从东来,好风与之俱。泛览周王传,流观《山海图》。俯仰终宇宙,不乐复何如!”

其二,情景与哲理的结合。陶渊明诗常通过写景抒情,有意无意地表现出诗人从生活中领悟到的哲理。如《饮酒》:

“结庐在人境,而无车马喧。问君何能尔,心远地自偏。采菊东篱下,悠然见南山。山气日夕佳,飞鸟相与还。此中有真意,欲辩已忘言。”

“结庐在人境”四句,就含有心为物宰的至理,“远”是玄学的基本概念之一,指超脱于世俗利害的、淡然自足的精神状态。“心远地自偏”实为一篇之要言妙道。更多的时候,陶渊明并不采用说理,而直接通过景物本身来传达他的颖悟,如“有风自南,翼彼新苗”(《时运》),“平畴交远风,良苗亦怀新”(《癸卯岁始春怀古田舍》),“采菊东篱下,悠然见南山;山气日夕佳,飞鸟相与还”(《饮酒》),“众鸟欣有托,吾亦爱吾庐”(《读山海经》)等等,都含有梵家所谓“梵我一致”,冥忘物我、和气周流的妙谛。要之,渊明诗创造了一种前所未有的新的美学范型,其特点是和谐静穆,圆融庄严,达到了古典主义的极致。

自陶渊明归耕于晋末,便把田园山水真正纳入了审美与文学的视野。当然,一个文学流派的形成和兴起不是一个人的偶然所为,更有广泛的社会及自然的原因,也是古代文人追求与社会现象综合“碰撞”的结果。概言之,有以下多方面的原因。首先,是那时地主庄园经济的兴起。庄园生活成了士大夫阶层现实而又理想的生活。环境变了既改变了他们的审美情趣也影响到他们的文学创作题材。其次,是南方的山川地理因素。东晋以后,文化政治重心逐渐南移,南方田园山水细腻柔婉的一面使得这些自然物成为了文学表现的重要对象。第三,是当时社会各阶层人与人间错综复杂的矛盾关系的产物。统治阶级内部的矛盾,使一部分人徘徊于追求功名与全身避害之间,由是“朝隐”之风日盛。一部分人寄寓于山林田园或干脆隐身山林之间,借山水抒发其超然世事的志向,使得人与自然的关系更为密切。此外,那时“玄学”盛行也对山水田园诗的兴起起到了媒介催化的重要作用。当时士大夫们追求的是“达自然之至,畅万物之情”的人格美。把能否领略山水自然之美,作为衡量一个人的人格境界的重要标准。这种人与自然的审美关系和审美观点也是促成山水田园诗兴起发展的因素之一。

三、山水诗派的开创者谢灵运

晋宋山水田园诗在陶渊明是田园诗。在谢灵运是山水诗。山水诗和田园诗均出现在玄言诗后,它们歌咏的主要对象都是自然,不过前者偏重田园风光,后者偏重山水景物。

山水诗的产生有时代的原因。魏晋以还,社会动乱,政治黑暗,隐逸之风遂盛。东晋以来官僚贵族集居于江浙的山水秀丽之地,佛寺道观亦多筑于名山,士大夫们既以隐逸为清高,又以徜徉山水为快乐,山水对于他们自然成为审美与描写的对象。玄言诗人高谈老庄玄理,亦崇尚于自然,所以诗中间及山水景物。加之游宦、行旅、离别等诗歌题材,都可以借着山水的描写来表现。于是山水诗也就应运而生。

山水诗则是与谢灵运的名字紧密联系在一起的。谢灵运(385—433),小名客儿,陈郡阳夏(今河南太康)人,东晋名将谢玄之孙。东晋末袭封康乐公,世称谢康乐。刘宋王朝建立后,降为侯爵,既不见知,常怀愤懑。永初三年(422 年)被排挤为永嘉(今浙江温州)太守,一年后回乡隐居。宋文帝即位,召为秘书监,常称病不朝,而事旅游,后被杀。有《谢康乐集》。

谢灵运是文学史上第一个专门从事山水诗写作的杰出诗人。他的山水诗绝大部分是在他做永嘉太守以后写的,诗里描绘了浙江、彭蠡湖等地的自然景色。其诗带有一种孤清闲适的情调,有意无意打上作家生活的烙印。他描绘山水力求精工与形似,有不少诗句生动细致地刻画了自然界的优美景色，情调比较开朗，给人以清新之感，前人谓之若初发芙蓉，自然可爱。然亦时见雕琢与堆砌，与陶渊明白描的、浑成的、情景交融、物我合一的境界相比，略逊一筹。刘勰说："宋初文咏，体有因革，老庄告退，山水方滋。俪采百字之偶，争价一句之奇；情必极貌以写物，辞必穷力而追新。"（《文心雕龙·明诗》）谢灵运就是这种诗风的代表。如《石壁精舍还湖中作》：

"昏旦变气候，山水含清晖。清晖能娱人，游子憺忘归。出谷日尚早，入舟阳已微。林壑敛暝色，云霞收夕霏。芰荷迭映蔚，蒲稗相因依。披拂越南径，愉悦偃东扉。虑澹物自轻，意惬理无违。寄言摄生客，试用此道推。"

山水诗和田园诗虽然具体歌咏的对象有一些差异，但在表现人与自然的关系上，彼此是息息相通的，所以它们在唐代合一，形成一个声势浩大的山水田园诗派。自此，山水田园诗脱离了依附于其他诗歌的附庸地位，独立于诗歌园地了。

第二节　唐代山水田园诗

唐代国势强盛、思想自由，文学随之蓬勃发展，形成山水田园诗的艺术高峰。到了唐代山水和田园合流，文人"用陶家手段写山水，则山水雾断云连，意境高远。采谢家技巧入田园，则田园景物自呈，意象鲜明"形成山水田园诗派。山水和田园自此便往往并置论列。

一、初唐的山水田园诗

唐初诗坛仍有梁、陈余风，宫廷中绮错婉媚、华丽精工的"上官体"广为流传大受推崇。与此同时，弃官归隐于民间的诗人王绩，却以其清高淡远的诗风,卓然独立于所处的时代。他是唐代山水田园诗的先驱人物。《野望》是隋末唐初诗人王绩的作品。此诗描写了隐居之地的清幽秋景,在闲逸的情调中,带着几分彷徨、孤独和苦闷,是王绩的代表作,也是现存唐诗中最早的一首格律完整的五言律诗。"东皋薄暮望,徙倚欲何依。树树皆秋色,山山唯落晖。牧人驱犊返,猎马带禽归。相顾无相识,长歌怀采薇。"东皋,指他家乡绛州龙门的一个地方。他归隐后常游北山、东皋,自号"东皋子"。"徙倚"是徘徊的意思。"欲何依",化用曹操《短歌行》中"月明星稀,乌鹊南飞,绕树三匝,何枝可依"的意思,表现了百无聊赖的彷徨心情。下面四句写薄暮中所见景物:"树树皆秋色,山山唯落晖。牧人驱犊返,猎马带禽归。"举目四望,到处是一片秋色,在夕阳的余晖中越发显得萧瑟。在这静谧的背景之上,牧人与猎马的特写,带着牧歌式的田园气氛,使整个画面活动了起来。这四句诗宛如一幅山家秋晚图,光与色,远景与近景,静态与动态,搭配得恰到好处。"树树皆秋色,山山唯落晖。"漫山遍野,一片秋色,夕阳西下,更显得萧瑟悲凉。宋玉《九辩》中说:"悲哉,秋之为气也,萧瑟兮草木摇落而变衰,……"颔联通过落日下的秋景,进一步渲染了孤独无依的苦闷。此联情景交融,对仗工整,成为传诵千古的名句。然而,王绩还不能像陶渊明那样从田园中找到慰藉,所以最后说:"相顾无相识,长歌怀采薇。"说自己在现实中孤独无依,只好追怀古代的隐士,和伯夷、叔齐那样的人交朋友了。读熟了唐诗的人,也许并不觉得这首诗有什么特别的好处。可是,如果沿着诗歌史的顺序,从南朝的宋、齐、梁、陈一路读下来,忽然读到这首《野望》,便会为它的朴素而叫好。南朝诗风大多华靡艳丽,好像浑身裹着绸缎的珠光宝气的贵妇。从贵妇堆里走出来,忽然遇见一位荆钗布裙的村姑,她那不施脂粉的朴素美就会产生特别的魅力。王绩的《野望》便有这样一种朴素的好处。

二、盛唐的山水田园诗

山水田园诗的创作在盛唐时期达到高峰,有其特殊的社会背景、思想基础及文学自身发展的原因。安定的社会环境和富庶的经济提高了物质生活。让人们有余力去追求精神上多方面的审美需求,山水田园诗也就兴盛起来。唐代文人崇佛道,提倡返璞归真,向往远离俗世的山林,隐逸之风大盛。又李唐皇室对隐士的礼遇,有心用世者便以隐逸为仕途的“终南捷径”。为扩大声誉,某些文人便漫游天下,结交名流以求赏识推介。因此,隐居和漫游成为风气。所居所游的山水田园成为描写的对象,山水田园诗于是大量出现。此外,山水田园诗的兴盛也是文学自身发展的结果。唐代诗人因袭南朝文学遗产,承继陶、谢以来的传统,继续开拓此一领域。只是由于时代社会的背景而更蔚然成风,终在盛唐诗坛上形成山水田园诗派。此一诗派的作家以孟浩然、王维为代表。其他如储光羲、祖咏、裴迪等人皆包含在内。

王维(701—761),字摩诘,祖籍太原祁(今山西省祁县),后家于蒲州(今山西省永济市)。从 15 岁起,他游学长安,于开元九年(721 年)中进士第,释褐太乐丞。因事贬司功参军。张九龄为相,擢为右拾遗。天宝十四载(755 年),安史乱起,至德元年(756 年),叛军攻陷长安,他被迫接受伪职。长安收复后,以陷贼官论罪,降官太子中允,终官尚书右丞。

王维是描写山水,创作清高冲淡诗风的代表作家。然而,生活曾一度使王维有过辉煌的憧憬,他像少年的杜甫、中年的李白一样追求并高歌过事业与功名,也写下了不少慷慨激昂的诗篇,集中表现了希望奔赴疆场,杀敌报国的情怀。所以在一定程度上,王维是一位相当优秀的边塞诗人。如他的《使至塞上》、《从军行》、《燕支行》、《少年行》、《老将行》、《陇西行》、《塞上作》等风格豪放的边塞诗。然而,随着政治环境的恶化,尤其是张九龄的罢相,跳荡在他内心的功名热情便渐渐地冷寂下来,其诗歌创作也从高歌功名转向了幽深的山林。

王维早年受知于张九龄,他十分钦佩张九龄的正直与政治才干,而不满李林甫的政权及其口蜜腹剑的为人。在张九龄被贬后,他曾作《寄荆州张丞相》一诗:“所思竟何在,怅望深荆门。举世无相识,终身思旧恩。

方将与农圃,艺植老丘园。目尽南飞雁,何由寄一言。”在深深怀念张九龄的知遇之恩的同时,又表露了自己行将归农隐居的心情。但王维的性格比较软弱,“既寡遂性欢,恐招负时累”(《赠从弟司库员外绒》),深怕得罪李林甫,没有勇气向当权者提出辞官归隐的请求。于是,他选择了一条半官半隐、亦官亦隐的生活道路,曾一度带官归隐长安城南的终南山。为人传诵的《终南山》,就是作于此时的气魄雄伟、景象壮丽的山水诗:“太乙近天都,连山接海隅。白云回望合,青霭入看无。分野中峰变,阴晴众壑殊。欲投人处宿,隔水问樵夫。”此诗从终南山的主峰太乙写起,总揽全山,以下移步换形,从各个角度描写了终南山苍苍茫茫且又幽深隐秀的气象。最后两句写因贪婪山色而忘却投宿之处,故隔水一问,化实为虚,便使整个描写显得空阔辽远而不呆板。王维曾自称“老来懒赋诗,唯有老相随。宿世谬词客,前身应画师”(《偶然作六首》其六),苏轼也说:“味摩诘之诗,诗中有画;观摩诘之画,画中有诗。”①该诗就深得画理,是王维“诗中有画”的一个显例。不过,更能代表王维山水诗风格的,是那些带有禅理、具有冲淡特征之作。

王维先带官归隐终南山,后建成蓝田辋川别墅。但无论归隐终南山抑或半官半隐于辋川别墅,都是对现实的一种逃避。这种逃避与其说是人身的逃避,毋宁说是精神的逃避,所以王维杜撰了“长林丰草,岂与官署门阑有异乎”②的人生哲学。这种哲学决定了王维的归隐是更少求助于客观而更多求助于主观的归隐,因而佛禅成了他的精神支柱。王维早年就受佛禅思想的影响,他在早年写的《哭殷遥》诗便指出:“人生能几何,毕竟归无形。……忆昔君在时,问我学无生。”从中可见,佛禅的“无生”观念对王维的影响尤为深刻。直至晚年,他在《秋夜独坐》中还说:“独坐悲双鬓,空堂欲二更。雨中山果落,灯下草虫鸣。白发终难变,黄

① 引自胡仔:《苕溪渔隐丛话》前集卷一五,人民出版社 1984 年版,第 97 页。

② 赵殿成:《与魏居士书》,《王右丞集笺注》卷一八,上海古籍出版社 1984 年版,第 334 页。

金不可成。欲知除老病,唯有学无生。”储光羲《同王十三维哭殷遥》也说明了这一点:“故人王夫子,静念无生篇。哀乐久已绝,闻之将泫然。”“无生”说出于大乘般若空观,是“寂灭”或“涅槃”的另一种说法。王维认为,要进入这“寂灭”之境,首先要做到“忍”。因为在他看来,六祖慧能“乃教人以忍,曰忍者无生,方得无我”,①只要坚持“忍”,坚信“无生”的耽禅心灵,就能“得无我”之境;“得无我”之境,就足以消除人世间的一切纷扰,一门一户足以从精神上隔绝人世。因此,王维的归隐就不是那些空无人迹的地方,而是晋王康琚《反招隐诗》所说的“小隐隐陵薮,大隐隐朝市”的“朝隐”。王维在60岁所写的《与魏居士书》中,曾批评了上古以来一些著名隐士坚持迹随心隐的遁世方式,认为许由洗耳“尚不能至于旷士”,嵇康“顿缨狂顾岂与俯受维絷有异”,陶渊明因“一惭之不忍而终身惭乎”,都是“忘大守小”;而“我则异于此,无可无不可。可者适意,不可者不适意也。苟身心相离,理事俱如,则何往而不适”。所谓“身心相离”,就是心隐而身不隐的隐于朝的“大隐”。

在当时的山水田园诗人中,均或多或少地受到了佛禅思想的影响,其影响也主要在于“无生”观,如孟浩然《还山赠湛禅师》说:“幼闻无生理,常欲观此身。”又其《游明禅师西山兰若》:“吾师住其下,禅坐证无生。”储光羲《秦中守岁》也说:“或念无生法,多伤未出尘。广庭日将晏,虚室自为宾。”又其《题慎言法师故房》:“精庐不住子,自有无生乡。”但相比较而言,王维是寝馈最深的一个。在他的心中,一切都因耽禅而得到了彻底的超越,融入了坦然寂静之境中:

“澄波淡将夕,清月皓方闲。”(《泛前陂》)

“窗外鸟声闲,阶前虎心善。”(《戏赠张五弟諲三首》其一)

“寂寥天地暮,心与广川闲。”(《登河北城楼作》)

“声喧乱石中,色静深松里。”(《青溪》)

---

① 赵殿成:《慧能禅师碑》,《王右丞集笺注》卷二五,第447页。

"深巷斜晖静,闲门高柳疏。"(《济州过赵叟家宴》)

"绿艳闲且静,红衣浅复深。"(《红牡丹》)

在王维的心目中,清冷的月亮、鲜艳的夕阳、宽广的川流、喧哗的溪水、叽喳的鸟声都是既闲且静的,无论是何种颜色,也都能让他感受到闲静。在大自然的一切运动中,王维都能捕捉到闲静之境,"虽与人境接,闭门成隐居"(《济州过赵叟家宴》),在纷扰的人世间,陶醉于寂静之中,也就是佛禅的"无我无为,无生无灭,无来无往,无是无非,坦然寂静"。① 身处这种"坦然寂静"的境界,王维又深感其美无穷:"空山不见人,但闻人语响。返景入深林,复照青苔上。"(《鹿柴》)"木末芙蓉花,山中发红萼。涧户寂无人,纷纷开且落。"(《辛夷坞》)"人闲桂花落,夜静春山空。月出惊山鸟,时鸣春涧中。"(《鸟鸣涧》)

王维擅长用五绝写自然景物,诗风冲淡,含量却极大。第一首的"空山不见人"已是空寂幽深,次句"但闻人语响"与"不见人"相衬,以若隐若现的人语声反衬空山的无比寂静与孤独,以动写静;"返景入深林,复照青苔上",以青苔上的傍晚日光一束反照,显示深林的空寥,以有衬无。对于常人来说,是很难适应如此寂静空寥之境的,王维却最喜欢,也最擅长发现和描写这种境界以及隐含其中的美。那空林青苔上的一缕夕阳、自开自落的芙蓉花、月下溪涧时鸣时歇的山鸟,所展示的无一不是自然造物生生不息的原生状态,全然不受人为因素的干扰,自由自在,在一片空灵的坦然寂静中,充满着自然生机的空静之美。而王维在对这种空静之美的感悟中,又深感其乐无穷:"独坐幽篁里,弹琴复长啸。深林人不知,明月来相照。"(《竹里馆》)处在"幽篁里",已是够冷静了,更加上"独坐",这境地在常人看来恐怕觉得不可久留,但诗人却自得其乐地在"弹琴",弹之不足,"复长啸"之,简直就像找到了一个最自由自在的天地;"深林人不知",更让常人以为太过于孤寂了,而诗

① 参李绅:《寿州法华院石经堂记》,《文苑英华》卷八一九,《四库全书》本。

人却说“明月来相照”，岂不正好伴我弹琴长啸而乐趣无穷吗？又其《山居秋暝》：“空山新雨后，天气晚来秋。明月松间照，清泉石上流。竹喧归浣女，莲动下渔舟。随意春芳歇，王孙自可留。”这首五律也典型地体现了王维山水田园诗的风格。一联写山中节候，一联写景色动人，一联写人事可悦，所以，最后一联述明自己愿长留山中的心志，也就是一件十分自然的事了。从中不难看出，面对清新宁静却又生机盎然的山水，王维深深感受到了其中的乐趣，其精神也随之升华到了空明无滞的境界，自然之美与心境之美完全融为一体，创造出了如水月镜花般的洋溢冲淡之美的诗境。

与王维同以冲淡著称的是孟浩然。孟浩然（689—740），襄阳（今湖北省襄樊市）人，是盛唐诗人中终身不仕的一位。40 岁之前，在家乡隐居读书。其《田园作》，曾详细地描写他这时的生活：“弊庐隔尘喧，惟先养恬素。卜邻近三径，植果盈千树。粤余任推迁，三十犹未遇。书剑时将晚，丘园日已暮。晨兴自多怀，昼坐常寡悟。冲天羡鸿鹄，争食羞鸡鹜。望断金马门，劳歌采樵路。乡曲无知己，朝端乏亲故。谁能为扬雄，一荐甘泉赋。”这里除了对自己田园生活的描写外，也表达了自己的志趣，倾吐了待价而沽的愿望和心中的愤懑。他不是不想走入仕途，有一番作为，而是因为“乡曲无知己，朝端乏亲故”。又其著名的《临洞庭湖赠张丞相》说：“八月湖水平，涵虚混太清。气蒸云梦泽，波撼岳阳城。欲济无舟楫，端居耻圣明。坐观垂钓者，徒有羡鱼情。”这首诗一说赠张说，一说赠张九龄。“欲济无舟楫，端居耻圣明”，就表达了迫切希望通过丞相的援引而一登仕途的心情。全诗托兴观潮，气象开阔，意境浑厚，不甘寂寞的豪逸之气，洋溢其间。开元十六年（728 年），孟浩然就是本着这样一种积极用世的心情，入京应举，并开始遍交诗坛群彦。据载，一日“闲游秘省，秋月新霁，诸英华赋诗作会，浩然句曰：‘微云淡河汉，疏雨滴梧桐。’举座嗟其清绝，咸搁笔，不复为继”，因此惊动京师，丞相张九龄、侍御史王维、尚书侍郎裴朏、大理评事裴总、华阳太守郑倩之、太守独孤册等“率与浩然为忘形之交"。[①] 但孟浩然的这次应举不幸落第。他在长安、洛阳两京停留了两年多时间后,唱着"岂直昏垫苦,亦为权势沉"(《秦中苦雨思归赠袁左丞贺侍郎》)、"不才明主弃,多病故人疏"(《岁暮归南山》)与"宜城多美酒,归与葛疆游"(《九日怀襄阳》)、"只应守寂寞,还掩故园扉"(《留别王侍御维》),毅然放弃仕途,离开两京,开始了漫游东南、放情山水的生活。开元二十五年(737 年),孟浩然回家乡,入张九龄荆州幕。三年后,不达而卒。

李白在《赠孟浩然》一诗中写道:"吾爱孟夫子,风流天下闻。红颜弃轩冕,白首卧松云。醉月频中圣,迷花不事君。高山安可仰,从此揖清芬。"这是李白把孟浩然作为不向权贵献媚折腰而宁愿放情山水的知己来写的。事实上,孟浩然虽怀抱强烈的用世之志,但因"岂直昏垫苦,亦为权势沉",在隐居与漫游山水中度过了一生,创作了大量山水田园诗。他的这部分诗歌鲜明地表现出清旷冲淡的风格特征。如《宿建德江》:"移舟泊烟渚,日暮客愁新。野旷天低树,江清月近人。"极目远视,苍茫辽阔,连天也显得低了,树也显得小了,一派旷远;俯视江水,明澄净澈,月影浮现,妩媚皎洁,一派清澈。随着一远一近、一清一旷的境界显现,诗人日暮泊舟时的"客愁"与寂寞惆怅的心绪变得无边无际。全诗冲淡无奇,甚至淡得几乎看不到作诗的痕迹,但恰如陈年老酒,其味醇厚。又《夏日南亭怀辛大》:"山光忽西落,池月渐东上。散发乘夕凉,开轩卧闲敞。荷风送香气,竹露滴清响。欲取鸣琴弹,恨无知音赏。感此怀故人,中宵劳梦想。"

这首诗将山水自适的情怀,融入了池月清光、荷风暗香和竹露清响的兴象之中,使夏夜清凉和闲居寂寞的怀人之情,融为一体,交递而下,景愈清而思愈深,在宽舒冲淡中极清深悠远之趣。孟浩然诗歌的这种冲淡又往往表现为朴素自然,脱口而出,寄情在有意无意间,有时甚至如话家常。

---

① 王士源:《孟浩然集序》,《孟浩然诗集校注》卷首,人民文学出版社 1995 年版,第 1 页。

如《过故人庄》:“故人具鸡黍,邀我至田家。绿树村边合,青山郭外斜。开轩面场圃,把酒话桑麻。待到重阳日,还来就菊花。”此诗写作者与故人促膝谈心的情境,冲淡之极,质朴之至,但冲而不稀,淡而不薄,愈质朴而愈深厚,即黄生在《唐诗摘抄》卷一中所说:“全首俱以信口道出,笔尖几不着点墨。浅之至而深,淡之至而浓,老之至而媚。火候至此,并烹炼之迹俱化矣。”

闻一多在《孟浩然》一文中说,“孟浩然不是将诗紧紧地筑在一联或一句里,而是将它冲淡了,平均地分散在全篇中”,“甚至淡到令你疑心到底有诗没有”,①并举了两首诗为例证,一首是《游精思观回王白云在后》:“出谷未亭午,至家已夕曛。回瞻山下路,但见牛羊群。樵子暗相失,草虫寒不闻。衡门犹未掩,伫立待夫君。”另一首是《万山潭作》:“垂钓坐盘石,水清心亦闲。鱼行潭树下,猿挂岛藤间。游女昔解佩,传闻于此山。求之不可得,沿月棹歌还。”正如闻一多所说,这是孟浩然的诗,又是诗的孟浩然。诗人的心境悠闲、清静、淡泊,诗人的形象“风神散朗”“风仪落落”,诗如其人,人即其诗。歌德说:“风格,这是艺术所能企及的最高境界。”②孟浩然所创造的人入其诗、诗显其人的最高境界就是冲淡。孟浩然与王维一样都是冲淡诗国中的自由人。

王维与孟浩然在盛唐诗坛享有盛誉,时人崔兴宗称王维为“当代诗匠”(《酬王维》诗序);孟浩然之友王士源称孟浩然“五言诗天下称其尽美”《孟浩然集序》,③当时,以王、孟为中心,还有一批诗风与他们相近的诗人,如裴迪、储光羲、綦毋潜、崔兴宗、刘昚、张子容、常建等。

裴迪,生卒年不详,闻喜(今山西省)人,一说关中(今陕西省)人。玄宗天宝(742—755)中,与王维、崔兴宗等隐居终南山,相与唱和。安史乱起,陷贼中,居洛阳。肃宗上元(760—761)中,曾到蜀中,与杜甫相

---

① 闻一多:《唐诗杂论》,上海古籍出版社 1956 年版,第 34—35 页。

② 《文学风格论》,上海译文出版社 1962 年版,第 3 页。

③ 《孟浩然诗集校注》卷首,第 1 页。

唱和。但他的诗歌大都散佚不存,《全唐诗》录其诗仅 29 首,其中《辋川集二十首》,就是与王维的唱和之作。如《宫槐陌》:“门前宫槐陌,是向欹湖道。秋来山雨多,落叶无人扫。”这就是他与王维唱和的《辋川集》中的一首。俞陛云《诗境浅说续编》说:“裴迪与右丞(王维)唱和,如《鹿柴》诸诗,皆质朴而少余味,其才力未能跨越右丞也。此作虽仅言秋来落叶,而写萧寥景色,有遁世无闷之意,与右丞‘涧户寂无人,纷纷开且落’诗意相似。”裴迪的诗歌成就虽远不及王维,也不如孟浩然,但他与王维、孟浩然等人同样表现出了面向山林的生活情趣与清高冲淡的创作风格。

储光羲(707? —760?),润州延陵(今江苏省丹阳市)人。玄宗开元十四年(726 年)进士。任安宜、汜水、下邽尉。曾与王维等人一起隐居终南山多年,后出任监察御史。安禄山进陷长安,署伪职,后被贬死岭南。他的诗留存下来的比较多,《同王十三维偶然作十首》、《田家杂兴八首》、《田家即事》等,是直接描写田园生活的代表作;而《杂咏五首》、《江南曲四首》等,则是直接表达隐逸情趣的山水诗。在总体上,这些诗歌表现为清高冲淡,但在具体表现上,却寓缜密的观察于浑厚的气韵之中,与王维的诗歌风格不尽相同。清贺贻孙《诗筏》说:“储韵远而王韵隽;储气恬而王气洁;储于朴中藏秀,而王于秀中藏朴;储于厚中有细,而王于细中有厚;储于远中含淡,而王于淡中含远。”这就具体入微地剖析了两家诗风的异同。他的《田家杂兴八首》其八云:“种桑百余树,种黍三十亩。衣食既有余,时时会亲友。夏来菰米饭,秋至菊花酒。孺人喜逢迎,稚子解趋走。日暮闲园里,团团荫榆柳。酩酊乘夜归,凉风吹户牖。清浅望河汉,低昂看北斗。数瓮犹未开,明朝能饮否。”

储光羲仕途失意,退隐山林,心情是复杂的。在这类诗里,一方面泉石高鸣,清高冲淡,强调脱离现实的思想;一方面对政治的混乱黑暗、都市的奢靡浮嚣有所忧虑和不满;对农村的勤劳生活,也有一定程度的向往。这首诗歌就以家常写农村勤劳生活的至欢至乐,抒情真切,简朴之中见深秀,耐人寻味,也很容易引起异代相同心境者的共鸣。明周敬、周珽所辑《唐诗选脉会通评林》引吴山民语说:"似易写来,而趣味自深。陶(渊明)何必独佳?三十年尘鄙心,一诵消之。余无十山林人,每诵此诗,心境开爽。"再看他的《杂咏五首》其四《钓鱼湾》:"垂钓绿湾春,春深杏花乱。潭清疑水浅,荷动知鱼散。曰暮待情人,维舟绿杨岸。"

在由杏花春水和潭荷游鱼构成的明秀小景中,融进了诗人怡然深远的心情,"格高调逸,趣远情深"(殷璠《河岳英灵集》卷下评储光羲诗语),也就是贺贻孙所说的"远中含淡",自然远淡。

在盛唐山水田园诗人中,除王维与孟浩然,成就最高的当推常建。常建,生卒年与籍贯均不详。玄宗开元十五年(727 年)进士及第,当过一段时间的县尉。但他仕途失意,长期往来于山水之间,曾隐居于终南山和武昌江渚。他写归隐生活的山水田园诗,善于用幽深的笔意,表现孤介的情怀,艺术有独到之处,过去多将他与王维、孟浩然、储光羲并称。他的《题破山寺后禅院》就是这方面的代表作之一:"清晨入古寺,初日照高林。曲径通幽处,禅房花木深。山光悦鸟性,潭影空人心。万籁此都寂,但余钟磬音。"

这首诗写禅寺后院深幽寂静的境界。开篇二句交代游寺,因尚未到达后院,故初日高林,写的是山间常见的开敞明朗景象。接着步入幽处,写禅房环境。继而便是后院,就像入于洞天之中而别见天地。鸟声潭影,是写其幽静。鸟性之悦,人心之空,都出于诗人的主观感受。末了唯闻钟磬,是静中之动,愈见其静。不过声静还是表象,心静才是意境,所以万籁俱寂之中又有万念俱寂的意思在;闻钟磬之声也仿佛听佛法而有所警觉。这与王维《过香积寺》"不知香积寺,数里入云峰。古木无人径,深山何处钟。泉声咽危石,日色冷青松。薄暮空潭曲,安禅制毒龙"的意境很相近,只是常建不用佛家说教语,而是将心无纤尘的幽远情思融入清润悠扬的钟磬声中,传达出生气远出的缥缈韵味。该诗一向传为名作,其中"曲径"一联,尤为欧阳修所叹赏。欧阳修说:"吾尝喜诵常建诗云:'曲径通幽处,禅房花木深。'欲效其语作一联,久不可得,乃知造意者为难工也。"①纪昀则认为此诗"兴象深微,笔笔超妙,此为神来之候"。② 又如其《三日寻李九庄》:"雨歇杨林东渡头,永和三日荡轻舟。故人家在桃花岸,直到门前溪水流。"诗写三月三日修禊良辰寻访故人的境遇。"故人"二句,则让人想起陶渊明《桃花源记》"缘溪行,忘路之远近,忽逢桃花林,夹岸数百步,中无杂树"数句,李九其人的形象与精神隐然于字里行间,即如俞陛云《诗境浅说续编》所说:"诗言当修楔良辰,杨枝过雨,风日晴美,思寻访故人,由渡头自荡小舟,沿溪而往,遥见桃花深处人家,即故人住屋,溪流一碧,直到门前,可谓如此家居,俨若仙矣。"常建在写李九"如此家居,俨若仙矣"中,自己作为隐逸诗人所具有的幽深孤介的情怀,不也浮现在人们的眼前吗?

盛唐山水田园诗的大量出现,与隐逸之风的盛行有直接关系。这一时期的诗人多有或长或短的隐居经历。其中虽不乏有人将归隐作为进入仕途的一个阶梯,也就是当时所谓的"终南捷径",但以王维、孟浩然为核心的山水田园诗人却主要是因为"岂直昏垫苦,亦为权势沉",出于对黑暗政治的忧虑和不满。因此,他们纵情山水是为了显示人品的高洁,并将返归自然作为精神的慰藉和享受,寻求人与自然融为一体的纯美天地,创作了大量面向山林、清高冲淡的山水田园诗,成了盛唐诗歌的重要组成部分。

三、中唐的山水田园诗

中唐时期,大唐帝国历经战乱由盛而衰。世局的变化促使知识分子需要重新寻找因应时势及表达心声的恰当方式。文坛因而呈现创作倾向不一、旨趣各异的探索、过渡状态。前期有元结、顾况等人用诗歌反映现

① 《题青州山斋》,《欧阳修全集·居士外集》卷二四,中国书店 1992 年版,第 540 页。

② 李庆甲:《瀛奎律髓汇评》卷四七,上海古籍出版社 1986 年版,第 1666 页。

实,是杜甫的同调,也是元稹、白居易新乐府运动的先导。李益继承了盛唐边塞诗的传统,刘长卿、韦应物、柳宗元则主要以山水诗见称,继续讴歌自然,成为中唐山水诗派的典型代表。又有韩愈、孟郊的奇险诗派异彩纷呈。山水田园诗在这样的发展中,经由不同风格作者的推动,获得了多元的发展。

刘长卿是河南洛阳人,字文房,生卒年一直难以确定。经当代学者考证,他约生于开元十四年(726 年),主要创作活动在安史之乱以后。[①] 由于家境贫寒,命运多舛,应举十年不第,约于天宝十一载(752 年)进士及第。至德(756—757)中,任长洲尉,不久因事被勘问,贬为潘州南巴尉。后任监察御史、转运判官等职,又被贬为睦州司马。建中二年(781 年),始擢为随州刺史,贞元(785—804)初去任,游于江南一带,大约在贞元七年(791 年)前去世。高仲武《中兴间气集》卷下说刘长卿“刚而犯上,两遭迁谪,皆自取之”。

胡应麟《诗薮》内编卷五称刘长卿“自成中唐,与盛唐分道”。具有刚傲性格的刘长卿似乎天生带有浓重的悲观色彩,即便在青年时代的作品也见不到盛唐人惯有的那种慷慨意气,预示了他日后诗歌创作总体的情绪基调。而安史之乱所造成的时代创伤,则又在他的心灵深处投下了一块巨大的阴影,加上遭遇坎坷,命运多舛,更使他难以体察盛唐时代文人的那种自信与激情,而出现了对“盛唐气象”的深重怀疑、对唐政权的无比失望。他在《从军六首》其三中说:“黄沙一万里,白首无人怜。报国剑已折,归乡身幸全。单于古台下,边色寒苍然。”这无情地否定了盛唐时期人们的青春热情与辉煌理想。于是,“旧业已应成茂草,余生只是任飘零”(《避地江东留别淮南使院诸公》),从对国运与时代的思考转向了对自我命运的关注。作于南巴贬所的《负谪后登干越亭作》说:“天南愁望绝,亭上柳条新。落日独归鸟,孤舟何处人。生涯投越徼,世业陷胡尘。

① 详见蒋寅:《大历诗人研究》下编第一章,中华书局 1995 年版。

杳杳钟陵暮,悠悠鄱水春。秦台悲白首,楚泽怨青苹。草色迷征路,莺声伤逐臣。独醒空取笑,直道不容身。得罪风霜苦,全生天地仁。青山数行泪,沧海一穷鳞。牢落机心尽,惟怜鸥鸟亲。""世业陷胡尘"所留下的时代创伤还未愈合,"莺声伤逐臣"的忧伤又重重袭来;不仅"秦台悲白首",时运难济,而且"直道不容身",进退失据。身处这样一种困顿的世间,就很难化解内心的无奈与凄凉,因此,"惟怜鸥鸟亲",与鸥鸟相伴相亲了,深深地体现了一种由悲剧命运支配的孤寂惆怅的生存体验。这种由个人的孤寂惆怅与时代的衰败萧肃,汇聚成生不逢时的寂寥惆怅的情调,是刘长卿诗歌中最为突出的主题,也是大历诗歌的一个重要主题。

与刘长卿相比,韦应物虽然也是大历诗风的先导者之一,但由于其独特的经历,使他的前期创作带有明显的盛唐诗歌的余音。韦应物(737—791?),京兆长安(今陕西西安市)人。15 岁时,就成为唐玄宗的三卫近侍。安史之乱后,流落失职,始立志读书。建中二年(781 年),除尚书比部员外郎,两年后,出为滁州刺史,贞元三年(787 年),入朝为左司郎中,次年,出为苏州刺史。

韦应物对自己少以门庇授御前侍卫的经历颇感自豪,作诗夸耀:"与君十五侍皇闱,晓拂炉烟上赤墀。花开汉苑经过处,雪下骊山沐浴时。"(《燕李录事》)因此,他的前期创作不时地洋溢着欢乐奔放的旋律。如《长安道》:"汉家宫殿含云烟,两宫十里相连延。晨霞出没弄丹阙,春雨依微自甘泉。春雨依微春尚早,长安贵游爱芳草。宝马横来下建章,香车却转避驰道。贵游谁最贵,卫霍世难比。何能蒙主恩,幸遇边尘起。归来甲第拱皇居,朱门峨峨临九衢。中有流苏合欢之宝帐,一百二十凤凰罗列含明珠。下有锦铺翠被之粲烂,博山吐香五云散。丽人绮阁情飘飖,头上鸳钗双翠翘。低鬟曳袖回春雪,聚黛一声愁碧霄。山珍海错弃藩篱,烹犊炰羔如折葵。既请列侯封部曲,还将金印授庐儿。欢荣若此何所苦,但苦白日西南驰。"

这首长篇歌行将京城贵游骄纵豪奢、备受宠幸的欢快与荣耀写得热烈而丰满,体现了盛唐诗歌的气象与格调,从中也不难看出诗人身处盛唐的自豪放纵的性格。也正因如此,韦应物对唐王朝今昔盛衰的对比有着深切的体认。在《骊山行》、《温泉行》、《逢扬开府》、《酬郑户曹骊山感怀》等一系列作品中,追怀盛世,不胜俯仰今昔之感,开启了大历诗中最令人伤感的一个主题。同时,也因体验了这场"欢娱已极人事变"(《骊山行》)的盛衰裂变,加上仕途不免挫折与佛道思想的影响,他"日夕思自退"(《高陵书情寄三原卢少府》),在个性上从先前的放纵转向内敛,羡慕起陶渊明式的隐居生活的境界来,即所谓"时事方扰扰,幽赏独悠悠"(《游西山》),"心同野鹤与尘远,诗似冰壶彻底清"(《赠王侍郎》),从而写下了大量恬静淡远之作。如"微雨夜来过,不知春草生。青山忽已曙,鸟雀绕舍鸣"(《幽居》),"怀君属秋夜,散步咏凉天。山空松子落,幽人应未眠"(《秋夜寄丘二十二员外》),"雨歇林光变,塘绿鸟声幽"(《月晦忆去年与亲友曲水游燕》),"景静得忘言,山夕绿阴满"(《云阳馆怀谷口》),又如《滁州西涧》:"独怜幽草涧边生,上有黄鹂深树鸣。春潮带雨晚来急,野渡无人舟自横。"以"独怜"领起,以"自横"作结,描绘了一幅境界幽静的风景画。涧边幽草生是自生,深树黄鹂鸣是自鸣,春潮带雨是自来,野渡之舟是自横,诗人所以"怜"的,正是这种无人为的自生自荣的自然美,深得陶渊明诗歌的意趣与精神。

韦应物在艺术理想上倾慕陶渊明,在诗歌技巧上吸取了谢灵运和谢朓的优点,从而形成了气貌清朗、意境淡远超逸、语言洗练自然、节奏舒缓不迫的风格特点;与此同时,韦应物有相当强的掌握诗体的能力,既娴于长篇歌行,又擅长律绝,但白居易最推崇他的五言,认为他的五言诗"高雅闲淡,自成一家之体,今之秉笔,谁能及之"。①

在唐人选唐诗中,《河岳英灵集》与《中兴间气集》最令人瞩目。前者是殷璠编于天宝十二载(753 年),后者是高仲武编于大历十四年(779

---

① 《与元九书》,《白居易集》卷四五,中华书局 1979 年版,第 965 页。

年)。明胡震亨《唐音癸签》卷三一在比较这两个选本后说:"移风骨之赏于情致,衡韵调为去取。"指出了在短短二十几年中唐诗从盛唐向中唐转变的标志:对诗体的好尚由古体转向了近体,对题材的选择由表达理想、感兴咏怀转向了日常生活、身边琐事。刘长卿、韦应物的诗歌表现了这一点。

中唐山水田园诗人还有柳宗元,他与韦应物有很多相似之处。严羽《沧浪诗话·诗体》"以人而论"有"韦柳体",自注:"苏州与仪曹合言之。"①苏轼《书黄子思诗集后》云:"李杜之后,诗人继作,虽间有远韵,而才不逮意。独韦应物、柳宗元发纤秾于简古,寄至味于淡泊,非余子所及也。"②又《书韩柳诗》说:"柳子厚诗,在陶渊明下,韦苏州上;退之豪放奇险则过之,而温丽靖深不及也。所贵乎枯澹者,谓其外枯而中膏,似澹而实美,渊明、子厚之流是也。若中边皆枯澹,亦何足道。佛云:'如人食蜜,中边皆甜。'人食五味,知其甘苦者皆是,能分别其中边者,百无一二也。"③苏轼的这段话非常重要,因为自此论一出,韦柳遂并称,为中唐时期上承陶谢、王孟之清远一路诗人的代表,遂成为诗家的一般认识。故而柳宗元诗歌地位的确立,与苏轼有着密切的关系。但后来的唐宋诗之争,也在韦柳问题上有所异同,"主唐者重韦而不尽废柳;主宋者,韦柳同称而更崇柳,其实质在于清淡的诗风,至于柳宗元时,亦即元和前后,已于王孟家数的主体上,初逗宋调之特征"。④

韦应物与柳宗元虽然同属中唐,但二人年代实相距甚远。韦应物生于开元二十五年(737 年),约卒于贞元九年(792 年),主要活动在大历时期。柳宗元生于大历八年(773 年),卒于元和十四年(819 年),主要活动在元和时期。就唐诗发展来说,是两个不同的时期。严羽将二人合在一

① 郭绍虞:《沧浪诗话校释》,人民文学出版社 1983 年版,第 59 页。
② 苏轼:《苏轼文集》卷六七,第 2124 页。
③ 苏轼:《苏轼文集》卷六七,第 2109—2110 页。
④ 赵昌平:《韦柳异同与元和诗变》,载《中国古典文学论丛》第 4 辑,人民文学出版社 1986 年版,第 89—107 页。

起,称“韦柳体”,是就其诗风的共同趋向说的。主要是他们都擅长山水田园诗,诗风都以高雅淡远著称。韦应物与柳宗元共同之处主要有以下两个方面:

其一是渊源于陶渊明。《四库全书总目》称韦诗:“源出于陶而熔化于三谢,故真而不朴,华而不绮。”①苏轼《评韩柳诗》中,则明确将韦柳诗的渊源,都归之于陶渊明。清王士祯说:“东坡谓柳州诗在陶彭泽下、韦苏州上,此言误矣。余更其语曰:‘韦诗在陶彭泽下,柳柳州上。’余昔在扬州,作论诗绝句,有云:‘风生澄澹推韦柳,佳句多从五字求。解识无声弦指妙,柳州那得并苏州!’”②

其二是高雅闲淡的风格。白居易《与元九书》称韦应物长于五言,“高雅闲淡,自成一家之体”,③历代评论家对韦柳的地位高下虽有所轩轾,但认识到韦柳具有“澄澹”的风格,则是一致的。所谓“枯澹”,即指柳诗具有简古、淡泊、澄洁的特点。如他著名的五言诗《寄全椒山中道士》:“今朝郡斋冷,忽念山中客。涧底束荆薪,归来煮白石。欲持一瓢酒,远慰风雨夕。落叶满空山,何处寻行迹。”④

诗人在这里以极其凝练,极其疏淡的笔触给我们创造了一个寂寞而萧瑟的诗人形象。首句既写出郡斋气候的寒冷,更写出诗人心头的冷落寂寞。由此忽然想起山中道士,而山中道士在这样寒冷的气候中要到山底去打柴,打回来却是“煮白石”。⑤ 因而对这位老友非常怀念,想送一瓢酒去,好让他在这样秋风冷雨之夜,得到一点友情的慰藉。然而又想到道士行踪不定,难寻行迹,自己在郡斋冷寞的心情也就无法排解。故此诗看起来是一片萧疏淡远之景,而启示人们想象的却是一种表面平淡而实则

---

① 纪昀:《四库全书总目》卷一五〇,中华书局1965年版,第1285页。
② 王士祯:《带经堂诗话》卷一,人民文学出版社1998年版,第40页。
③ 朱金城:《白居易集笺校》卷四五,上海古籍出版社1988年版,第2795页。
④ 陶敏、王友胜:《韦应物集校注》卷三,上海古籍出版社1998年版,第173页。
⑤ 葛洪:《神仙传》说有个白石先生:“常煮白石为粮,因就白石山居。”《太平广记》卷七,中华书局1961年版,第44页。

深挚的情，而由这种景和情就构成了寂静冷寞的境。

再看柳宗元的《柳州城西北隅种甘树》诗："手种黄甘二百株，春来新叶遍城隅。方同楚客怜皇树，不学荆门利木奴。几岁开花闻喷雪，何人摘实见垂珠？若教坐待成林日，滋味还堪养老夫。"①

这首诗写于柳宗元贬官柳州时期。首联表现对满城黄柑的喜爱与重视，次联述说喜爱黄柑的原因，三联表示对幼小黄柑的期望，尾联抒发手种黄柑的感慨。全诗表面平淡无奇，实则蕴涵丰富。尤其是第二联，以"楚客"屈原的《橘颂》自比，又以三国时李衡自戒。李衡每欲治家，妻辄不听，后密遣客十人于武陵龙阳汜洲上作宅，种柑橘千株。临死敕儿曰："汝母恶我治家，故穷如是。然吾州里有千头木奴，不责汝衣食，岁上一匹绢，亦可足用耳。"衡亡后二十余日，儿以白母，母曰："此当是种柑橘也。汝家失十户客来七八年，必汝父遣为宅。汝父恒称太史公言：'江陵千树橘，当封君家。'吾答曰：'且人患无德义，不患不富，若贵而能贫，方好耳，用此何为？'"吴末，衡柑橘成，岁得绢数千匹，家道殷足。② 诗人不慕荣利，心地淡泊，却远谪蛮荒，现实中孤独无依，只好远交古贤，以排遣愤懑了。尾联寄希望于幼小的黄柑，想以自己亲手种出的黄柑来养老，以领略其中的乐趣。语义表面平缓，而实有深意，故清人姚鼐说："结句自伤迁谪之久，恐见甘之成林也。而托词反平缓，故佳。"③从全诗来看，正是"外枯而中膏，似澹而实美"的佳作。

四、晚唐的山水田园诗

山水田园诗的发展到了晚唐便大为减弱。因为政治黑暗，一方面上层社会生活腐化堕落，追求声色犬马的风气盛极一时。除少数洁身自好者，人们对游赏山水已失去兴趣。另一方面，官场勾心斗角，党争激烈，使

① 柳宗元：《柳宗元集》卷四二，中华书局 1979 年版，第 1182 页。

② 陈寿：《三国志》卷四八，裴注引《襄阳记》，中华书局 1959 年版，第 1156 页。

③ 高步瀛：《唐宋诗举要》卷五，上海古籍出版社 1978 年版，第 609 页引。

部分踏入仕途的文人心力交瘁,无暇领略大自然的美。山水田园诗的创作也因而衰落,没有受到太多的关注。但仍有一些向往林泉的文人如杜牧、李群玉、许浑等持续这方面的创作。

综观唐代的山水田园文学,可以发现唐人对自然美的发现与认识较之前代有了大幅的提升。他们摆脱魏晋南北朝时期玄理、佛学、仙道等宗教与哲学理念的束缚,完全从现实生活及审美需要出发,取神陶谢之间,合山水、田园诗为一体,使之贴近或融入生活,成为唐代诗人的普遍题材,不再只是少数人的特殊爱好。他们更广泛多元地借鉴前人表现自然美得失所累积的艺术经验,并有所继承和创造。人与自然的关系由晋宋诗人的物我分立至唐人的物我合一、情景交融。促成了山水田园诗走向成熟,达到高度的艺术境界。盛况空前,形成了以王孟韦柳为代表的山水田园诗派。更有其他各具风格的诗人加入山水诗的创作。

第四章

唐代边塞诗

唐代边塞诗和唐代山水田园诗是两种题材较为特殊的诗歌。它们的取材和反映一般社会生活的诗歌有所不同,而在唐代都得到了充分的发展,产生了具有代表性的专擅作家和大量优秀作品。边塞诗与山水田园诗一方面在唐诗整体风貌中,作为重要组成部分展示出来,同时又各有自己的艺术天地,具有某种相对独立的意味。诗歌发展的特定火候,社会发展的特定阶段,与这两种比较特殊的题材相交会,使这两类诗的创作,在唐代(尤其在盛唐)具备得天独厚的条件,展现出鲜明的时代特色。较山水田园诗更能直接表现时代精神、集中体现盛唐气象的,无疑是盛唐的边塞诗。

第一节　边塞诗概说

边塞诗从创作主体上看,应该具有边塞意识。所谓边塞意识,是指作者(或抒情主人公)置身边塞所获得的体验与认识,或虽非置身边塞,但具有与边塞军民及其生活息息相通的情思与感受。即使是对边塞的景物、生活进行客观描述的诗,也应该让读者有一种亲历感、气氛感,以见出作者的意识确实进入了边塞。

边塞诗的源头或许可以追溯到《秦风·无衣》、《小雅·采薇》,汉乐府《战城南》、《十五从军征》等。文人边塞诗则始于曹植《白马篇》、鲍照《代出自蓟北门行》等。隋及唐初,卢思道、薛道衡、四杰和陈子昂等都写过一些边塞诗。但总的说来,数量不多,诗境也还有待开拓。

把边塞诗作为一个时代文学的重要内容加以深入研究,一般只有对唐代文学才采取这种做法。唐代以前,文学史上陆续产生过一些征戍题材的诗,出现过像《敕勒歌》那样歌唱边塞风光的杰作,但从总体上看,歌咏像汉唐大一统以后那种比较严格意义上的边塞之作毕竟不多。有的虽用了边疆地名,而实际上在作品中并未体现边塞意识。如沈约《从军行》提到"浮天出鳀海,束马渡交河",其实他所属的梁代,版图只限于东南,跟交河中间还不知隔着多少割据政权。因此沈约的诗只不过是借这些地名强调士卒远戍而已,并不能算严格意义上的边塞诗。至于有些征戍之作所体现的尚武报国精神,怨久戍、念家园的情绪,乃至某些表现手法,对唐代边塞诗的创作虽有影响,但这些诗篇的多数,或是不关边塞,或是内容抽象贫乏,甚至陈陈相因地仿制、模拟,未能集中反映边塞的生活景物风貌。它们零星地散见于文学史上,并不足以从边塞文学的角度划成一种专门的类型。只有到了唐代,特别是盛唐时期,边事活动空前频繁,诗人们受着开放的时代精神鼓舞,同时又具备较多的边塞方面的知识,乃至一定的生活体验,或借乐府旧题而抒新意,或自制新题,发为大量边塞气息浓厚、形象鲜明饱满的诗篇,才构成一个需要冠以边塞诗的专名而不可隶属于其他题材的类型,并争得了文学史上的一席地位。

盛唐时代,随着开疆拓土,军威四震,边塞军功成为一大出路向文士开放;交通便利,各族人民交往增多;盛唐将帅多文武全才,幕下亦多延揽文学之士,边塞军中有浓厚的文化气氛,边塞诗便大量产生,内容和艺术为前人所不可同日而语。

盛唐边塞诗主要反映边塞战争,以身许国的热情,和对和平生活的渴望;反映边区生活风情,各民族间友好相处的生活;描写边塞风光,和诗人对自然美的最新发现。边塞诗俨然成为反映边地现实生活的一面镜子,和表现一代唐人爱国主义、英雄主义、人道主义和民族自豪感的主要诗歌种类。

第二节　唐代边塞诗

唐代边塞诗是在唐代版图空前扩大,唐帝国在边疆地区展开频繁而持久的军事、政治、经济、文化、外交活动基础上产生的。边塞诗的现存数量约一千多首。这一千多首边塞诗,当然不是全部集中出现于唐代某一段时间,而是初盛中晚四个时期都有一定数量的作品。

一、初唐边塞诗

初唐边塞诗内容比较单纯,数量比较少。但跟初唐其他各类诗相比,有它独特的风貌。初唐诗坛受齐梁浮艳诗风影响比较深,但边塞诗较多继承了北朝民歌,乃至建安诗歌的作风,往往显得健拔雄浑。内容虽不及盛唐边塞诗丰富多彩,但由于唐太宗至武则天时期对外战争的自卫性质更突出,军政方面腐败因素较少,初唐边塞诗的献身精神,表现得更为集中感人。杨炯"宁为百夫长,胜作一书生"(《从军行》);卢照邻"须应驻白日,为待战方酣"(《战城南》),意气几出盛唐之上。初唐四杰抒情诗中歌唱出征将士的苦战和离家远戍的也不少。因为高宗时代不断发生战争(和突厥、高丽、百济、吐蕃等),必然会反映到文学上来。这些战争保卫战或开拓了唐王朝的广大疆土,但也给人民带来不小的损失和痛苦。杨炯的《从军行》、《战城南》写道:"烽火照西京,心中自不平,牙璋辞凤阙,铁骑绕龙城。雪暗凋旗画,风多杂鼓声,宁为百夫长,胜作一书生。"(《从军行》)“塞北途辽远,城南战苦辛,幡旗如鸟翼,甲胄似鱼鳞。冻水寒伤马,悲风愁杀人,寸心明白日,千里暗黄尘。”(《战城南》)上首豪迈,下首悲伤,均上乘之作。卢照邻《上之回》写道:“回中道路险,萧关烽堠多,五营屯北地,万乘出西河。单于拜玉玺,天子按雕戈,振旅汾川曲,秋风横大波。”(《上之回》)这些诗是用乐府古题,以汉事借写唐时战争的。骆宾王曾到军中,去过边塞,他的体会更深,更多实感,他这样写道:“行役总离忧,复此怆分流,溅石回湍咽,萦丛曲涧幽。阴崖常结晦,宿莽竞含秋,况乃霜晨早,寒风入戍楼。”(《至分水戍》)这些诗应该引起重视的。后来陈子昂和著名的边塞诗人高适、岑参、王昌龄等人都受到他们的影响。由于出游或服役所造成的家人离别,是四杰普遍咏叹的题材。如王勃的《秋夜长》,不仅写景如画,还细腻地写出了征人的妻子在家为他捣衣时的心情:“……鸣环曳履出长廊,为君秋夜捣衣裳,纤罗对凤凰,丹绮双鸳鸯。调砧乱杵思自伤,思自伤,征夫万里戍他乡。鹤关音信断,龙门道路长,君(一作所)在天一方,寒衣徒自香。”杨炯的《折杨柳》表现了相似的内容:“边地遥无极,征人去不还,秋容凋翠羽,别泪损红颜。望断流星驿,心驰明月关,稿砧何处在?杨柳自堪攀。”驿如流星,言急也。明月临关,言夜也。稿砧,夫的隐语,指征人。卢照邻的《关山月》则写征人的思家:“塞垣通碣石,虏障抵祁连,相思在万里,明月正孤悬。影移金岫北,光断玉门前,寄信闺中妇,时看鸿雁天。”就作家论,开国之君唐太宗已有边塞之作。虞世南的边塞诗,气骨高古,英爽豪壮,初步显示了唐代边塞之作特具的时代气息。嗣后,四杰及陈子昂的边塞诗更多。骆宾王数度从军,到过陇西一带;陈子昂两次随军北征,写过《送魏大从军》“匈奴犹未灭,魏绛复从戎,怅别三河道,言追六郡雄。雁山横代北,狐塞接云中,勿使燕然上,独有汉臣功。”从诗中可以看出陈子昂的爱国的思想感情。再如《题居延古城赠乔十二知之》《东征答朝臣相送》等边塞诗。骆宾王和陈子昂两人的边塞诗,无论是在他们自己的诗歌中,还是在唐代边塞诗的发展中,都占有重要地位。

二、盛唐边塞诗

盛唐边塞诗这一阶段，是唐代边塞诗的高潮期，内容丰富多彩，艺术上高度成熟，名作、名家集中涌现，不仅在唐诗中显得光辉耀眼，在整个中国文学史上也是绝无仅有。从创作方面看，还有两点显得特别突出：一是出现像岑参、高适那样在边塞诗上集中用力的杰出作家。二是边塞意识广泛进入这一时期诗人创作之中，诗人们精神外向，边塞主题成为一切题材中最富有吸引力的热门。盛唐诗人，无论是否到过边塞，无论属于哪一流派，几乎都写有边塞题材的诗，说明盛唐边塞诗跟时代风气有特殊关系。

从唐太宗到唐玄宗，对外频繁用兵，战争连年不断。从性质上说，有的是出于抵御外侵、保国卫家的需要；有的则出自穷兵黩武、扩张领土的欲望。一次次战争的胜利，大大提高了唐王朝的声威，扩大了唐王朝的版图。征战出戍成了国人十分瞩目的大事，也使唐王朝同塞外各国和边地人民的往来更加密切。这既激发了知识分子从军报国的自豪感和马上封侯的功名心，也给了知识分子涉足边塞或深入征戍生活的机会。其中有些人在鞍马烽火中，亲身体验了边塞的征戍生活，饱览了边塞风光，体验了边疆的民情风俗，也感受了战争的残酷及其给各族人民带来的灾难。把这些经历形诸诗篇，对他们来说，如箭在弦，势在必发。还有一些人虽然没有到过边塞，但他们在时代气氛的熏陶下，或凭想象抒怀，或借咏史寄意，表达了对边塞题材的热切关注，因而出现了盛唐“无人不作边塞诗”的局面。

边塞诗的内涵很广。大凡写从军征战、抒发报国情志、揭露军中不平、反映反战呼声、记录民族交往、歌颂域外风情、描绘塞上风光，上自政治、军事、经济、文化，下至朋友之情、戍卒之思、思妇之念，只要是反映同边塞生活有关的人、事、情、景的诗篇，都可以列入边塞诗的范围。边塞诗的代表作家是高适和岑参。

高适(700—765),字达夫,渤海郡(今河北景县)人。早岁家贫,与李白、杜甫共游梁、宋,落拓失意。开元十八年(730 年)至开元二十一年(733 年)北上蓟门,漫游燕赵,希望能从军立功边塞,但无结果。天宝八载(749 年),因人举荐,举有道科,中第,授封丘尉。三年后弃官入河西节度使哥舒翰幕,掌书记,涉足陇右。他的边塞诗主要作于这两个阶段。"安史之乱"后,高适官至西川节度使,终官散骑常侍,后世"议者谓唐世工诗宦达者,唯高适"。①

高适的诗歌,题材广泛,现实性也比较强,体现了诗人正视现实、抨击黑暗的一面。如《效古赠崔二》:"十月河洲时,一看有归思。风飙生惨烈,雨雪暗天地。我辈今胡为,浩哉迷所至。缅怀当途者,济济居声位。邈然在云霄,宁肯更沦踬。周旋多燕乐,门馆列车骑。美人芙蓉姿,狭室兰麝气。金炉陈兽炭,谈笑正得意。岂论草泽中,有此枯槁士。我惭经济策,久欲甘弃置。君负纵横才,如何尚憔悴。长歌增郁怏,对酒不能醉。穷达自有时,夫子莫下泪。"

这就强烈地抨击了当权者尸位素餐以及对人才的进用漠不关心的现实。其《行路难》二首,又将世家弟子结托权贵的生活与饱读诗书、身怀"经济策"的书生生活,作了鲜明的对比,抒发了自己的愤懑之情。他的《自淇涉黄河途中作十三首》其九又说:"朝从北岸来,泊船南河浒。试共野人言,深觉农夫苦。去秋虽薄熟,今夏犹未雨。耕耘日勤劳,租税兼舄卤。园蔬空寥落,产业不足数。尚有献芹心,无因见明主。"

此诗深刻地反映了当时农民的生活状态。他们虽然天天辛勤劳作,可是生活仍十分困难,其土地少得可怜,却又"租税兼舄卤",导致园蔬寥落,产业不足。因此,一旦遇到天灾人祸,更是无依无靠,民不聊生。他在《东平路中遇大水》中就说:"傍沿巨野泽,大水纵横流。虫蛇拥独树,麋鹿奔行舟。稼穑随波澜,西成不可求。室居相枕藉,蛙黾声啾啾。仍怜穴

① 马端临:《文献通考》卷二四二,《经籍考》卷六九《武元衡临淮集两卷》,中华书局 1965 年影印本,第 1917—1918 页。

蚁漂,益羡云禽游。农夫无倚着,野老生殷忧。”如此等等,均揭示了“开元盛世”里农村的真实面貌,也表明了诗人已从盛世的光圈中走了出来,学会了用一双清醒的眼睛,去观照现实,在诗中充满了一种深刻的忧郁和不安的心理。

不过,最能体现高适诗歌成就的,当推边塞诗。在高适的诗中,边塞诗占十分之一左右。他的边塞诗,有的写征人思妇的感情,有的写边塞风情,有的则刻画战争场面。其边塞诗的一个鲜明特征,是以政治家的眼光去分析边防问题,以政论的笔调表达自己对战争的看法。因此,在他的诗歌中常常有揭示边防政策的弊端、谴责军中的苦乐不均、讽刺将帅的无能与腐化、哀伤战士的痛苦和无谓的牺牲、倾诉自己的边防理想等内容。这使他在边塞诗派中独树一帜。他的《燕歌行》就是极负盛名的边塞诗力作:

“汉家烟尘在东北,汉将辞家破残贼。男儿本自重横行,天子非常赐颜色。摐金伐鼓下榆关,旌旆逶迤碣石间。校尉羽书飞瀚海,单于猎火照狼山。山川萧条极边土,胡骑凭陵杂风雨。战士军前半死生,美人帐下犹歌舞。大漠穷秋塞草腓,孤城落日斗兵稀。身当恩遇常轻敌,力尽关山未解围。铁衣远戍辛勤久,玉箸应啼别离后。少妇城南欲断肠,征人蓟北空回首。边庭飘飖那可度,绝域苍茫无所有。杀气三时作阵云,寒声一夜传刁斗。相看白刃血纷纷,死节从来岂顾勋。君不见沙场征战苦,至今犹忆李将军。”

此诗原序云:“开元二十六年,客有从御史大夫张公出塞而还者,作《燕歌行》以示适;感征戍之事,因而和焉。”据《旧唐书·张守珪传》载:“(开元)二十六年,守珪裨将赵堪、白真陁罗等,假以守珪之命,逼平卢军使乌知义,令率骑邀叛奚余众于潢水之北。……及逢贼,初胜后败。守珪隐其败状,而妄奏克获之功,事颇泄。”有人据此以为高适诗中讥刺的这位将帅就是张守珪。有人则认为高适对张守珪怀有敬重和感激之情;潢水战败事泄不在开元二十六年,而在开元二十七年;诗中所讥刺的将帅不是张守珪，而是安禄山。① 不过，这首诗歌所描写战争情况及其讥刺对象，是否与这次潢水之败和张守珪有关，对于理解诗的意义，关系并不大。诗中所描绘的军中苦乐不平、将帅生活腐化，则是在更广阔的幅度上，对军事与边地情况所做的艺术提炼和概括，具有强烈的典型性和现实意义。诗从慷慨应征、转战绝域写起，空间辽阔，场面浩大，人物众多。有天子、将军、校尉、战士、歌女、少妇、单于等人物组成的一幅生动的画面。在这幅画面中，有大规模残酷的战争，有将军帐前的歌舞，有为国捐躯的男儿，有闺房寂守的少妇，有冲天如云的杀气，有寒夜报警的铃声，内容丰富，线索纷繁，将各种错综复杂的矛盾交织在一起，却又浑化无迹，用意深刻含蓄。"铁衣远戍"六句，插入战士与思妇之间的复杂心理活动，看似游离战争过程，但恰到好处地衬托了战争的残酷，深化了诗的主题。从具体的描写来看，诗中主要运用了对比的方法，如出师时的慷慨与战败后的凄凉；战士的拼命死战、以身殉国与将帅的临战失职、纵情声色；最后以汉代既骁勇善战又能爱惜士兵的李广作结，作古今对比，点出边地将领不得其人的主题。序文中"感征戍之事"，意即在此。

殷璠《河岳英灵集》卷上指出："适诗多胸臆语，兼有气骨，故朝野赏其文。至如《燕歌行》等篇，甚有奇句。"这一评价是切中肯綮的。刘勰《文心雕龙·风骨篇》说："沉吟铺辞，莫先于骨。故辞之待骨，如体之树骸；情之含风，犹形之包气。"高适的诗就具有这种气骨、风骨，因而便有一种刚毅勇猛的力和横极太虚的气，这就必然凝练成为雄浑之风。而这，首先基于诗人本身的情志。他的《淇上酬薛据兼寄郭微》云："北上登蓟门，茫茫见沙漠。倚剑对风尘，慨然思卫霍。"想象汉代大将卫青、霍去病那样在边塞立功封侯。又《送李侍御赴安西》说："功名万里外，心事一杯中。虏障燕支北，秦城太白东。离魂莫惆怅，看取宝刀雄。"壮志满怀，跳动着一颗不甘寂寞、急于用世的勃勃雄心。胡应麟《诗薮》内编卷四据

---

① 详见蔡义江：《高适〈燕歌行〉非刺张守珪辨》，《唐宋诗词探胜》，浙江古籍出版社 1997 年版，第 58—60 页。

“功名万里外”两句，将高适与李白作了这样的比较：“太白‘人分千里外，兴在一杯中’，达夫‘功名万里外，心事一杯中’，甚类。然高（适）虽浑厚易到，李（白）则超逸入神。”认为高适诗歌雄浑，李白诗歌飘逸，风格泾渭分明，就取决于两人不同的秉性。再看其《塞下曲》：“结束浮云骏，翩翩出从戎。且凭天子怒，复倚将军雄。万鼓雷殷地，千旗火生风。日轮驻霜戈，月魄悬雕弓。青海阵云匝，黑山兵气冲。战酣太白高，战罢旄头空。万里不惜死，一朝得成功。画图麒麟阁，入朝明光宫。大笑向文士，一经何足穷。古人昧此道，往往成老翁。”

在描写了“万鼓雷殷地，千旗火生风”的直观场面后，直抒“万里不惜死，一朝得成功”的豪情壮志。这种热烈向往边功的慷慨豪情，使他的诗显得壮大雄浑，骨气翔端。不过，正如他在《登百丈峰二首》其一中所说：“忆昔霍将军，连年此征讨。匈奴终不灭，寒山徒草草。唯见鸿雁飞，令人伤怀抱。”战争的艰苦壮烈常常超出想象，这也是高适能冷静感受的，所以，他的诗歌创作往往在苍凉悲慨中带有理智的冷静，于慷慨雄浑之中见悲凉。

在表现形式上，高适虽多采用长篇七言歌行和五言古诗，反映对“征戍之事”的观察与思考，抒发边塞立功封侯的激情与志向，描写边地的所见所闻，但他的七绝有时也写得相当成功。如《营州歌》：“营州少年厌原野，狐裘蒙茸猎城下。虏酒千钟不醉人，胡儿十岁能骑马。”表现北方边地游侠少年的尚武精神，却不从正面写他们射猎的情景，而是用“千钟不醉”“十岁能骑”两个富于民族特点的侧面，饱墨点染，戛然而止。构思巧妙而意气豪宕，笔法斩绝而神采飞扬。又《别董大》：“千里黄云白曰曛，北风吹雁雪纷纷。莫愁前路无知己，天下谁人不识君。”

前两句写塞外的极度荒寒，在此情景下与友人惜别，高适却说出了“莫愁前路无知己，天下谁人不识君”那样豪迈、那样激奋人心的临别赠言。在结构上，此诗与王维《送元二使安西》“渭城朝雨浥轻尘，客舍青青柳色新。劝君更尽一杯酒，西出阳关无故人”相似，但王维的诗以情胜，高适的诗则以气胜。这虽为七绝,却同样不失风骨,不减雄浑。

在盛唐边塞诗人中,与高适并称的是岑参。高、岑并称,始于杜甫。杜甫《寄彭州高三十五使君适虢州岑二十七长史参三十韵》说:"高岑殊缓步,沈鲍得同行。意惬关飞动,篇终接混茫。"严羽《沧浪诗话·诗辨》也说:"高岑之诗悲壮,读之使人感慨。"

岑参(715—770),祖籍南阳(今河南南阳),出生于江陵(今湖北江陵)。天宝三载(744 年)登进士第。天宝八载(749 年),首次出塞,赴龟兹(今新疆库车),入安西四镇节度使高仙芝幕府,掌书记。天宝十三载(754 年),又出任安西、北庭(治庭州,今新疆吉木萨尔县)节度判官。岑参几度出塞,久佐戎幕,远驻轮台、庭州,"安史之乱"起始东归。高适的边塞诗主要写东北地区的征戍之事,岑参的笔触则扩大到了新疆葱岭内外的大西北的壮丽山川,这是中国诗歌史上从未写到过的西域地区。从岑参的诗歌中,可以观赏到非常奇异而壮观的异域风光,从六月飞雪、万里瀚海,一直到神话世界中才出现的火山和热海(今吉尔吉斯斯坦境内的伊塞客湖)。岑参用奔放而又多变的七言歌行,写下了《走马川行奉送出师西征》、《白雪歌送武判官归京》、《火山云歌送别》、《天山雪歌送萧治归京》、《热海行送崔侍御还京》、《轮台歌送封大夫出师西征》等一系列名篇,无疑是盛唐边塞诗中的一丛奇葩。天宝十载(751 年),安西四镇节度使高仙芝西击大食(此时大食在灭波斯后全力东进),败于坦罗斯(今哈萨克斯坦东南江布尔城)。这次不大的战役却成为中亚历史的一个转折点,葱岭以西的诸国从此落入了伊斯兰教的势力范围。岑参当时就在高仙芝幕府,不幸也成为一位历史的见证人。

由于岑参的这段独特经历,使他的边塞诗别具一格。可以说,他的边塞诗是典型的"西部文学"。郑振铎《插图本中国文学史》说:"岑参是开、天时代","以秀挺的笔调,介绍整个西陲、热海给我们的"诗人。如《走马川行奉送出师西征》:"君不见走马川,雪海边,平沙莽莽黄入天。轮台九月风夜吼,一川碎石大如斗,随风满地石乱走。匈奴草黄马正肥,金山西见烟尘飞，汉家大将西出师。将军金甲夜不脱，半夜军行戈相拨，风头如刀面如割。马毛带雪汗气蒸，五花连钱旋作冰，幕中草檄砚水凝。虏骑闻之应胆慑，料知短兵不敢接，车师西门伫献捷。"

天宝十三载，封常清受命为北庭都护、伊西节度、瀚海军使，奏调岑参为安西节度判官。这首歌行就是为封常清率部西征而作，从中可以看出岑参边塞诗的典型风格。开篇写走马川、轮台一带的绝域风光。"平沙莽莽黄入天"和"一川碎石大如斗"的奇特景象，是其他诗人笔下少见的。这与他在绝域"累佐戎幕，往来鞍马烽尘间十余载，极征行离别之情。城障塞堡，无不经行"①的经历密不可分。继而写西境入寇，王师出征；将士行军，备尝艰辛。写行军艰辛，则选择了典型的环境和细节，如环境是夜间，以将军夜不解甲，昭示他重任在肩，以身作则；以半夜行军，写不时神速挺进，出敌不意；从"戈相拨"的细节，可以想见夜间一片漆黑。写天气的寒冷，又运用了三个细节：风割人面、马汗成冰、砚水冻结。这些描写既进一步渲染了绝域环境的奇险，又衬托了出师官军忠于职守、无所畏惧、勇往直前的精神和必胜的信心。全诗又付诸句句押韵，三句一转的形式，节奏短促急迫，读来犹如回荡在绝域中的进行曲，陡健夭矫，大气磅礴。从中也不难看出诗人特有的胸怀与艺术感受。又如《白雪歌送武判官归京》："北风卷地白草折，胡天八月即飞雪。忽如一夜春风来，千树万树梨花开。散入珠帘湿罗幕，狐裘不暖锦衾薄。将军角弓不得控，都护铁衣冷难着。瀚海阑干百丈冰，愁云惨淡万里凝。中军置酒饮归客，胡琴琵琶与羌笛。纷纷暮雪下辕门，风掣红旗冻不翻。轮台东门送君去，去时雪满天山路。山回路转不见君，雪上空留马行处。"此诗与《走马川行奉送封大夫出师西征》同作于轮台。起始两句写出边地气候奇特，俊拔有神。三、四两句更是岑参的名句。南朝萧子显《燕歌行》有"洛阳梨花落如雪"句，以雪喻梨花，岑参反之，以梨花比雪，而且以千万株梨树枝头上的繁英为

---

① 傅璇琮：《唐才子传校笺》第1册，中华书局1987年版，第443页。

喻,奇异夺目,气象万千,萧诗不可同日而语。岑参的这个比喻是从绝域"八月即飞雪"的寒冷气候而来的,作者化寒为暖,刺骨的寒风犹如暖人的春风,催发了这千万株梨树枝头上的繁英,使险恶的环境变得神奇壮丽,体现了守边将士不畏严寒的乐观精神。接下四句,写飘雪入帘湿幕,四周骤冷。"瀚海"两句,换气另起;百丈坚冰,万里阴云,是雪的陪衬,又为下面的饯别归客起兴。军中置酒,众乐齐奏,一时热闹,却是别筵,用意作别后寂寞的对照。"风掣红旗冻不翻"也是名句,它将风吹拉掣的猛劲与旗冻欲翻而不能的僵硬融合在一起,极富诗意,也进一步凸现了边地的严寒奇冷。结束四句写出望归客别去时的怅然心情,却又不离写雪。全诗以写雪为主要线索言送别。写雪景,由外入内至送别中心(中军),又由内向外出辕门,直至放眼天山路,极尽变化而又极富层次,从而加强了抒情的形象性。

殷璠《河岳英灵集》卷中论岑参诗说:"语奇体峻,意亦奇造。"而岑参诗的"奇",则首先建立在诗人亲身经历过的奇特的绝域风光之上。有了这种经历,才能写出"忽如一夜春风来,千树万树梨花开"般的神奇壮丽,还有奇冷无比的"暗霭寒氛万里凝,阑干阴崖千丈冰。将军狐裘卧不暖,都护宝刀冻欲断"(《天山雪歌送萧治归京》);奇热异常的"岸旁青草常不歇,空中白雪遥旋灭。蒸沙烁石然虏云,沸浪炎波煎汉月"(《热海行送崔侍御还京》);又有热上加热的"火山突兀赤亭口,火山五月火云厚。火云满山凝未开,飞鸟千里不敢来。平明乍逐胡风断,薄暮浑随塞雨回。缭绕斜吞铁关树,氛氲半掩交河戍。迢迢征路火山东,山上孤云随马去"(《火山云歌送别》)。岑参在描写这些奇特风光中,深深地寄托着男儿征战、报效国家的豪情。因而奇景迭现,奇情逸发,"意亦奇造"。不过,在岑参的边塞诗中,也不乏自然无"奇"却用意深厚之作,如《逢入京使》:"故园东望路漫漫,双袖龙钟泪不干。马上相逢无纸笔,凭君传语报平安。"

岑参边塞诗的成就主要体现在七言歌行,纵横跌宕,舒卷自如;其用韵十分灵活,有基本上一韵到底的如《白雪歌送武判官归京》,也有两句换韵的如《轮台歌送封大夫出师西征》,或三句换韵的如《走马川行奉送出师西征》。这些作品不仅意奇、语奇,还兼有调奇之美。上列《逢入京使》,属七言绝句,写于天宝八载(749年)充安西四镇节度使高仙芝幕府途中,用家常话写出了赴边塞时对家乡与亲人的思念。首句说故园难归,令人生悲;第三句说马上倥偬,未遑修书,又是一悲;故泪湿双袖,不能自已;却又恳请"报平安",于万般体贴中,再显至情。全诗自然成文,情真意切,堪称客中绝唱。

无论是"语奇体俊"的歌行,抑或自然无奇的绝句,岑参的边塞诗与高适一样是亲临边塞的实际生活体验写成的,与高适共同代表了盛唐边塞诗的最高成就,所以世将高、岑并称。高适与岑参虽同为边塞诗人,诗风却不尽相同,关于这一点,前人早有分析。胡震亨《唐音癸签》卷五指出:"高适诗尚质主理,岑参诗尚巧主景,王孟闲淡自得,高岑悲壮为宗。"刘大勤《师友诗传续录》引王士祯语曰:"高岑迥别。高悲壮而厚,岑奇逸而峭。"翁方纲《石洲诗话》卷一也说:"高之浑厚,岑之奇峭。"究其原因,主要有二:一是两人亲临边塞的区域不同。高适主要活动在陇右以东及山海关一带,岑参则主要活动在陇右以西的新疆葱岭一带。两地风情不同,自然形势更是迥然有别。岑参笔下奇异的绝域风光,高适是无法亲身体验得到的,在整个唐诗园地里也很难见到。二是两人的个性不尽相同。高适年少落魄,不事生业,家境贫寒,到处飘游,形成了磊落不羁的性格。中年以后,得到哥舒翰的重用,其使气任侠、仗义执信的性格得到了进一步的发展,即便是在玄宗面前,他也能"谠言义色","负气敢言,权幸惮之"。① 这就为他的诗歌增添了胆识、力量和气魄,也为他"尚质主理"的诗风奠定了主体上的基础。岑参则出身于世宦之家、书香门第,早年习诗,"属辞尚清,用志尚切,其有所得,多入佳境,迥拔孤秀,出于常情"②因

---

① 刘昫:《旧唐书》卷一一一《高适传》,第3329页。

② 《御定全唐诗录》卷一四《岑参小传》,引杜确《岑嘉州诗集》,《四库全书》本。

而形成了秀拔峭丽的风格。至于他出塞后,虽然诗风大变,但早年的“迥拔孤秀”为其“奇逸而峭”的诗风打下根基。

在盛唐,以边塞诗闻名于世的,还有王翰、王之涣、王昌龄、李颀、崔颢等人。在总体成就上,他们虽不及高适与岑参,但以多彩的笔调,丰富了盛唐边塞诗的创作。

王翰(生卒年不详),字子羽,并州晋阳(今山西省太原市)人。睿宗景云元年(710年)登进士第,受知于文坛大手笔张说,由昌乐尉累官至驾部员外郎。性格豪迈,“发言立意,自比王侯;颐指侪类,人多嫉之”,①狂放不羁。他在《古蛾眉怨》一诗中说:“人生百年夜将半,对酒长歌莫长叹。情知白日不可私,一死一生何足算。”正唱出了建立在狂放不羁之上的坦荡之心与豪健之气。所以王翰的诗多一气流转而壮丽俊爽之语。《凉州词二首》其一就是他的代表作:“葡萄美酒夜光杯,欲饮琵琶马上催。醉卧沙场君莫笑,古来征战几人回。”以豪饮写征战,于连珠丽辞中隐含清刚顿挫之气。语调豪迈,响遏行云,而感慨之意自见。王世贞《艺苑卮言》卷四称此诗“无暇之璧”,当之无愧。

与王翰同样以一曲《凉州词》闻名的,又有王之涣。王之涣(688—742),字季陵,原籍晋阳(今山西省太原市),后迁居绛郡(今山西省新绛县)。少时,好围猎纵酒,击剑悲歌,后与高适、王昌龄等交往,为诗为文,名震一时,其诗每被乐工被乐而歌。《全唐诗》录其存诗虽然只有6首,但其诗名既盛且久。他的《登鹳雀楼》“白日依山尽,黄河入海流。欲穷千里目,更上一层楼”,至今仍为老孺皆知。其《凉州词二首》其一,也是闻名遐迩的佳作:“黄河远上白云间,一片孤城万仞山。羌笛何须怨杨柳,春风不度玉门关。”据唐人薛用弱《集异记》卷二载,开元中,王昌龄、高适、王之涣齐名,三人共到旗亭饮酒。座中有伶人十数会宴。三人便订约说:“我辈各擅诗名,每不自定其甲乙。今者可以密观诸伶所讴,若诗

① 《旧唐书》卷一九〇《王澣传》,第5039页。按“王澣”从《新唐书》作“王翰”。

入歌词之多者,则为优矣。”演唱开始,一伶唱“寒雨连江夜入吴,平明送客楚山孤。洛阳亲友如相问,一片冰心在玉壶”,王昌龄引手画壁日“一绝句”。接着一伶唱“开箧泪沾臆,见君前日书。夜台何寂寞,犹是子云居”,高适引手画壁曰“一绝句”。接着又一伶唱“奉帚平明金殿开,且将团扇共徘徊。玉颜不及寒鸦色,犹带昭阳日影来”,王昌龄又引手画壁“二绝句”。此时,王之涣似乎有点心急,认为“此辈皆潦倒乐官,所唱皆巴人下里之词耳,岂《阳春白雪》之曲,俗物敢近哉”;并指诸伶中最美丽的一位说:“此子所唱,如非我诗,吾即终身不敢与子争衡。”话音刚落,此伶声起,果然是“黄河远上白云间”。三人大笑,竟醉终日。这个故事不一定是真实的,但它说明了王之涣的这首边塞诗在当时就已盛享声誉,后人甚至誉为唐人绝句的压卷之作。诗的前两句写塞上边城在高山之间露出一片城墙,山下的黄河好像从白云之中流出。这与李白名句“黄河之水天上来”同样是一种艺术夸张,在勾勒这个国防要塞的地理形势的同时,渲染了它的雄壮恢弘之势,也赋予了一份奇险荒凉。后两句写山城戍守的将士闻笛曲而增乡思之愁。笛曲中有《折杨柳》,折柳相赠又是亲友送别的风俗。诗人由此联想到玉门关外不见春色,无柳可折,遂将闻笛曲者所勾起的离别愁思,转而说成笛声对柳色未青的怨恨,已是曲折蕴蓄;进而又以为关外不见春色是春风不到的缘故,则风也像人一样有情,不愿离开家乡而远出塞外了。造语之妙,无愧其自诩为《阳春白雪》之歌。李白有诗云:“笛中闻折柳,春色未曾看”(《塞下曲六首》其一),“春风知别苦,不遣柳条青”(《劳劳亭》),与此诗意境十分相似,明显受到了此诗的启发。晚清左宗棠率军收复新疆时,想起这两句诗,便令各地官员在天山南路大道两旁种了几十万株杨柳,当时称为“左公柳”;并命幕下诗人赋诗相庆,其中邓廷桢诗云:“羽林壮士唱刀环,齐裹貂褕振旅还。千骑桃花万行柳,春风吹过玉门关。”则又显示了此诗独特的生命力。

王之涣与王翰均擅长七言绝句,王昌龄也以七绝闻名于世。王昌龄(698—757?)字少伯,京兆万年(今陕西西安)人,早年居灞上,曾北游河陇边地。开元十五年(727 年)登进士第,补秘书省校书郎。七年后中博学宏词科,曾为江宁令。晚年贬龙标尉,安史之乱后,弃官居江夏,为刺史闾丘晓所杀。后世称为王江宁或王龙标。他擅长五言古诗与五、七言绝句。《全唐诗》录其诗 180 余首,绝句约占二分之一,其中以七绝成就为最高。王世贞《艺苑卮言》论盛唐绝句,认为只有王昌龄可以和李白争胜,列为"神品",叶燮《原诗》又称:"李俊爽,王含蓄,两人辞调意俱不同,各有至处。"则指出了两人的不同特色。而其绝句多为边塞诗。如《出塞二首》其一:"秦时明月汉时关,万里长征人未还。但使龙城飞将在,不教胡马度阴山。"此诗胜过一般诗人所作边塞诗的地方,在于立意措辞得体,容量又特大。首句中的"秦"与"汉"、"月"与"关",是互文见义,组成了一个寓意深厚的时空境界,意谓自秦、汉以来,边疆一直战事不断,战火连绵,上下千年,同此悲壮。次句写万里长征,旷日持久,劳师竭力,增加百姓痛苦。第三句说只要有汉代李广那样善于作战又能爱护战士的飞将军,边烽就可平息,与前述高适《燕歌行》"君不见沙场征战苦,至今犹忆李将军"同一用意,反映出当时政治与军事的腐败,以及将帅多骄惰无能,不恤士卒。最后"不教胡马度阴山"作结,将希望归结到国力强盛,威震塞外,消除历年边患,使征人得以回家团聚,百姓得以过太平日子,说得合情合理。如此丰富的内涵和深厚的情感,用短短的 28 个字出之,而且义脉细密曲折而情气疏宕俊爽,不愧"神品"之誉。又如《从军行七首》:"烽火城西百尺楼,黄昏独上海风秋。更吹横笛关山月,谁解金闺万里愁。"(其一)"琵琶起舞换新声,总是关山旧别情。撩乱边愁弹不尽,高高秋月照长城。"(其二)"青海长云暗雪山,孤城遥望玉门关。黄沙百战穿金甲,不破楼兰终不还。"(其四)"大漠风尘日色昏,红旗半卷出辕门。前军夜战洮河北,已报生擒吐谷浑。"(其五)

前两首写深长的边愁,后两首写追求功名的豪情。无端的边声,不尽的离愁,融合交织,随着笛曲《关山月》,散入皓月当空的关山之中,形成了苍茫壮阔的情思氛围。而这种思乡的边愁则又与破敌的壮志相互交融。“不破楼兰终不还”,“已报生擒吐谷浑”,壮烈情怀与胜慨英风合并而出,使此组诗形成了悲壮激昂的格调,堪称“边防军人之歌”。

如果说王昌龄、王之涣、王翰三人以七绝见长,那么李颀的边塞诗则主要以七言歌行见胜。李颀(690—751?),嵩阳(今河南省登封市)人,在当地有东川别业。① 开元二十三年(735 年)登进士第。在登第后所作的《缓歌行》中,他说:“男儿立身须自强,十年闭户颍水阳。业就功成见明主,击钟鼎食坐华堂。二八蛾眉梳堕马,美酒清歌曲房下。”憧憬功名富贵和享乐生活,狂想之中带有天真。但登第后任新乡尉,长期未得升迁,美梦破灭,弃官归隐。他与王维、王昌龄、高适等人友善,是盛唐重要诗人之一;其诗内容和体裁都很广泛,由于仕途失意,有遁世思想,殷璠《河岳英灵集》卷上说:“颀诗发调既新,修辞亦秀,杂歌咸善,玄理最长。”实际上,李颀诗歌不乏慷慨激昂之音,其七言古风和五言律诗,尤为后世推重,而给他带来更大声誉的,则是边塞诗,其中较为著名的是《古从军行》:“白日登山望烽火,黄昏饮马傍交河。行人刁斗风沙暗,公主琵琶幽怨多。野云万里无城郭,雨雪纷纷连大漠。胡雁哀鸣夜夜飞,胡儿眼泪双双落。闻道玉门犹被遮,应将性命逐轻车。年年战骨埋荒外,空见蒲桃入汉家。”

这首诗起调雄奇奔放,一片神行。中间通过满目昏暗的风沙、铺天盖地的乌云、纷纷雨雪、哀鸣胡雁等景物的描写,寄寓狂生末路的郁勃不平之气。寓郁勃奔放于雄奇中,是李颀七言古风的一贯特点,与高适的“悲壮而厚”、岑参的“奇逸而峭”有所不同。结句用重笔对比,发人深省,开中唐张籍、王建乐府先河。

与李颀大约同时,又有崔颢颇负盛名。崔颢(? —754),汴州(今河南省开封市)人。开元十一年(723 年)登进士第,官至尚书司勋员外郎。殷璠《河岳英灵集》卷中说:“颢年少为诗,名陷轻薄。晚节忽变常体,风

① 学界关于李颀的籍贯,说法不一。此据姚奠中《李颀里居生平考辨和诗歌成就》,《山西大学学报》1983 年第 1 期,第 12—18 页。

骨凛然。一窥塞垣,说尽戎旅。”开元后期,崔颢北上入河东军幕府时创作的边塞诗,最具凛然风骨。如《雁门胡人歌》:“高山代郡东接燕,雁门胡人家近边。解放胡鹰逐塞鸟,能将代马猎秋田。山头野火寒多烧,雾里孤峰湿作烟。闻道辽西无斗战,时时醉向酒家眠。”

该诗题为短篇歌行,体制则为七言律诗,写当地带有特征性的景物和生活情调,状景如在目前,体现了作者豪爽俊丽的风格。作于同时的《赠王威古》、《古游侠呈军中诸将》等也体现了这种风格。

在盛唐,创作边塞诗的,远非止于高适、岑参、王翰、王之涣、王昌龄、李颀、崔颢诸人,而高适、岑参等人的诗歌创作也不仅仅限于边塞诗,但主要成就却在于边塞诗,也主要以边塞诗闻名于世。在他们的边塞诗中,各自以不同的风格,从不同的方面描写了多种多样的边塞题材,从不同的侧面揭示了盛唐诗人的精神风貌。其中既有立功边塞、马上觅封侯的豪情,又有对战争残酷、“年年战骨埋荒外”的哀叹;既有对将士不畏艰险、保家卫国精神的赞美,又有对将帅无能、军事失策的评判。边塞诗人在尽情抒发边功理想的同时,又正视现实与评判现实。

三、中晚唐边塞诗

中晚唐边塞诗随着唐帝国国防力量下降,版图缩小,国内各种矛盾进一步复杂化、激烈化,诗人们的注意力由外向更多转向内部,边塞诗创作的热潮逐渐减退。不过退潮也有一个过程。大历至贞元初,李益、卢纶等的边塞诗,笔力和气象还比较接近盛唐。卢纶的《送韩都护还边》诗写得较豪壮:“好勇知名早,争雄上将间,战多春入塞,猎惯夜登山。阵合龙蛇动,军移草木闲,今来部曲尽,白首过萧关。”《逢病军人》一绝写得尤好:“行多有病住无粮,万里还乡未到乡,蓬鬓哀吟古城下,不堪秋气入金疮。”《和张仆射塞下曲》五绝六首很有名。李益边塞诗达五六十首之多,是唐代边塞诗的重要作者之一。不过,“悲壮宛转……诵之令人凄断”(《唐音癸签》卷七),感伤的情调已经较浓了。关于李益的边塞诗《唐才子传》卷四说:“从军十年,运筹绝胜,尤其所长。往往鞍马间为文,横槊赋诗,故多抑扬激厉悲离之作,高适、岑参之流也。”如《观回军三韵》是古诗六句:“行行上陇头,陇月暗悠悠,万里将军没,回旌陇戍秋,谁令呜咽水,重入故营流。”《暮过回乐峰》是七绝:“烽火高飞百尺台,黄昏遥自碛西来,昔时征战回应乐,今日从军乐未回。”再如《暖川》、《从军北征》、《夜上受降城闻笛》都是以七绝的形式创作的边塞诗。《盐州过胡儿饮马泉》是七律:“绿杨著水草如烟,旧是胡儿饮马泉,几处吹笳明月夜,何人倚剑白云天。从来冻合关山路,今日分流汉使前,莫遣行人照容鬓,恐惊憔悴入新年。”其后,边塞诗中浪漫豪情进一步让位给现实主义精神。好一点的边塞诗是追随时代变迁,从边塞这个侧面反映唐帝国的没落。让人看到外患凭陵、领土丧失、边民沦为奴隶的现实。因为北方藩镇割据,唐朝廷较多地经营包括岭南在内的南方地区,在滇、蜀交界处,需要多方面应付南诏。由此而来,反映西南边疆的诗,在中晚唐数量增加。南疆诗就其所体现的边塞意识看,不如北疆诗强烈,当然,南北风土人情不同,边塞意识的具体内容也很不相同。

第三节　唐代边塞诗抒情主人公的类型

作为边塞诗创作成熟期的盛唐,时间长达半个世纪,留有名篇和一定数量边塞诗的作者至少有十来家,边塞诗中两类作品是其主流:一类出自社会上一般诗人之手,抒情主人公可以看作边防士卒,不妨称之为战士之歌;另一类是被辟聘到边防节度使幕府中的文士之作,抒情主人公即作者自身,可称为军幕文士之歌。这两种类型当然不足以概括边塞诗的全部,如高适《信安王幕府诗》、杜甫《送高三十五书记》一类酬赠之作,作者身份在诗中表现得很明确,抒情主人公既非战士,亦非幕府僚属,自然不能列入上述两类诗中任何一类。还有些诗，内容主要陈述边事，但诗人不是托士卒口吻，而是以能为朝廷筹划安边良策的才智之士自命，身份和语气也显然别是一样。但这些作品数量较少。边塞诗中在思想和艺术上最有代表性的作品，仍然以属于战士之歌和军幕文士之歌两种类型为多。因此，讨论一下这两类诗各自的艺术风貌及其产生的条件背景，可能会使我们对某些问题在认识上得到深化，或者可以进而窥见边塞诗发展的某些重要环节以及与当时政治军事制度演变的相应关系。

战士之歌，从作者看，显然并非真正是封建社会中处于文盲状态的战士，而是文化修养较高的诗人。但盛唐诗人在时代风气的影响下，多向往从军出塞，关心边防问题，他们对征人的生活和思想并不陌生。为了要深入到边塞问题内部，多方面地表现军旅生活，为了将战争给社会特别是下层人民所带来的影响写得如同亲身感受，他们常常设身处地，体贴着征人的情怀，托征人及其家属的口吻进行抒写。这类诗从反映现实角度看，在一定程度上能够代表战士及社会某些阶层围绕战争问题所产生的复杂情绪。至于少数纯粹出于承袭乐府旧题，内容浮泛，与战士生活思想很隔膜的作品，当然不属所论范围。

可以看作是战士之歌的盛唐边塞诗，除李白、王昌龄、李颀、王之涣、王翰、常建等人的有关作品外，杜甫的《兵车行》、《前出塞》、《后出塞》，王维的《少年行》、《陇西行》等篇，都可以归入这一类型。高适前期，两次到过蓟北，给边塞幕府僚属呈献过一些作品，又曾在若干诗中自比为有安边韬略的孙武、吴起，这类篇章，当然不属战士之歌。但高适其他一些作品，特别是最杰出的《蓟门五首》和《燕歌行》，却颇能表现战士的生活情绪和愿望，《蓟门五首》中像“羌胡无尽日，征战几时归”，《燕歌行》中像“相看白刃血纷纷，死节从来岂顾勋”，都可看作战士的自白。因此，把高适前期这一部分最有价值的作品，归战士之歌一类加以讨论，应该是可以的，有助于我们更清楚地考察和认识盛唐边塞诗。

战士之歌的边塞诗，首先表现的是报效国家的精神以及争取边疆安定和平的愿望:“孰知不向边庭苦,纵死犹闻侠骨香。”(王维《少年行》其二)“黄沙百战穿金甲,不破楼兰终不还。”(王昌龄《从军行七首》其四)无论是豪迈乐观、直抒为国捐躯的荣誉感,还是深沉坚定、抒写豪情而不回避战争的艰苦,都显得壮气凌云,充分表现盛唐时代民族精神的蓬勃高涨。人民参加战争,目的是为了抵御侵略,保卫国境四周的安全。所以抒发战士的英雄气概,在具体作品里,又常常与争取和平的强烈要求结合在一起。“转战渡黄河,休兵乐事多。萧条清万里,瀚海寂无波。”(李白《塞上曲》)“转战”与“休兵”统一在一起,虽然透露出坚强的民族精神,却只有对和平统一的追求,而丝毫没有杀伐之气。这种追求有时化为理想色彩更浓的憧憬:“玉帛朝回望帝乡,乌孙归去不称王。天涯静处无征战,兵气销为日月光。”(常建《塞下曲四首》其一)借汉武帝时与乌孙的融洽关系,展开想象,让民族之间友好团结的精诚,消尽战争的阴霾。愿望之美好,达到了封建时代广大士兵考虑民族问题所能及的最高限度。

其次表现的是士兵对军政腐败深为不满。由士兵眼里去看边塞,特点是有下层人民对问题的深入体察和实事求是的批判精神。所以即使是在封建盛世,仍然可以从开元、天宝年间的边塞诗中看到对有关问题的冷静思考乃至多方面揭露:“秦时明月汉时关,万里长征人未还。但使龙城飞将在,不教胡马度阴山。”(王昌龄《出塞二首》其二)似乎有一种脚踏实地的精神,使征人在离家万里、长期征戍中冷静地思考着。他们的情思远溯秦汉,对征戍的意义进行历史性的推求;他们怀念古代名将,透露出对现实问题的认识和态度。联系盛唐许多其他边塞之作,可以看出广大战士对于军政腐败、将帅不得其人,深为不满。诗中有的直斥,“左贤未遁旌竿折,过在将军不在兵”(常建《塞下》);有的仅叙事而贬意自见,“将军降匈奴,国使没桑乾”(王昌龄《代扶风主人答》);有的把将官平时的骄态与战时的窘相加以对照,“身当恩遇常轻敌,力尽关山未解围”(高适《燕歌行》)。这些将军在战场上威信扫地,而在军中则享乐腐化,不恤士卒:“战士军前半死生,美人帐下犹歌舞!”(高适《燕歌行》)将军宴安骄纵,士卒生命涂炭,军中阶级对立乃是普遍现象。诗人们一再抒写对于秦汉时名将李牧、李广等的怀念,正是基于这一背景。

在“死是征人死,功是将军功”(刘湾《出塞曲》)的封建时代,将军们经常只顾军功,不顾士卒性命,哥舒翰屠石堡城取得封赏就是一例。而且有些战争即使完全正义,由于封建制度下难以避免的军政腐败,死亡也往往过重。“昔日长城战,咸言意气高。黄尘足今古,白骨乱蓬蒿。”(王昌龄《塞下曲四首》其二)“意气高”出于战士的报国热情,但战争本身却不是以少胜多,而是死伤惨重。“龙斗雌雄势已分,山崩鬼哭恨将军。黄河直北千余里,冤气苍茫成黑云。”(常建《塞下曲四首》其三)死而有弥天盖地的“冤”和“恨”,正是由于伤亡过甚。战争无有休止,代价如此之重,从唐王朝一边看,不能不归罪于统治者制置边疆失策,或因贪欲而黩武。杜甫《兵车行》中的战士沉痛诉说前线“流血成海水”和后方“千村万落生荆杞”的景象,怨恨“开边意未已”的唐玄宗。李颀《古从军行》中的战士心情极苦,一方面“闻道玉门犹被遮,应将性命逐轻车”;另一方面眼前的景象是“胡雁哀鸣夜夜飞,胡儿眼泪双双落”。要执行皇帝的意旨,就要残杀无辜。进退两难、富有人道精神的战士,不仅从自身,而且从少数民族的角度提出令人怵惕的问题,揭露了黩武者视各族人民生命如草芥的贪残本性。

当然,在漫长的历史过程中,挑起战争的责任,并不只是在汉民族统治者身上。边荒游牧部落的奴隶主贵族,也常常觊觎中原,所谓“匈奴以杀戮为耕作”(李白《战城南》)并非完全夸张。以战止战也还是需要的。但即便如此,也不能靠放手杀戮来解决问题。“苟能制侵凌,岂在多杀伤!”(杜甫《前出塞九首》其六)“乃知兵者是凶器,圣人不得已而用之!”(李白《战城南》)要求安边应有正确的方针政策,要在“不得已”的前提下有控制地使用武力,则无疑是正确的。

综观盛唐时期诗人们所写的战士之歌,可以说围绕民族关系和战争问题所作的反映是充分深入的。既反映了当时奋发进取的民族精神,也反映了战争本身的严酷性以及所暴露出来的一系列矛盾。受着诗人生活和认识水平的限制,虽未能说尽征人所要说的一切,但他们在创作此类诗歌时通常总要按照征人的方式去思考和表述问题,由于有着这种主观努力,作品的现实性和人民性增强了。这些诗一般不是呈献给达官贵人们看的,而是“传乎乐章,布在人口”(靳能《唐太原王府君(之涣)墓志铭并序》),由社会去鉴别品评,可以说是以征人为本位,以社会为知音。对于征人和社会大众来说,它有依属性,但另一方面它又获得了更大的自由,它不必过多考虑某位将军或权要的反应,只求言征人之所欲言,想征人之所欲想。敢于揭露真相,直抒怨苦,是这类诗可贵的思想特色。

战士之歌是诗人揣摩体会边防戍卒的情怀而写出的作品,因而这类诗从抒情主人公与作者关系看,有不少与唐诗中的宫怨、闺怨以及另外一些题材的旧题乐府相近,都多少带有“拟”“代”的倾向。战士之歌中作为抒情主人公的征人,与诗人“自我”是矛盾统一体。因为作品出自诗人之手,不可能没有“自我”,但是“自我”一般不能直接表现,而必须融化到诗的抒情主人公亦即征人的血肉中去,才不致妨碍这类诗所必须具备的“征人本位”。亦此(诗人)亦彼(征人),要使情感在彼此之间能够沟通,且彼方所代表的又不是特定的某甲或某乙,而是千千万万个征人,因之这种创作便和诗人在某种场合触物兴感的抒怀篇章有很大区别。在战士之歌里,非常具体的时间、地点一般是没有的,所写的情或事,也要求能让人联想到更多的生活场面,触动更广泛的情绪。写作这类诗时,诗人致力于典型概括的意识,往往更为明确。它在表达上的含蓄蕴藉,思想感情的丰富性、多重性等方面,达到了很高的水平。为了逼肖征人或下层人民的声口,深入人心,诗人还特别注意向民歌学习,多采用乐府诗题,使作品具有军伍和民间气息,富于音乐性。

诗人为边防士卒歌唱他们的生活和情怀,也难免有其局限的一面,这主要是生活体验带有间接性。就盛唐诗人与边塞接触的情况看,以高适、岑参实际生活体验最为丰富,高适除天宝后期从事哥舒翰幕府外,早年两次北上蓟门，对边塞的考察也是比较深入的，他的《燕歌行》写边塞征战生活，比一般战士之歌要深切得多。高、岑以外的诗人，王维于开元二十五年出使凉州，任过短时间的判官。崔颢于开元后期，可能在河东军幕一度任职。张谓于天宝末从事封长清幕，但其现存边塞诗当写于此前，他早年曾有蓟州之行。李白出川后，东北到过幽州，西北仅至邠、坊。王昌龄到过泾州、萧关一带。王翰家居并州，宦游至魏州，又似曾客游河西。王之涣足迹曾及蓟门。至于李颀、常建、刘湾尚缺乏到过塞垣的可靠证据。总之，盛唐诗人们写战士之歌时，闻见所及未能超出东起幽并、西至陇右的长城一线。曾经涉足边塞的诗人也多属旅游性质，时间不长。他们写战士生活固然多凭借间接经验，写景比较虚括，也不完全出于上面曾提到的艺术上的原因，缺少亲见亲闻应该是同时助长了这种倾向。如果单从缺点方面看，古塞、长城、大漠、风霜这些景物意象，在边塞诗里反复出现，像是舞台上习见的背景和道具，虽然由于作家的意匠经营，往往构成具有高度美学价值的境界，但几种意象一再组合，总难免雷同，让人不容易看到更加真切丰富的边塞景物和风俗人情。所以，上述这类边塞诗，自然要由诗人们的阅历给它构成一种局限。我们试看中晚唐的许多边防题材的诗作，几乎只是在盛唐战士之歌的成就范围内踏步，有的甚至近于模拟，便更可悟出如果不在生活和视野上有更大的扩展，也就难以越过王昌龄、李白等人的藩篱。

人们的创造是在一定的历史条件下进行的。这些历史条件论其充分完满的程度，在具体到某些人的时候，又总是相对地存在差次。王昌龄、李白等人创作边塞诗，一方面继承借鉴了前代征戍题材的作品，一方面更主要的是他们当代政治、经济、军事、文化诸条件下的产物。在边塞诗创作的高潮中，如果按照它的自身发展来划分阶段，王昌龄、李白等人的战士之歌，多数写于天宝中期以前，相对于岑参、高适的西北边幕之作，为时更早一些。这一阶段，诗人们秉受时代风会，写了大量艺术上成熟完美的边塞诗，同时又留下很广阔的天地有待开发。另外，王昌龄、李白等人写战士之歌,只不过是他们诗歌创作中多方面的题材之一,带有兼而为之的性质。待至岑参、高适等人系身幕府时,从他们作为诗人的角度去看,写边塞诗则是其致力的专门对象。由众多的人兼而为之,到集中若干有更多便利条件的人去专攻,这也符合事物发展的一般进程。而总的说来,王昌龄、李白等人的边塞诗,在思想和艺术上虽有其独到之处,他们的优长并且有助于我们对照认识岑参、高适另一类边塞之作的缺点,但只要我们愿意承认王昌龄、李白写边塞诗确有为他们自身经历和见闻所囿的情况,就不难看到岑参、高适西北边幕之作,在成就上是属于突破性的,形成对边塞诗发展的又一次大开拓。

岑参、高适的边幕之作是以更加充实而多方面的边塞军旅生活体验为基础的。此前,崔颢从事河东幕府写过《古游侠呈军中诸将》等篇,王维羁留凉州幕府写过《使至塞上》等篇。特别是王维对凉州一带风俗民情的描写,以及"大漠孤烟直,长河落日圆"那样极其真切地再现边塞风光的名句,已经预示着边塞题材到从事军幕的杰出诗人手里,将会有重大突破。只是王维由于历时短、作品不多,至高、岑才将这种预示推进为现实。岑参多次往来于天山南北,他们那种秉笔从戎、佐幕边陲的实际感受和多方面的丰富见闻,是王昌龄、李白等人所缺乏的。因而在创作上自然能如龙宫探宝,获前人所未获。当然,高、岑二人单论其西北边幕之作,成就是有悬差的。高适入河西幕之前和在河西时期的边塞诗,约分别为二十首、二十二首;岑参在安西、北庭期间约有诗七十七首。[①] 高适边幕之作,数量虽不及岑参丰富,但仍略多于他自己前期的边塞诗。关键是他这一阶段的作品,无论与岑诗,还是与自己早年的边塞诗相比,都显得逊色。这可能因为高适不仅是一位诗人,更是一位政治军事实干家,入河西幕后精力主要牵缠于军政事务,创作兴致没有前期那样浓了。但尽管如此,他在河西幕府诗中多方面表现出来的对于彼时彼地军旅生活和边塞风光的

① 此系据刘开扬《高适诗集编年笺注》及陈铁民、侯忠义《岑参集校注》所作的统计。

实际感受,还是别人所不能代替的。不光是由于岑参,同时也由于有高适边幕之作加入,才完成了由王维开端的对于边幕诗创作具有极重要意义的大扩展。而高适无论在战士之歌的创作还是在军幕文士之歌的创作方面,都是一位重要诗人。

军幕文士之歌已不像战士之歌那样,在创作上有“拟”“代”的倾向了,它是属于作者直抒所历所感的一类。诗中的抒情主人公不再是普通的征人,而是军幕文士。这些文士和后代官僚幕府中的帮闲人物不同,他们有不少是有血性的男儿,有理想,有抱负,有健全的体魄、报国的热情。“浅才登一命,孤剑通万里。岂不思故乡,从来感知己。”(高适《登陇》)因受朝廷一命之拜和感知己的信任,即仗剑离乡,不辞万里之劳,正是慷慨奋发、积极用世精神的表现。“侧身佐戎幕,敛衽事边陲。自逐定远侯,亦著短后衣。近来能走马,不弱幽并儿。”(岑参《北庭西郊候封大夫》)文士已著上了一半军人的风采。诗人不免自矜,而自矜中正透露了秉笔从戎的喜悦。似乎由于他们在边疆感到功业不难建立,生活待遇亦较一般战士不同,因而情调也更高昂。他们当然并非没有久戍塞外的复杂情绪,但并不流于缠绵凄恻:“勤王敢道远,私向梦中归。”(岑参《发临洮将赴北庭留别》)“送子军中饮,家书醉里题。”(岑参《碛西头送李判官入京》)运刚于柔,前者把公私两端的主从关系限制得非常严格,在克制中显得坚毅和韧性;后者在醉里题写家书,更把绵绵深情和倚酒自持的刚气统一在一起。这些文士在独处和思念家室时情调并不低弱,而当众人会集在一起时,更能激发意气:“……琵琶一曲肠堪断,风萧萧兮夜漫漫。河西幕中多故人,故人别来三五春。花门楼前见秋草,岂能贫贱相看老。一生大笑能几回,斗酒相逢须醉倒!”(岑参《凉州馆中与诸判官夜集》)多么兴会淋漓,豪气纵横!他们有感于时光流逝,功业未建,但不叹老嗟卑,感伤唏嘘,而是表现出积极奋发的人生态度。豪饮、大笑和“岂能贫贱相看老”的感慨,都基于一种对前途、对生活的信念,有着能够掌握自己命运的坚强心志。他们怀抱功名欲望,但不加隐讳,显得开朗而有进取性。

透过这些作品，不难觉察到，感应着盛唐的时代精神，这些富于血性的男儿脉管该搏动得多么有力！岑参、高适所描绘的军幕文士形象，有着丰富的精神生活，他们欣赏着大自然在边塞上所显示出的伟力，吟唱着那里的火山、热海，由于经受鞍马风尘、冰川戈壁的锻炼，心志变得更加开阔坚强。“倚马见雄笔，随身唯宝刀。”（高适《送蹇秀才赴临洮》）文质彬彬与英雄气概的结合，是其特色。这类形象，与李白、王昌龄等人笔下的战士形象，在唐诗形象画廊上都占有重要地位。比较起来，战士形象虽然丰富多样一些，并且也有自己时代的鲜明特色，但作为一种类型，在前代军事题材的作品中，毕竟曾经出现过，而岑参、高适诗中的军幕文士，在唐诗形象系列中则属于比较新的类型。得益于边塞生活体验的广度和深度，岑参、高适笔下更加丰富多彩地展开了边塞军中生活和战争场面。如写鞍马征行的苦辛，在河西沙碛是“马走碎石中，四蹄皆血流”（岑参《初过陇山》）；在酷热的吐鲁番盆地则“马汗踏成泥”（岑参《宿铁关西馆》）；在焉耆一带的冰上是“秋冰鸣马蹄”（岑参《早发焉耆》）；在更远的西部地区又冷得“石冻马蹄脱”（岑参《轮台歌》），这些多样化的描写，如未曾在西域军中多处驰驱，是绝难想象的。诗人笔下的征战生活，尤其令人切实感到紧张而艰苦：“将军金甲夜不脱，半夜军行戈相拨，风头如刀面如割。马毛带雪汗气蒸，五花连钱旋作冰，幕中草檄砚水凝。”（岑参《走马川行》）大笔挥洒以出，风发泉涌。对边塞生活的极度熟悉，使一连串非凭空臆想所能有的细节描写，得以连翩接踵，奔注笔端。又如写蕃汉将领欢聚宴饮和骑射角逐活动：“军中置酒夜挝鼓，锦筵红烛月未午。花门将军善胡歌，叶河蕃王能汉语。”（岑参《与独孤渐道别长句》）“九月天山风似刀，城南猎马缩寒毛。将军纵博场场胜，赌得单于貂鼠袍。”（岑参《赵将军歌》）唐代边防军中多隶属有习于征战的少数民族部落，西域驻军中蕃汉杂处的情况无疑更为普遍，但这样多种民族融洽乐和的场面，只有在岑参诗中才能见到。它不像张谓《塞下曲》那样理想化，却更为现实，给读者以出于耳闻目见的亲切感。

岑参、高适的诗第一次大量地把西北山川景物乃至某些风习人情介绍给了中原地区的读者。天山、火山、热海、铁关、走马川、百丈峰等山川塞堡都历历如见地出现在他们用诗笔描绘的西北地区山水长卷上。在这一类诗中,有的描绘奇丽多姿的塞外奇观,如“火云满山凝未开,飞鸟千里不敢来”的火山;“忽如一夜春风来,千树万树梨花开”的八月大雪;“海上众鸟不敢飞,中有鲤鱼长且肥”的热海等。这些诗虽然语词和精神是浪漫的,多大胆的夸张、惊人的想象,但有真切的生活体验为基础,奇中见实,让人感到诗中展开的是一个真实具体的天地。有的景物虽未必瑰奇峭丽,却为边塞地区所特有,非肤泛涉笔所能道出。如:“朝登百丈峰,遥望燕支道。汉垒青冥间,胡天自如扫。”(高适《登百丈峰二首》其一)“立马眺洪河,惊风吹白蒿。云屯寒色苦,雪合群山高。远戍际天末,边烽连贼壕。”(高适《自武威赴临洮谒大夫不及》)赵熙批前首诗的三四句:“青、白二字奇妙。”(刘开扬《高适诗集编年笺注》引)但若不亲登百丈峰,绝难看到工事筑上高入青冥的峰顶与天空“白如扫”的情景。后一首诗写在临洮立马眺望附近的山河及边防线,景象极为真切,特别是所述的那种敌我烽戍相连的状况,前此似尚未经人道。相形之下,高适自己早年《燕歌行》中“边庭飘飖那可度,绝域苍茫何所有”等描写,亦不免稍嫌虚括。有的则属于塞外特产和少数民族的文化歌舞,如“叶六瓣,花九房,夜掩朝开多异香”的优钵罗花;“回裾转袖若飞雪,左铤右铤生旋风”的北铤舞等。类似以上描写,在诗坛上确实如辛文房所说,“唐兴罕见此作”(《唐才子传》评岑诗),但从诗歌反映社会现实的角度看,反映玉门关以西广大国土的自然面貌与风俗人情的要求,至少从唐太宗在西域设置安西都护府时就开始了。这种时代要求,经过一百多年,到岑参、高适佐幕边陲时才得实现。使边塞诗反映的地域,由局限于长城一线,扩展到天山南北,这本身就是在文学扩大题材范围、适应现实要求方面迈出的重要一步,意义已不仅限于边塞诗。

在艺术上,岑参、高适的西北边塞之作因出于实际见闻和感受,不再是大量借助间接得来的材料去揣摩悬想,故能进一步改变那种写情写景比较虚泛概括的状态,有着更多的具体性和真切感。生活体验的充实和素材的丰富,要求作品在艺术形式上有充分的自由,所以他们在西北的诗作,很少沿用乐府旧题,有更大胆的创新和尝试。岑参的《轮台歌》、《走马川行》、《热海行》、《白雪歌》等即事命题,叙述和描写较多,已经多少接近了杜甫等人的新题乐府。在音节声调上,两人的诗遒劲悲壮,较王昌龄等悠扬宛转的边塞七绝,军伍和征战气氛显得尤为浓烈。《走马川行》三句一转韵,转韵之中又句句用韵,更不免受了西域歌舞"左铤右铤生旋风"式的急节多变的影响。由于他们在诗歌内容和艺术上的拓展,境界独辟,且诗中抒情主人公已不再是类型化的征人,而是从事于军幕的作者自身,遂使得许多作品艺术个性也更为鲜明突出。

在充分估价岑参、高适军幕文士之歌对于边塞诗重大开拓之功的同时,我们不能不看到事情复杂性的一面在于幕僚的身份又给他们的作品带来某些局限。边帅僚属的根本弱点,是对幕主亦即主帅的依附性。他们受使府辟聘,将来出路也往往要靠府主荐举,"先辟于征镇,次升于朝廷"(白居易《温尧卿等授官赐绯充沧景江陵判官制》),与府主结成升沉与共的关系。如岑参在安西得悉封长清因败于安史叛军获罪时,就忧心忡忡地悲叹:"将军初得罪,门客复何依?"(《送四镇薛侍御东归》)正是这种依附关系,使他们难免不在诗中对主帅常有谀颂之词,一方面固然是出于感激之情或为了博取主帅的青睐,另一方面也不免有意为主帅吹嘘军功,广造舆论。所以在对待自己所依附的将帅以及有关战争问题上,他们很难像未入幕的文士那样冷静客观。如对于哥舒翰的军功,李白、杜甫持批判态度,而高适则大加颂扬。高适与李、杜在这一问题上固然存在明显差异,即在高适自身,前后期也形成对照。前期北游幽蓟、送军青夷,那时身份自由,观察问题的角度接近于一般士卒;而后期入河西幕府,情况就变了。前期诗:"汉家能用武,开拓穷异域。"(《蓟门五首》其二)对玄宗开边分明有微词。后期却把开边看成壮举:"上将(哥舒翰)拓西边,薄才忝从戎。岂论济代心,愿效匹夫雄。"(《奉寄平原颜太守》)究竟要追随上将把边土拓向何处呢?《九曲词三首》其三中有"铁骑横行铁岭西,西看逻逊(今拉萨)取封侯"之句,竟至把吐蕃首府视为进取目标,虽说不免夸大其词,但起码是不以攻下石堡城和九曲为满足的。高适为布衣时,面对广武古战场曾发出"缅怀多杀戮,顾此增凄怆"的慨叹,在哥舒翰幕下却歌颂残杀。"泉喷诸戎血""头飞攒万戟"(《同李员外贺哥舒大夫破九曲之作》)等一类描写,血腥味未免太重。高适前期《燕歌行》等诗,抨击边帅骄纵,同情士卒疾苦,及至河西幕府,这方面竟不见一语。史载:哥舒翰"好饮酒,颇恣声色"(《旧唐书・哥舒翰传》)。安禄山叛军攻潼关,哥舒翰兵败投敌后,高适在玄宗面前为之辩解时曾指出:"监军诸将不恤军务,以倡优蒲簺相娱乐,浑陇武士饭粝米,日不餍。"(《新唐书・高适传》)据此可以推知军士们先时在河西、陇右的境遇也应大体相近。高适河西诸作,对此不仅未能有所反映,且在歌颂杀伐的同时,有不少诗把军中描写得歌舞升平,未免较前期后退了一步。高适如此,岑参在安西、北庭写诗也暴露出和他近似的弱点。岑参《武威送刘单判官》诗中说:"曾到交河城,风土断人肠……夜静天萧条,鬼哭夹道旁。地上多髑髅,皆是古战场……苍然西郊道,握手何慨慷。"这是朋友之间的赠诗,真心话较多,说明他想到战争的残杀,心里也是悸痛的。联系这些作品再去看他《献封大夫破播仙凯歌六章》中那样血淋淋的描写和庸俗的吹捧,就不难发现作为军幕文士对于主将常常是多么不假深思地信口颂扬。岑参诗中多处描写了将军和边防长官奢侈的生活,有人把它说成揭露,殊无根据。实际上这些描写多半是他在为边塞将军们唱赞歌时连带而及的。作为军中生活的真实记录看,自有价值。但作者的态度一般不是揭露,而是欣赏,并常常借以衬托边将的身份气派。现存岑参居北庭封长清幕府期间诗四十余首,直接标明奉献封长清之作即有十二首。"何幸一书生,忽蒙国士知"(《北庭西郊候封大夫受降回军献上》)、"幸得趋幕中,托身厕群才"(《登北庭北楼呈幕中诸公》)、"吾从大夫后,归路拥旌旗"(《陪封大夫宴瀚海亭纳凉》)，感戴知遇和追随主帅的意识这么强烈，就决定了军幕文士一般对于主将的武功只能是抱欣赏颂扬的态度。在上文述及的战士之歌中，既不乏对边帅的直斥，更常有借怀念古代名将批判现实中将帅的作品，可是高、岑幕府诸作却另是一种写法："天子预开麟阁待，只今谁数贰师功！"（岑参《献封大夫破播仙凯歌六章》其一）"汉将乃儿戏，秦人空自劳！"（高适《自武威赴临洮谒大夫不及》）对比之下，秦汉将领都远不及自己的主帅，由借古讽今，变成了贬古颂今。这种变化不是由于边疆现实状况有根本变化，而是由于高、岑处在幕僚的地位上写诗。当然，如不苛责古人，应该承认高适和岑参一生行事还是较有气节和见识的；哥舒翰、高仙芝、封长清天宝后期镇守西北边疆，也各有贡献。所以高、岑某些不恰当的颂词，对他们边塞诗的总成就尚不能构成过大的损害。何况边塞诗并不等于都是边战诗，边战的性质和涉及到有关这些战争的诗歌，在评价上也不构成简单的对应关系。高、岑边幕之作，跟具体战争有牵连的毕竟是少数，更大量的是对边塞生活和风光的多方面展示，是抒写他们秉笔从戎的情怀和种种实际感受，那丰富的、活生生的艺术形象，才是对读者最能起作用的东西。我们将其某些局限毫不隐讳地予以指出，跟充分肯定他们在边塞诗发展上的重大贡献应该是不矛盾的。

文艺创作总要受着时代条件特别是作者生活与社会关系等多方面因素的制约，盛唐两类边塞诗正是由于在创作上各自所凭借的条件存在差异，因而无论在内容上、艺术上都有不同。深入研究盛唐边塞诗，无疑应有所区分，而不宜把许多问题纠缠在一起，一概论之。在一类诗中某方面之所短，在另一类诗中可能恰有所长。若把这种长处或短处属之于所有边塞诗，便未必符合实际。如王昌龄、李白等人的边塞诗典型概括的程度往往很高，诗中的时间、地点一般比较虚泛，若像对待岑参、高适在北庭、河西的作品那样加以指实，以为所写即某次战争，并进而做出是否歌颂"黩武"的判断，显然欠妥。另外，两类诗在诗坛上出现，大体可以分出先后，构成边塞诗在高潮期的发展变化。前者对于后者的出现有着启发推动作用应当是无疑的,但从军幕文士之诗的意义上来看后者,岑参、高适军幕之作出现于天宝后期,却又并非单由文学进程死死地规定着的,而是更多地与当时政治军事制度的某些演变有直接关系。唐代在边疆设置藩镇,于开元后期至天宝年间有很迅速的发展,藩镇数目增加,节度使由担负防戍之任而兼掌屯田、度支、安抚、观察,权限扩大,地位崇高,使府辟署的人员也随之增加。从岑参、高适诗中所反映出的幕府人员之间的纷繁交往,便可见当时藩府人才济济,盛况空前。哥舒翰幕下诗人除高适外,尚有严武、吕諲等;封长清幕下除岑参外,还有张谓、李栖筠等。由于人员众多,留居时间长,他们在幕中还栽种花木,登临赋诗,从事多种文化娱乐活动。围绕着河西、北庭这些藩府,俨然在边地形成文化中心。高适、岑参等受边帅之辟,这样长期从事军幕,与初唐时期有些文人从军的情况已很不相同。其间有一个随着唐代使职差遣制的发展,主宾关系逐渐加强,幕府人员由比较简化到趋向复杂多样,时间也有相应增长的过程。高适、岑参的边幕之歌出现在天宝后期,正是由这个过程起着催产作用。也就是说唐代边塞诗的兴盛与唐代鼓励文士从军报国以谋取军功的制度文化有着密不可分的关联。所以唐代边塞诗的研究如果忽视政治、军事给予文学的重大影响,似乎也很难得出正确的、符合实际情况的结论。

第五章

唐代离别诗

第一节　离别诗概说

“多情自古伤离别”，离别的确是令人伤怀的事。文人骚客在诗歌中争相表达离别伤怀的感情就成为一种古老的传统。在《论语·宪问》中有这样的话：“士而怀居，不足以为士矣。”从这个意义上说，“士”意识也就是一种“游子”意识，远游四方、别亲求仕是他们人生历程中不可或缺的一个环节。国人向来很重视友情，有着诸多丰富的离别的社会实践，自然也就有着不能尽数的离别诗的创作，因此，离别诗在我国有着悠久的传统。亲人朋友之间的迎来送往，本来就是社会交往最为普遍的形式之一，所以，离别的话题也就成了传统诗歌中一种最为常见的创作题材。《诗经》中的《邶风·燕燕》、《邶风·击鼓》、《秦风·渭阳》等诗都可以说是中国离别诗的滥觞。朱熹《朱子语类》论《邶风·燕燕》：“譬如画工一般，直是写得他精神出。”王士祯在《分甘余话》中也说：“《燕燕》之诗，许彦周以为可泣鬼神。合本事观之，家国兴亡之感，伤逝怀旧之情，尽在阿堵中。《黍离》、《麦秀》，未足喻其悲也。宜为万古送别诗之祖。”乔亿《剑溪说诗又编》指出:“《旄丘》、《陟岵》,羁旅行役之祖也。”上引《楚辞·九歌·少司命》等作也有一定离别诗的成分。以后,随着时间的推移,送别在人们的现实生活中越来越重要,离别诗也就渐渐丰富起来。固然现存相传为苏武和李陵相赠答的五言诗——《别诗》,实际上其真正作者已不可考,但产生时期至迟也应该在东汉末年。这些诗一般都叙写朋友、夫妇、兄弟之间的离别,故总题为《别诗》,艺术手法已经呈现出丰富而成熟的美学特征。

曹植《送应氏》、《赠白马王彪》等诗进一步提升了离别诗的思想境界与艺术品位。嗣后,离别诗逐渐成为中国古典诗歌的一个重要门类,并且在南北朝前后开始出现第一个离别诗创作的高峰期,兹举数例:殷仲文《送东阳太守》“昔日深诚叹,临水送将离。如何祖良游,心事孱在斯。虚亭无留宾,东川缅逶迤”,范云《别诗》“孤烟起新丰,候雁出云中。草低金城雾,木下玉门风。别君河初满,思君月屡空。折桂衡山北,摘兰沅水东。兰摘心焉寄,桂折意谁通”等等。沈约可以说是一代文宗,在诗文等方面都有全面的艺术收获,离别诗也一样,如他的《别范安成》就是一首相当成功的离别之作:“生平少年日,分手易前期。及尔同衰暮,非复别离时。勿言一樽酒,明日难重持。梦中不识路,何以慰相思。”林家骊先生在《沈约研究》第五章《沈约的诗歌创作》对这首诗歌有精当的阐析:“前四句写少年离别之‘易’,后四句写老年离别之‘难’,而全诗的基调在于对离别难的慨叹。少年之‘易’正是加重了老年之‘难’的伤感,而老年之‘难’也反衬了少年的率性,这‘易’与‘难’的纷纭交错,将离别的哀愁脉脉吐出,但却给人以无穷的意味。此诗直抒胸臆,感情真挚动人,又具有丰富的涵载容量,所以较之一般的离别之作,自有创新之处。”①沈约又有《饯谢文学离夜》诗:“汉池水如带,巫山云似盖。”“全诗不以眼前着笔,而是以谢朓要去的荆州写起,首四句,写山写云,写此去荆州的遥远路途中的

① 林家骊:《沈约研究》,杭州大学出版社 1999 年 8 月版,第 135 页。

景致，表明离别的非同寻常，寄寓了诗人千头万绪的别情。‘一望沮漳水，宁思江海会’二句，以荆地江河远离，分别易相会难，以水之交汇喻人情之反复，由景抒情，抒发沈约对谢朓的深深眷恋。而末二句直抒胸臆，寄心于江水，表示要心随谢朓前往荆州，极写别后的相思情深，感染力很强。”①这样的运思方式，对唐人离别诗的创作有深刻的影响，换言之，也就是这样的模式，开启了唐代离别诗的艺术法门。何逊《临行与故游夜别》、《与胡兴安夜别》更有“夜雨滴空阶，晓灯暗离室”，“露湿寒塘草，月映清淮流”等名句。萧统《文选》也已在诗歌中设立“祖饯”一类，可见离别诗创作之盛。

历仕宋、齐、梁三朝的诗人江淹，他在贬谪建安吴兴（今福建浦城）令中写下了《别赋》，在作品中发出了这样的沉重之音：“黯然销魂者，唯别而已矣！”庾信《小园赋》有所谓“荆轲有寒水之悲，苏武有秋风之别，《关山》则风月凄怆，《陇水》则肝肠断绝”之说，人们生命迫促、岁月无情的悲哀往往与山川阻隔、人世离散的悲哀交织在一起，于是，“是以别方不定，别理千名。有别必怨，有怨必盈”。如贾岛《落第东归逢僧伯阳》“相逢须语笑，人世离别频”之类。离散时分，品味苦涩，正是人们重经风雨考验，深入体察人生滋味的开始。正所谓“远游无处不消魂”（陆游《剑门道中遇微雨》），着眼于这样的现实生活，重新审视自己的生命价值，人们这时的感情色彩一般都是凄清与悲凉，自然也就萌发了“黯然销魂”的情愫。江淹《别赋》又强化了这样的理念：“是以别方不定，别理千名。有别必怨，有怨必盈。”特别是在贬谪背景下的送别，就不仅对于诗人来说有了新的心境，对于诗作来说也就有了新的诗境，张炎《词源·离情》所谓“况情至于离，则哀怨必至；苟能调感怆于融会中，斯为得矣”，“离情当如此作，全在情景交炼，得言外意”。

“人世死前惟有别”（李商隐《离亭赋得折杨柳二首》之一），中国农

① 林家骊：《沈约研究》，第136页。

耕生活的背景造成汉民族安土重迁、安居乐业的群体意识，所谓的“使民垂死而不远徙”（《老子》）、“虽信美而非吾土兮，曾何足以少留”（王粲《登楼赋》）。曹丕《燕歌行》中有了“别日何易会日难，山川悠远路漫漫”的慨叹，所以颜之推《颜氏家训》强调：“别易会难，古人所重。”离别本来就是人间最为痛楚的悲剧性心理体验之一，渗透了对人生滋味的痛切感受，独抒性灵的诗歌创作自然也要以此为重要题材。屈原所写的《楚辞·九歌·少司命》中就有了“悲莫悲兮生别离，乐莫乐兮新相知”的人生感叹，诗人将离别时分的这种凄然感受转化到诗的艺术表现之中。它“把人的‘生别离’视为悲的极致，这对于中国文学作品中的离别诗、送别诗的悲美情绪主题积淀了深层结构”。① 刘禹锡《洛中送韩七中丞之吴兴口号五首》其二也有“离别苦多相见少”的人生感悟。宾主两相分别一事，若加细分，也有离别、送别之异，着眼点并不完全相同。为了行文的便利，本文一般都用离别诗一词，偶然也使用送别诗这一说法。因为，离别诗比较全面地兼顾离别双方，既可直接写作“留别”字样，如白居易写给邻女湘灵的《留别》：“秋凉卷朝簟，春暖撤夜衾。虽是无情物，欲别尚沉吟。况与有情别，别随情浅深。二年欢笑意，一旦东西心。独留诚可念，同行力不任。前事讵能料，后期谅难寻。唯有潺湲泪，不惜共沾襟。”孟浩然的《留别王维》：“寂寂竟何待，朝朝空自归。欲寻芳草去，惜与故人违。当路谁相假？知音世所稀。只应守寂寞，还掩故园扉。”孟浩然又有《将适天台留别临安李主簿》等。或径题“别”字，如钱起《别张起居》：“有别时留恨，销魂况在今。风涛初振海，鹓鹭各辞林。旧国关河绝，新秋草露深。陆机婴世网，应负故山心。”也可题为“与人别”，如李远《与碧溪上人别》：“欲入风城游，西溪别惠休。色随花旋落，年共水争流。客思偏来夜，蝉声觉送秋。明朝逢旧侣，唯拟上歌楼。”广而大之，也可以涵括送别诗在内。而送别诗应该说更多是就审美主体自身送别对方而言，如

① 吴功正：《中国文学美学》（上卷），江苏教育出版社 2001 年 9 月版，第 394 页。

众所周知的李白《黄鹤楼送孟浩然之广陵》、岑参《白雪歌送武判官归京》等。

第二节　唐代离别诗产生的时代环境

孟郊《送任、齐二秀才自洞庭游宣城序》："文章者，贤者之心气也。心气乐则文章正，心气悲则文章不正。当正而不正者，心气之伪也。贤与伪，见于文章。一直之词，衰代多祸。贤无曲词。文章之曲直，不由于心气；心气之悲乐，亦不由贤人，由于时故。""共惜年华未立名，路歧终日羁轸情。青春半是往来尽，白发多因离别生。"（刘沧《送友人下第归吴》）。据《唐六典》卷五载：唐代，全国有驿馆1639所，其中水驿260所，陆驿1297所，86所水陆相兼。客中送客，别有一番滋味。唐代长安送别，往西去的，大多在渭城进行。渭城也就是秦朝的咸阳故城，在长安西北，渭水北岸，汉武帝时改名渭城，治所在今咸阳市东二十里。从长安到此约一天路程，李商隐《赴职梓潼留别畏之员外同年》有诗句说"京华庸蜀三千里，送到咸阳见夕阳"。而往东者则在灞陵送别，《三辅黄图》卷六"桥"字条下记载："灞桥，在长安东，跨水作桥，汉人送客至此桥，折柳赠别。王莽时灞桥灾，数千人以水沃救不灭。"后来重建，改称"长存桥"。事见《汉书·王莽传下》。五代后周王仁裕《开元天宝遗事》也载："长安东灞陵有桥，来迎去送皆至此桥，为离别之地，故人呼之销魂桥也。"程大昌《雍录》说："汉世凡东出函谷关，必自霸陵始，故赠行者于此折柳。"李白有《灞陵行送别》诗就反映这样的主题："送君灞陵亭，灞水流浩浩。上有无花之古树，下有伤心之春草。我向秦人问路歧，云是王粲南登之古道。古道连绵走西京，紫阙落日浮云生。正当今夕断肠处，黄鹂愁绝不忍听。"王夫之《唐诗评选》卷一谓之"夹乐府入歌行，掩映百代"。

唐以前,送别场面相对简朴,到唐代,送别意识大为增强,饯别场面热闹隆重,高适所谓“到处有逢迎”(《夜别韦司士得城字》),有时更有“天子亲临楼上送,朝官齐出道傍辞”(张籍《送裴相公赴镇太原》)的壮观,《旧唐书·司马承祯传》载:圣历元年(698 年)司马归天台,敕李峤饯于洛阳东,李峤、宋之文、薛曜均以七绝相送。《旧唐书·李适传》又载:景云二年(711 年),睿宗再召司马承祯入京,返天台,睿宗亲自以诗送之,李适、沈佺期等三百余人送之。玄宗现存有《送贺知章归四明》诗:“遗荣期入道,辞老竟抽簪。岂不惜贤达,其如高尚心。寰中得秘要,方外散幽襟。独有青门饯,群僚怅别深。”所以,沈德潜《唐诗别裁集》卷九感叹:“爱其贤,全其节,两得之矣。”并且,有别必有诗,《全唐文》载送人序文篇篇都有“终皆赋诗以慰行旅”“群公赋诗以光荣饯”之类的结尾,甚至南海的七岁女童也能应声而就《送兄》一首,《送兄》(武后召见,令赋送兄诗,应声而就):“别路云初起,离亭叶正飞。所嗟人异雁,不作一行归。”兄妹情意的深厚,技艺的纯熟,笔法的老到,都可谓极致,深得称赏。

一、初唐离别诗

离别已被唐人充分地诗意化了,同时,离别时的诗意也被唐人充分地丰富化了。“他们并不一味抒写离别之苦,而多将送别时的环境美和情意美有机融合,构成富有诗意的离别。”①有依依的惜别,也有拳拳的饯别,更有豪迈的壮别;或表达山高水深的友谊,或抒发依依惜别的深情,或诉说抑郁沉重的哀怨,或倾吐经世济民的壮志。总的来看,唐以前的离别诗抒情成分多于叙事写景的成分,初盛唐时期则抒情成分多于叙事,也有全篇都写景的,其离别诗的主调则是开朗振奋的。如宋之问《送朔方何侍郎》:“闻道云中使,乘骢往复还。河兵守阳月,毳虏失阴山。拜职尝随骠,铭功不让班。旋闻受降日,歌舞入萧关。”离别诗在四杰的作品中占

① 余恕诚:《唐诗风貌》,安徽大学出版社 2000 年 3 月版,第 10 页。

了很大比重,较之清丽凄怨的六朝离别诗开拓出了新的境界,不再只是表达悲哀痛苦、深情厚谊,而是把惜别之情扩大到对社会人生的看法,将身世遭遇的感慨、热烈烂漫的情绪,融入珍重惜别的情感之中。如杨炯的《送临津房少府》诗:"岐路三秋别,江津万里长。烟霞驻征盖,弦奏促飞觞。阶树含斜日,池风泛早凉。赠言未终竟,流涕忽沾裳。"综观这一时期的创作,离别诗中的文人式的悲情,多加入豪士般的爽朗,开始多了壮大昂扬的气象,而少了凄凉消沉的情调,悲凉中更有悲壮,感伤中更有感奋,深情与豪情相伴。有的离别诗神思飞越,实质上是一曲人生走向辉煌的壮歌。

离别诗"经过唐初宫廷诗人的大量写作,便形成一种由离别之地、离别之景与离别之情组合而成的固定套式"。[①] 骆宾王《于易水送人》完全打破了这一创作格局:"此地别燕丹,壮士发冲冠。昔时人已没,今日水犹寒。"诗歌作于高宗调露元年(679 年)冬天遇赦出狱、北赴幽燕时,诗人把自己建功立业的雄心壮志以及这样一种情怀难以实现的痛楚,都寄之于对古代英雄侠客的深切向往中,慷慨激昂,深挚感人。结句沉着凝重,韵致无穷,令人回味不止,正如刘若愚《中国诗歌中的时间、空间和自我》所指出,诗歌"最后一句中引进了宇宙的观点,从而把历史事件的短暂和自然界的永恒相对比"。[②] 诗歌通过映照,情绪跌宕起伏。情真意工、格调高雅的离别之作,能从自己独特的审美感受出发,又能超越自我,从而与广阔的社会生活与友人的人生经历紧密相连,壮人情怀。毛先舒《诗辩坻》:"临海《易水送别》借轲、丹事,用一'别'字映出题面,余作凭吊,而神理已足。二十字中而游刃如此,何等高笔!"俞陛云《诗境浅说续编》:"一气挥洒,怀古苍凉,劲气直达,高格也。"马戴《易水怀古》与此诗风相近,或受此诗的审美意韵影响创作而成:"荆卿西去不复返,易水东

---

① 许总:《唐诗史》(上册),江苏教育出版社 1994 年 6 月版,第 380 页。

② 莫砺锋编,尹禄光校:《神女之探寻——英美学者论中国古典诗歌》,上海古籍出版社 1994 年 2 月版,第 205 页。

流无尽期。落日萧条蓟城北，黄沙白草任风吹。”骆宾王《送郑少府入辽共赋侠客远从戎》也是格高韵美之作：“边烽警榆塞，侠客度桑乾。柳叶开银镝，桃花照玉鞍。满月临弓影，连星入剑端。不学燕丹客，徒歌易水寒。”骆宾王又有《饯郑安阳入蜀》也是以景写情，其中的“形将离鹤远，思逐断猿哀”等句动人心魄。

宋之问《送杨六望赴金水》也是寄深情于字里行间：“借问梁山道，嵚岑几万重。遥州刀作路，绝壁剑为峰。惜别路穷此，留欢意不从。忧来生白发，时晚爱青松。勿以西南远，夷歌寝盛容。台阶有高位，宁复久临邛。”诗歌借助于精工刻画的描写，表达了诗人的浓情密意。诗人又有《送杜审言》“卧病人事绝，嗟君万里行。河桥不相送，江树远含情。别路追孙楚，维舟吊屈平。可惜龙泉剑，流落在丰城”，也是借助“河桥”“江树”等客观物象表达自己的深情。陈子昂《送殷大入蜀》：“禺山金碧路，此地饶英灵。送君一为别，凄断故乡情。片云生极浦，斜日隐离亭。坐看征骑没，惟见远山青。”离别家乡多年的作者因为要送友人入蜀，自然牵动出自己的那一份故园之思（诗中“禺山”一作“蜀山”）。

二、盛唐离别诗

谢榛《四溟诗话》卷一论“七言绝句”，认为：“盛唐人突然而起，以韵为主，意到辞工，不假雕饰；或命意得句，以韵发端，浑成无迹，此所以为盛唐也。宋人专重转合，刻意精炼，或难于起句，借用旁韵，牵强成章，此所以为宋也。”这也适合于论述盛唐离别诗的审美特质。送别在唐人的生活中被充分地艺术化了，充满了美的意味。“气将言诺重，心向友朋开”（张说《岳州宴别潭州王熊》），张说是唐代诗风由初期婉丽为主转为盛唐气象的关键人物，《送梁六自洞庭山》便是他“天然壮丽”、清旷和雅理想风采的真实展现：“巴陵一望洞庭秋，日见孤峰水上浮。闻道神仙不可接，心随湖水共悠悠。”岑参出塞期间多有送友人赴边或归京等情事，于是，创作有大量的离别之诗，表达诗人的豪情壮志，如《送李副使赴碛西行军》“功名只向马上取，真是英雄一丈夫”，《送人赴安西》“从来思报国，不是爱封侯”，《武威送刘单判官赴安西行》“男儿感忠义，万里忘越乡”等，并且多能融北地风光和胡人风情于一体，使画面带着鲜明浓烈的地方风味和民族特色，如《热海行送崔侍御还京》、《火山云歌送别》、《白雪歌送武判官归京》、《天山雪歌送萧治还京》、《走马川行奉送出师西征》等。现举《走马川行奉送封大夫出师西征》一诗：“君不见走马川，雪海边，平沙莽莽黄入天。轮台九月风夜吼，一川碎石大如斗，随风满地石乱走。匈奴草黄马正肥，金山西见烟尘飞，汉家大将西出师。将军金甲夜不脱，半夜行军戈相拨，风头如刀面如割。马毛带雪汗气蒸，五花连钱旋作冰，幕中草檄砚水凝。虏骑闻之应胆慑，料知短兵不敢接，车师西门伫献捷。”确如许觊《彦周诗话》所言：“岑参诗亦自成一家，盖尝从封常清军，其记西域异事甚多。如《优钵罗花歌》、《热海行》，古今传记所不载也。”

三、中晚唐离别诗

叶燮《原诗》：“从来豪杰之士，未尝不随风会而出，而其力则尝能转风会。”到了中晚唐，离别诗创作更见繁盛，扩大了内容，开辟了新的诗境，丰富了诗歌样式，在许多方面有了新的拓展。赵翼《瓯北诗话》卷四：“中唐诗以韩、孟、元、白为最。韩、孟尚奇警，务言人所不敢言；元、白尚坦易，务言人所共欲言。”就离别诗而言，这样的结论也无大错。韩愈《送侯参谋赴河中幕（侯继时从王谔辟）》诗表达了诗人对好友侯继一展宏图的良好愿望。诗歌首先展现王者之师的凛然正气：“感激生胆勇，从军岂尝曾。洸洸司徒公，天子爪与肱。提师十万余，四海钦风棱。”然后表达了自己“犹思脱儒冠，弃死取先登。又欲面言事，上书求诏征”的理想，只是可叹“侵官固非是，妄作谴可惩”，于是转而寄希望于友人：“今君得所附，势若脱鞲鹰。檄笔无与让，幕谋识其膺。收绩开史牒，翰飞逐溟鹏。男儿贵立事，流景不可乘。岁老阴沴作，云颓雪翻崩。别袖拂洛水，征车转崤陵。”贞元十二年（796年）秋，韩愈应宣武军节度使董晋之邀，离长安前去赴任。孟郊则有《送韩愈从军》诗:“志士感恩起,变衣非变性。亲宾改旧观,僮仆生新敬。坐作群书吟,行为孤剑咏。始知出处心,不失平生正。凄凄天地秋,凛凛军马令。驿尘时一飞,物色极四静。王师既不战,庙略在无竞。王粲有所依,元瑜初应命。一章喻檄明,百万心气定。今朝旌鼓前,笑别丈夫盛。”白居易《初出城留别》:“朝从紫禁归,暮出青门去。勿言城东陌,便是江南路。扬鞭簇车马,挥手辞亲故。我生本无乡,心安是归处。”表现的是更具有普遍时代意义的离别的主题。

刘长卿《别严士元》也是这一时期离别诗创作的重要收获:“春风倚棹阖闾城,水国春寒阴复晴。细雨湿衣看不见,闲花落地听无声。日斜江上孤帆影,草绿湖南万里情。东道若逢相识问,青袍今已误儒生。”范晞文《对床夜语》卷三对此有这样的感叹:“人知刘长卿五言,不知刘七言亦高。……散句如‘汉口夕阳斜渡鸟,洞庭秋水远连天’,‘江上月明胡雁过,淮南木落楚山多’,‘细雨湿衣看不见,闲花落地听无声’,措思削词皆可法。余则珠联玉映,尤未易遍述也。”又如刘长卿《时平后送范伦归安州》怅吟离情的凄苦:“事往时平还旧丘,青青春草近家愁。洛阳举目今谁在,颍水无情应自流。”在有关离别的感情体验中,也都有着诗人作为抒情主体的影子。如韩翃诗歌现存 164 首,其中送别诗就有 105 首,如《送秘书谢监赴江西使幕》、《送万巨》等,占总数的 64%。项斯《送殷中丞游边》表达了诗人祈求太平以靖边安民的高远之志:“话别无长夜,灯前闻曙鸦。已行难避雪,何处合逢花。野寺门多闭,羌楼酒不赊。还须见边将,谁拟静尘沙。”友情深浓的二人彻夜长谈,意犹未尽。诗人接着悬想殷中丞此去路途的艰险,但愿能够得遇繁花之地,慰藉那颗凄苦的心。诗篇最后振起,希冀边将能扫净胡沙,那么,游边的人也就自然会有所作为。不过,中晚唐的离别诗更多表现了那一时期人们的羁旅之思与离别之苦,不再有盛唐诗人常有的那种蓬勃向上的雄豪之气,世风的变化在离别诗中得到敏感的反映。如许浑《谢亭送别》:“劳歌一曲解行舟,红叶青山水急流。日暮酒醒人已远,满天风雨下西楼。”张祜《秋晓送郑侍御》:

“离鸿声怨碧云净,楚瑟调高清晓天。尽日相看俱不语,西风摇落数枝莲。”同时,中晚唐离别诗的视阈也更为局促,如姚合《送林使君赴邵州》“驿路算程多是水,州图管地少于山”、《送王建秘书往渭南庄》“庄僻难寻路”等都显示出那样一种“困狭景况与感受”。① 张继《江上送客游庐山》则是别有一番风调,已没有离情别绪的哀愁:“楚客自相送,沾裳春水边。晚来风信好,并发上江船。花映新林岸,云开瀑布泉。惬心应在此,佳句向谁传?”

严羽《沧浪诗话·诗评》:“唐人好诗,多是征戍、迁谪、行旅、离别之作,往往能感动激发人意。”在这样的作品中,人们往往向亲友吐露了灵魂深处无法忘情现实生活巨大苦难的隐秘心曲,引发对方的同一情怀,自然更加“激发人意”了。

第三节 唐代离别诗的情感类型

离情别恨是人类所共有的情感。唐人离别诗大致可分为科举送别、官场饯别、边塞赠别,其他形式的离别如觐亲和留别亲友、送人漫游或登山访胜以及送法师或道人云游等,叙写中各人又追求自己的意态。同时,唐人离别诗也记录了与外国友人的深厚情谊,即所谓“受命辞云陛,倾城送使臣”(钱起《送陆珽御史新罗》),兴发意蕴极为丰富,散发着浓郁的时代气息,如王维《送秘书晁监还日本国》“鳌身映天黑,鱼眼射波红”。晁监,即晁衡,原名阿倍仲麻吕,玄宗开元五年(717 年),随日本遣唐使来中国,后留中国,并改名为晁衡,历任左拾遗、左补阙、右散骑常侍等职。天宝十二载(753 年),任秘书监兼卫尉卿时,以唐朝使者身份随日本访华的

① 许总:《唐宋诗宏观结构论》,人民文学出版社 2006 年 2 月版,第 239 页。

藤原河清等人乘船回国，当时，玄宗、王维、包佶、赵骅等人都有诗别。项斯有《送客归新罗》诗表达了对新罗友人的深情："君家沧海外，一别见何因。风土虽知教，程途自致贫。浸天波色晚，横笛鸟行春。明发千樯下，应无更远人。"顾非熊《送朴处士归新罗》"鳌沉崩巨岸，龙斗出遥空"等都是一时佳构，马戴也有《送朴山人归新罗》。又如刘言史《送婆罗门归本国》："刹利王孙字迦摄，竹锥横写叱萝叶。遥知汉地未有经，手牵白马绕天行。龟兹碛西胡雪黑，大师冻死来不得。地尽年深始到船，海里更行三十国。行多耳断金环落，冉冉悠悠不停脚。马死经留却去时，往来应尽一生期。出漠独行人绝处，碛西天漏雨丝丝。"

一、科举送别

科举送别又可细分为送人赴举、贺人入第、慰人下第三类。送人赴举者，如马异《送皇甫湜赴举》："马蹄声特特，去入天子国。借问去是谁，秀才皇甫湜。吞吐一腹文，八音兼五色。主文有崔李，郁郁为朝德。青铜镜必明，朱丝绳必直。称意太平年，愿子长相忆。"据徐松《登科记考》卷一六载，元和元年是崔玢知贡举，诗中有"主文有崔李"句，可见此诗应该作于这一年。贺人入第者，如项斯《送顾非熊及第归茅山》："吟诗三十载，成此一名难。自有恩门入，全无帝里欢。湖光愁里碧，岩景梦中寒。到后松杉月，何人共晓看。"其他有张籍《送朱庆余及第归越》："东南归路远，几日到乡中。有寺山皆遍，无家水不通。湖声莲叶雨，野气稻花风。州县知名久，争邀与客同。"顾非熊《送友人及第归苏州》："见君先得意，希我命还通。不道才堪并，多缘蹇共同。"

程千帆《唐代进士行卷与文学》指出：唐代进士"每年不过三十人左右，登第非常艰难，一举成名的几乎是绝无仅有，落第的人每年都非常之多"。① 与此相关，唐人的送别诗中就有数量相当可观的慰人下第之作，

---

① 程千帆：《唐代进士行卷与文学》，上海古籍出版社 1980 年 8 月版，第 15 页。

中晚唐尤甚,如韦应物《送别覃孝廉》:"思亲自当去,不第未蹉跎。家住青山下,门前芳草多。秭归通远徼,巫峡注惊波。州举年年事,还期复几何。"沈德潜《唐诗别裁集》卷一一"说得心平气和,送不第人,自应如此",正道出这一类诗歌的情感倾向。其他又有贾岛《送沈秀才下第东归》、姚合《送卢二弟茂才罢举游洛谒新相》等。李远有《友人下第因以赠之》:"刘毅虽然不掷卢,谁人不道解樗蒲。黄金百万终须得,只有挼莎更一呼。"诗人的《及第后送家兄游蜀》则是较为奇特的一种了:"人谁无远别,此别意多违。正鹄虽言中,冥鸿不共飞。玉京烟雨断,巴国梦魂归。若过严家濑,殷勤看钓矶。"

二、官场饯别

如贾岛《送刘侍御重使江西》:"时当苦热远行人,石壁飞泉溅马身。又到钟陵知务大,还浮溢浦属秋新。早程猿叫云深极,宿馆禽惊叶动频。前者已闻廉使荐,兼言有画静边尘。"姚合《送家兄赴任昭义》:"早得白眉名,之官濠上城。别离浮世事,迢递长年情。广陌垂花影,遥林起雨声。出关春草长,过汴夏云生。黠吏先潜去,疲人相次迎。宴余和酒拜,魂梦共东行。"刘言史《送人随姊夫任云安令》:"闲逐维私向武城,北风青雀片时行。孤帆瞥过荆州岸,认得瞿塘急浪声。"慰人遭贬的又是别一种情怀了,如高适《送李少府贬峡中,王少府贬长沙》:"嗟君此别意何如,驻马衔杯问谪居。巫峡啼猿数行泪,衡阳归雁几封书。青枫江上秋天远,白帝城边古木疏。圣代即今多雨露,暂时分手莫踌躇。"因为同时要兼顾到被贬的二人,诗人在作品中出现了两地的一些地名,沈德潜《唐诗别裁集》卷一三就此指出:"连用四地名,究非律诗所宜,五六浑言之,斯善矣。"

三、边塞赠别

正所谓"七千里别宁无恨,且贵从军乐事多"(朱庆余《送刘思复南河从军》),所以,唐人的送别诗中有较多的是在战争背景下的场景展现。

贺知章《送人之军》:“常经绝脉塞,复见断肠流。送子成今别,令人起昔愁。陇云晴半雨,边草夏先秋。万里长城寄,无贻汉国忧。”高步瀛《唐宋诗举要》卷四就认为是“勉励得体,合古人赠言之旨”。卢纶《送郭判官赴振武》:“黄河九曲流,缭绕古边州。鸣雁飞初夜,羌胡正晚秋。凄凉金管思,迢递玉人愁。七叶推多庆,须怀杀敌忧。”许浑《送苏协律从事振武》:“琴尊诗思劳,更欲学龙韬。王粲暂投笔,吕虔初佩刀。夜吟关月苦,秋望塞云高。去去从军乐,雕飞代马豪。”许浑又有《吴门送振武李从事》诗,也抒发了一样的豪情。马戴《赠友人游边回》则是从一个新的层面加以展开:“游子新从绝塞回,自言曾上李陵台。尊前语尽北风起,秋色萧条胡雁来。”

四、觐亲或留别亲友

杜甫《送韩十四江东觐省》:“兵戈不见老莱衣,叹息人间万事非。我已无家寻弟妹,君今何处访庭闱。黄牛峡静滩声转,白马江寒树影稀。此别应须各努力,故乡犹恐未同归。”沈德潜《唐诗别裁集》卷一三:“前半言江东觐省,后半言蜀江送别。”应该说,这是这一类题材最为经典也是最为常见的写作格式。又如贾岛《送董正字常州觐省》:“相逐一行鸿,何时出碛中。江流翻白浪,木叶落青枫;轻楫浮吴国,繁霜下楚空。春来欢侍阻,正字在东宫。”李商隐《别薛岩宾》与自身的一般作品构思不同,而是显得朴实感人:“曙爽行将拂,晨清坐欲凌。别离真不那,风物正相仍。漫水任谁照,衰花浅自矜。还将两袖泪,同向一窗灯。桂树乖真隐,芸香是小惩。清规无以况,且用玉壶冰。”

五、送人漫游或登山访胜

这一类诗多表达出一种精神解脱的审美享受,透过这一份平淡,也同样能让人感受到时代的脉搏,如周峒在《润州送师弟自江夏往台州》一诗中深情倾诉了自己对台州山水的神往,为其师弟有这样好的行程而歆羡、赞叹,同时也为自己有向往之心而无得游之机而遗憾:"远客乘流去,孤帆向夜开。春风江上使,前日汉阳来。别路犹千里,离心重一杯。剡溪木未落,羡尔过天台。"贾岛《送郑山人游江湖》也抒发了"南游衡岳上,东往天台里。足蹑华顶峰,目观沧海水"的神思,诗里流动着优美和谐的旋律。李远《送人入蜀》也表达了对友人游蜀的祝福:"蜀客本多愁,君今是胜游。碧藏云外树,红露驿边楼。杜魄呼名语,巴江作字流。不知烟雨夜,何处梦刀州。"

六、情侣或夫妻离别

韦庄《古离别》较有代表性,写尽了恋人之间的离愁别恨:"晴烟漠漠柳毵毵,不那离情酒半酣。更把玉鞭云外指,断肠春色在江南。"诗人最后把自己的一腔深情厚意都寄寓在江南绵延的春色中,显得特别感人。又如徐月英的《送人》:"惆怅人间万事违,两人同去一人归。生憎平望亭前水,忍照鸳鸯相背飞。"晁采《春日送夫之长安》也是这一类的作品:"思君远别妾心愁,踏翠江边送画舟。欲待相看迟此别,只忧红日向西流。"聂夷中的乐府《古别离》是别体,但也可以说是这一类题材的拓展或深化:"欲别牵郎衣,问郎游何处?不恨归日迟,莫向临邛去。"冷朝阳的《送红线》也应该归到这一领域为宜,固然二人之间的情感不一定就达到恋人的程度,但从序中"潞州节度使薛嵩有青衣,善弹阮咸琴,手纹隐起如红线,因以名之。一日辞去,朝阳我词"所表达的情怀看,二人过从还是较为密切的:"采菱歌怨木兰舟,送客魂销百尺楼。还似洛妃乘雾去,碧天无际水空流。"

七、送法师、道人云游或归山等

如韩愈《送文畅师北游》。贾岛《送张道者》:"新岁抱琴何处去,洛阳三十六峰西。生来未识山人面,不得一听乌夜啼。"张籍《送吴炼师归王屋》:"玉阳峰下学长生,玉洞仙中已有名。独戴熊须冠暂出,唯将鹤尾扇同行。炼成云母休炊爨,已得雷公当吏兵。却到瑶坛上头宿,应闻空里步虚声。”项斯《送僧》:“灵山巡未遍,不作住持心。逢寺暂投宿,是山皆独寻。有时过静界,在处想空林。从小即行脚,出家来至今。”姚合《送文著上人游越》表达了“念我为官应易老,羡师依佛学无生”的情怀。李商隐也有《送臻师二首》:“昔去灵山非拂席,今来沧海欲求珠。楞伽顶上清凉地,善眼仙人忆我无。”“苦海迷途去未因,东方过此几微尘。何当百亿莲花上,一一莲花见佛身。”司空图则有《送道者二首》,也是别有一番情韵:“洞天真侣昔曾逢,西岳今居第几峰。峰顶他时教我认,相招须把碧芙蓉。”“殷勤不为学烧金,道侣惟应识此心。雪里千山访君易,微微鹿迹入深林。”

第四节　唐代离别诗的创作方式

方岳《深雪偶谈》曾说:“惜别诗要须道路临歧,缱绻见志。‘相看临野水,独自上孤舟。长因送人处,忆得别家时’,外此曾未多见。徐道晖‘不来相送处,恐有独归时’,脱胎语尔。”每个诗人都有自己特定的生活积累和审美崇尚。离别诗在创作的时候,既要注入审美主体真实、自然而又充沛的情意,更要把这样一种看不见、摸不着的无形的深情,化为具体可感的审美艺术形象,在言愁悲别、慰人慰已中揭示出诗人内心的情感波澜,展现出诗人广阔而深远的内心世界,正如沈德潜《唐诗别裁集》卷一〇在评述殷遥《送友人下第归省》诗时所说的:“真到极处,去《风》、《雅》不远。”李商隐在《杜司勋》中说:“高楼风雨感斯文,短翼参差不及群。刻意伤春与伤别,人间唯有杜司勋。”实际上,在离别诗这一题材中,唐代的许多诗人都有着那么一段“刻意”为之的审美历程,在美的道路上留下了自己的奋进足迹。在抒情的审美模式上,离别诗主要表现为直抒胸臆与委婉深曲两种,唐人也不例外。

一、直抒胸臆

程千帆先生《读诗举例——在中国文学批评史师训班上的讲话》的一番话可谓高屋建瓴:"写诗应当注意含蓄,不能像散文那样直说,这是传统的说法,也就是贵曲忌直。这话对不对呢? 在一定的条件之下和范围之内,是可以这样说的,但如果将它绝对化了,就会走向反面了。事实是,诗每以含蓄、曲折取胜,而有些直抒胸臆,一空依傍的作品,也同样富于诗意,具有极大的艺术魅力,能够表达人类生活中最美好的感情,列入诗林杰作之中而毫无愧色。"①就离别诗而言,也是这样。常建《送宇文六》属于那种立意深远的诗篇:"花映垂杨汉水清,微风林里一枝轻。即今江北还如此,愁杀江南离别情。"生机盎然的春色,把友人惜别的愁情反衬得极为浓郁。微风掠过树林里,一枝娇花轻轻颤动,这正是诗人的心因离别而颤抖。江北初有花开尚且如此,那浓如美酒的江南春色,将怎样地撩拨友人的离绪? 这首诗感情倾诉真率而明畅。

王维诗歌现存约400首,其中送别诗就有70多首,如《送赵都督赴代州得青字》,尽情抒发对于现实生活的切实感受,情调激越高亢:"天官动将星,汉地柳条青。万里鸣刁斗,三军出井陉。忘身辞凤阙,报国取龙庭。岂学书生辈,窗间老一经。"《送张判官赴河西》也将个人的情感与社会人生的感受结合起来,具有激人进取的艺术力量:"单车曾出塞,报国敢邀勋? 见逐张征虏,今思霍将军。沙平连白雪,蓬卷入黄云。慷慨倚长剑,高歌一送君。"邢济任桂州(今广西桂林)经略使,诗人作《送邢桂州》,其中的"日落江湖白,潮来天地青"一联,构成了壮阔苍茫的意境,高步瀛《唐宋诗举要》卷四谓之"气象雄阔,涵盖一切",最后归结出"明珠归合浦,应逐使臣星"的题旨,借后汉孟尝革除前弊,使得合浦珠还的典故,表

① 程千帆:《古诗考索》,上海古籍出版社1984年12月版,第51页。

达了诗人为官一任,造福一方的为政之道。王维《送孟六归襄阳》(一作张子容诗)为孟浩然保有高洁的内心世界而欣喜:“杜门不复出,久与世情疏。以此为良策,劝君归旧庐。醉歌田舍酒,笑读古人书。好是一生事,无劳献子虚。”

如果说王维的送别诗更多地表现了诗人心地友善、真情抚慰的话,那么,高适的送别诗则从现实的充满机遇和美好的前程来宽慰友人,豪情满怀,壮思飞动,给人以昂扬感奋的熏染,如《送李侍御赴安西》“离魂莫惆怅,看取宝刀雄”,《送蹇秀才赴临洮》“倚马见雄笔,随身唯宝刀”等,使诗的旋律显得铿锵有力。又如《送田少府贬苍梧》“江山到处堪乘兴,杨柳青青那足悲”,《送柴司户充刘卿别官之岭外》“有才无不适,行矣莫徒劳”,这些诗中寓含的情感,都是诗人平生志气的直接表现。孟浩然《留别王侍御维》“当路谁相假?知音世所稀”,倾吐心中的郁结,抒写诗人的失意之情。孟浩然还有《送吴悦游韶阳》“安能与斥鷃,决起但枪榆”,《送朱大入秦》:“游人武陵去,定剑直千金。分手脱相赠,平生一片心”等句也是直抒胸臆的。

岑参《胡笳歌送颜真卿使赴河陇》:“君不闻胡笳声最悲,紫髯绿眼胡人吹。吹之一曲犹未了,愁杀楼兰征戍儿。凉秋八月萧关道,北风吹断天山草。昆仑山南月欲斜,胡人向月吹胡笳。胡笳怨兮将送君,秦山遥望陇山云。边城夜夜多愁梦,向月胡笳谁喜闻。”王夫之《唐诗评选》卷一:“四用胡笳,各不相承。有如重见叠出,而端绪一如贯珠,腕下岂无神力!”诗人又有《送严维下第还江东》:“严子滩还在,谢公文可追。江皋如有信,莫不寄新诗。”岑参《送李副使赴碛西行军》“功名只向马上取,真是英雄一丈夫”,更是掷地有声。刘禹锡《送张盥赴举》为人引荐,果然奏效:“尔生始悬弧,我作座上宾。引箸举汤饼,祝词天麒麟。今成一丈夫,坎坷愁风尘。长裾来谒我,自号庐山人。道旧与抚孤,悄然伤我神。依依见眉睫,嘿嘿含悲辛。永怀同年友,追想出谷晨。三十二君子,齐飞凌烟旻。曲江一会时,后会已凋沦。况今三十载,阅世难重陈。盛时一已过,来者日日新。不如摇落树,重有明年春。火后见琮璜,霜余识松筠。肃风乃独秀,武部亦绝伦。尔今持我诗,西见二重臣。成贤必念旧,保贵在安贫。清时为丞郎,气力侔陶钧。乞取斗升水,因之云汉津。”

姚合有《送薛二十三郎中赴婺州》:“我住浙江西,君去浙江东。日日心来往,不畏浙江风。”项斯《送苏处士归西山》:“南游何所为,一箧又空归。守道安清世,无心换白衣。深林蝉噪暮,绝顶客来稀。早晚重相见,论诗更及微。”诗歌首先叙及功名无成的情状,赞许苏处士的高洁情怀,最后表达了日后细论诗文的人生理想。许浑《赠别》:“眼前迎送不曾休,相续轮蹄似水流。门为若无南北路,人间应免别离愁。”杜荀鹤《送僧赴黄山沐汤泉兼参禅宗长老》:“闻有汤泉独去寻,一瓶一钵一无金。不愁乱世兵相害,却喜寒山路入深。野老祷神鸦噪庙,猎人冲雪鹿惊林。患身是幻逢禅主,水洗皮肤语洗心。”诗歌首先写出僧友对黄山汤泉的向往与急切之情,接着集中笔力想象道路之艰辛,最后表达一切都能如愿的理想,为僧友祝福。

二、委婉深曲

“秋气云暮,芜城草衰;亭皋一望,烽戍满目;边马数声,心惊不已。感离别于兹辰,限乡关于远道。孰曰有情而不叹息?伤时临歧者,得无诗乎?”(梁肃《送元锡赴举序》)与朋友离别之际,往往是满腔愁绪一时却难以言说。离别诗也就讲究抓住离别这一使人情感跌宕的特殊环境,将笔触伸向人的心灵深处,多层次、多方位地展示人们情感的大千世界,深隽的感情从字里行间溢了出来,感人肺腑。刘永济《唐人绝句精华》:“善写情者,不贵质言,但将别时景象有感于心者写出,即可使诵其诗者发生同感也。”也就是说,实现自身闲愁、别情与江山形胜融为一体的审美理想,如卢照邻《送二兄入蜀》:“关山客子路,花柳帝王城。此中一分手,相顾怜无声。”在惦念中有喜悦,欢愉中有黯淡,人物情感的心路历历如绘,写尽了骨肉分别时那种既复杂又丰富的情感世界,而且寓情于景。杨巨源

《送章孝标校书归杭州因寄白舍人》:“曾过灵隐江边寺,独宿东楼看海门。潮色银河铺碧落,日光金柱出红盆。不妨公事咨高卧,无限诗情要细论。若访郡人徐孺子,应须骑马到沙村。”《金圣叹评点唐诗六百首》对此推崇得无以复加:“送人诗,此为最奇。看他更不作旗亭握别套语,却奋快笔,斗然直写自己当时亲自过其地,亲眼曾看其景,其奇奇妙妙,非世恒睹,有不可以言语形容也者。而今日校书别我归去,则正归到其处,真实令我身虽在此,送君心已先君到杭也。……作如此送人诗,真令所送之人通身皆是亢爽也!传称先生作诗‘不为新语,律体务实,工夫颇深’,如此等诗,岂非‘律体务实,工夫颇深’之明验耶?彼惟骛新语之徒,夫恶足以知之!”

孟浩然《送杜十四之江南》真切地描绘离别时的环境和人物的心理:“荆吴相接水为乡,君去春江正淼茫。日暮征帆何处泊?天涯一望断人肠。”岘山,一名岘首山,历来是登临饯送的胜地。诗人有《岘山送萧员外之荆州》,讲求横的距离与纵的空间的完美统一:“岘山江岸曲,郢水郭门前。自古登临处,非今独黯然。亭楼明落日,井邑秀通川。涧竹生幽兴,林风入管弦。”

王昌龄在《诗格》中强调:“凡诗,物色兼意兴为好。若有物色,无意兴,虽巧亦无处用之。”《芙蓉楼送辛渐二首》之一即为这样的作品:“寒雨连江夜入吴,平明送客楚山孤。洛阳亲友如相问,一片冰心在玉壶。”时诗人任江宁丞,据《元和郡县志》载:“江南道润州,晋王恭为刺史,改创西南楼为万岁楼,西北楼为芙蓉楼。”登临可以俯瞰长江,遥望江北。辛渐是他的朋友,这次拟由润州渡江,取道扬州,北上洛阳。王昌龄可能陪他从江宁到润州,然后在此分手。首句即勾画出典型的送别环境,夜雨增添了萧瑟的秋意,也渲染出离别的黯淡气氛,省却了真正的主词,而让“寒雨”直接充当,更显得友情的深厚,以后苏轼的《游金山寺》的开头两句由此受到一些启发。诗人以多情的连绵细雨起意,真可谓是细雨知我心,那种惆怅、那种思念尽在其中,以此表达对辛渐的一番深情。刘长卿《送陆沣还吴中》也是以雨作为构象立意之本的，心理空间与时代氛围有机地融为一体："瓜步寒潮送客，杨花暮雨沾衣。故山南望何处，春水连天独归。"一个"孤"字道出依依惜别之情，"既写出了眼前直寻所获之景物特征，是绝妙的'物色'，又同时表现出诗人因友人旅途冷寞而产生的一份同情，以及因友人离去而生发之一份孤寂，情景二而一，又无绝妙的'物色兼意兴'"。① 最后，诗歌化用鲍照《白头吟》"直如勾丝绳，清如玉壶冰"与骆宾王《别李峤得胜字》"离心何以赠，自有玉壶冰"等诗意，用虚拟的艺术手法来抒写此刻的内心情怀，展现出审美主体玉壶冰心般的纯洁与磊落。王昌龄的离别诗多能达到这一空灵而又味永的审美艺术境界，如《留别郭八》："长亭驻马未能前，井邑苍茫含暮烟。醉别何须更惆怅，回头不语但垂鞭。"诗人在这里透过一层，从对面着手，具体而微地叙写离别者的动作神态，表明了离别时分双方都留恋不已的心情。主要表现为两点：一是着重抓住行人回头不语，不忍扬鞭跃马的细节，二是由此展露对方上马而将行未行时的片刻心理状态，进而凸显出行人对前来送别的友人无限依恋之情，感人至深。正如邓中龙《唐代诗歌演变》所论："七绝是最不容易讨好的诗体，短短的 28 字，刚一开始，便要结束。因此，作者必须具有非常周密的想象力，再加上大刀阔斧的剪裁工夫。且由于篇幅短小，不可能也不适宜运用典故，所以，它必须是白描，而在白描之中，又必须寓意深远。此种体裁，对任何诗人来说，都是一种极大的考验。王昌龄可以说是通过了此种考验的大诗人。"②王昌龄其他较好的作品还有《送李之邕之秦》："别怨秦楚深，江中秋云起。天长梦无隔，月映在寒水。"《别刘谓》也有"身在江海上，云连京国深"的情意表达。可见，"王昌龄所追求的是这样一种诗歌：以寥寥数笔引发一种情绪，勾画出一种人物，及描绘出一种感情充沛的境界。他是描绘动人形象、戏剧性行为及含

① 胡晓明：《中国诗学之精神》，江西人民出版社 2001 年 9 月第 2 版，第 44 页。

② 邓中龙：《唐代诗歌演变》，岳麓书社 2005 年 1 月版，第 102 页。

蓄景象的大师”。①

李颀多为古诗，其中以赠答诗、送别诗最为擅长，如《赠张旭》、《别梁锽》等。沈德潜《唐诗别裁集》卷五论《别梁锽》诗“结有世路风波意，非专言江湖难涉也”，正指出了诗歌情感发抒的普泛性。又如《送陈章甫》：“四月南风大麦黄，枣花未落桐阴长。青山朝别暮还见，嘶马出门思旧乡。陈侯立身何坦荡，虬须虎眉仍大颡。腹中贮书一万卷，不肯低头在草莽。东门沽酒饮我曹，心轻万事皆鸿毛。醉卧不知白日暮，有时空望孤云高。长河浪头连天黑，津口停舟渡不得。郑国游人未及家，洛阳行子空叹息。闻道故林相识多，罢官昨日今如何？”王夫之《唐诗评选》卷一称：“颀集绝技，骨脉自相均适。”七律《送魏万之京》深沉感慨，与杜甫一些作品的诗风相近：“朝闻游子唱骊歌，昨夜微霜初渡河。鸿雁不堪愁里听，云山况是客中过。关城树色催寒近，御苑砧声向晚多。莫是长安行乐处，空令岁月易蹉跎。”“骊歌”指告别之歌。逸诗有《骊驹》篇云：“骊驹在门，仆夫具存；骊驹在路，仆夫整驾。”客人临去歌《骊驹》，后人因而将告别之歌称“骊歌”。又如《送刘昱》“行人夜宿金陵渚，试听沙边有雁声”，寓情于景，深挚感人。

王维《送綦毋潜落第还乡(一作送别)》：“圣代无隐者，英灵尽来归。遂令东山客，不得顾采薇。既至君门远，孰云吾道非。江淮度寒食，京洛缝春衣。置酒临长道，同心与我违。行当浮桂棹，未几拂荆扉。远树带行客，孤村当落晖。吾谋适不用，勿谓知音稀。”诗歌先从应试一事入手，点明落第缘由，次及由落第而还乡，由还乡而送别，悬想别后的生活状况，最后落脚到慰勉之意。所以，沈德潜《唐诗别裁集》卷一论此诗的结构是“反复曲折，使落第人绝无怨尤”。关于王维《送綦毋潜落第还乡》，高步瀛《唐宋诗举要》卷一引《青轩诗辑》：“带字当字极佳。非得画中三昧者，不能下此二字。”王维《送张五归山》：“送君尽惆怅，复送何人归？几日同

① [美]宇文所安：《盛唐诗》，生活·读书·新知三联书店 2004 年 12 月版，第 117 页。

携手,一朝先拂衣。东山有茅屋,幸为扫荆扉。当亦谢官去,岂令心事违。”一二句点明送别,三四句承写惜别,五六句转写友人归山之幸,最后归结到自己也准备归隐。王维又有《留别丘为》,也是这样的艺术手法:“归鞍白云外,缭绕出前山。今日又明日,自知心不闲。亲劳簪组送,欲趁莺花还。一步一回首,迟迟向近关。”师长泰《论王维的送别诗》:“虚境是实境的延伸。诗人据实构虚,以自己的生活体验为基础,通过艺术想象,突破了事物之间的固有联系,能动地改变了现实的时空形式,造成了虚境与实境的变换,在送别诗中展现了丰富多彩的大自然界和社会生活图景,从而充实了送别诗的内容,扩大了送别诗的思想境界。”①通过上面几首诗歌的品读,能使人们更好理解王诗的这一审美方式。

李白《送杨山人归嵩山》:“我有万古宅,嵩阳玉女峰。长留一片月,挂在东溪松。尔去掇仙草,菖蒲花紫茸。岁晚或相访,青天骑白龙。”诗中写环境高雅幽美,使人产生更为丰富的诗意联想。构思的重点正是称赞杨山人的高雅品格。高适《送别》:“昨夜离心正郁陶,三更白露西风高。萤飞木落何淅沥,此时梦见西归客。曙钟寥亮三四声,东邻嘶马使人惊。揽衣出户一相送,唯见归云纵复横。”正如许总《唐诗史》所论:“诗写离别,亦借以托寓乡思,但却无临歧洒泪、儿女情长之态,全然是一副爽旷情怀,‘离心郁陶’仅略略带过,离别场面亦非执手无语,而是以‘曙钟寥亮’‘东邻嘶马’构成雄壮的交响,结句借‘归云’带出乡思,却以经‘纵复横’加以推扩铺展,这样,主观的情思与客观的实景便在完全的对应叠合之中形成一种壮阔而生动的诗境。”②岑参《送崔子还京》:“匹马西从天外归,扬鞭只共鸟争飞。送君九月交河北,雪里题诗泪满衣。”时代的精神面貌宛然可见。又《原头送范侍御》:“别君只有相思梦,遮莫千山御万山。”

---

① 中国唐代文学会王维研究会编:《王维研究》第一辑,中国工人出版社 1992 年 9 月版,第 271 页。

② 许总:《唐诗史》(上册),第 471—472 页。

李贺《洛阳城外别皇甫湜》抒写离别的沉重:“洛阳吹别风,龙门起断烟。冬树束生涩,晚紫凝华天。单身野霜上,疲马飞蓬间。凭轩一双泪,奉坠绿衣前。”诗人先以荒凉萧瑟的冬日晚景衬托自己与皇甫湜之间难舍难分的情谊,“单身”再衬以“疲马”,这情调也是够令人潸然泪落的了,何况是在这凄清的时刻呢。所以,诗人最后表明,我别无长物,只有以我的眼泪报答你的那一份深情了。贾岛《冬夜送人》也写出这种场景中的朋友之情,不过宾主之间已经换了角色,蕴含着诗人忧生的嗟叹及悲慨感伤的情怀:“平明走马上村桥,花落梅溪雪未消。日短天寒愁送客,楚山无限路迢迢。”贾岛又有《送别》诗:“门外便伸千里别,无车不得到河梁。高楼直上百余尺,今日为君南望长。”诗句最后以一“长”字兜住,语似质直而意蕴深婉,情似平淡而低徊郁结。皎然有《送卢仲舒移家海陵》:

“世故多离散,东西不可嗟。小秦非本国,楚塞复移家。海岛无邻里,盐居少物华。山中吟夜月,相送在天涯。”天涯送别,本自悲伤,何况是在世故多已离散的时节;卢仲舒又是移往海滨的蛮荒之地,那里一无朋友可聚,二无物产可供滋养,诗人之心不禁为之悬起。关于钱起《送僧归日本》:“上国随缘住,来途若梦行。浮天沧海远,去世法舟轻。水月通禅观,鱼龙听梵声。惟怜一灯影,万里眼中明。”章燮《唐诗三百首注疏》卷四有精当的体认:“前半不写送归,偏写其来处。后半不明写出送归,偏写海上夜景。送归之意,自然寓内。如此则诗境宽而不散,诗情蕴而不晦矣。”

卢纶现存诗歌388首,其中送别诗110首,如《送李端》:“故关衰草遍,离别自堪悲。路出寒云外,人归暮雪时。少孤为客早,多难识君迟。掩泪空相向,风尘何处期?”首联为全诗奠定深沉感伤的情感基调,颔联则是一幅隆冬送别图,一吐心中的不快。颈联回溯自己少年之不幸及客游生涯之久远,但以得识对方为幸事。尾联写诗人归途中思绪万千,抚今追昔、百感交集的情怀。而今掩泪一别,不知前路又在何方?在这世事纷争的社会中,种种人生阴影一起袭上心头:风尘扰攘,前途茫茫,生死难卜。诗歌以一个“悲”字贯穿全篇，将惜别和感世融合起来，表现了乱世离别的孤寂心绪。又如《送万巨》展现的也是特定时代的精神状态，描写的都是一番酸楚的景象：“把酒留君听琴，难堪岁暮离心。霜叶无风自落，秋云不雨空阴。人愁荒村路细，马怯寒溪水深。望断青山独立，更知何处相寻。”

钟惺、谭元春《唐诗归》卷一二评卢象《八月十五日》一诗时说：“古人作弟妹诗易于妙绝，惟真乃妙。”柳宗元《别舍弟宗一》正是这样情真意切的作品：“零落残魂倍黯然，双垂别泪越江边。一身去国六千里，万死投荒十二年。桂岭瘴来云似墨，洞庭春尽水如天。欲知此后相思梦，长在荆门郢树烟。”作品将现实的时空转位为审美的时空，状景真切，而时空的切换又是如此腾挪跳跃，空间画面中渗透了时间感，给人以新颖而强烈的美的刺激，手笔之大，令人叹为观止。开篇化用江淹《别赋》句意，切合题意，“残”“倍”等字则自然能在沟通现实和历史时空的基础上，透过一层，直抒本怀，《金圣叹评点唐诗六百首》：“‘残魂’者，剩魂也；剩魂者，言初被贬时，魂被惊断，其未断时剩犹到今也。‘零落’者，言此剩魂已不成魂，只是前魂之所零星散落者也。‘倍黯然’者，言此零星散落之魂，万万不堪又遭怖畏，而不意又有舍弟之别去也。”颔联时空融合，有着十余年来窜逐数千里的外贬生活带着血泪的回顾。颈联从眼前瞻望宗一将要远去的云梦大地，但见天宇寥廓。最后，诗人以一“长”字连接两地，“荆门郢树烟”更是通过艺术想象，据实构虚，通过别后宗一所处环境的悬拟，使诗人的悠长思念与自然景物交织，创造了一个忠实于审美情感的迷蒙的时空情境，营造真切可感的语境，但又比生活真实时空更富于绚丽的美的色彩，以景绾情，增强了诗境的深远感，给人以无限的遐思。许浑《行经庐山东林寺》“他岁若教如范蠡，也应须入五湖烟”，也运用了用虚拟的情景来深化主题这一审美手法，把心中的那一份情态表现得逼真如绘。总之，《别舍弟宗一》以散点的视角去观察，并能把不同时地的一个个独立的审美视野进行空间并构，以层次分明的系列意象抒发了不尽的忆念与浓烈的酸楚，点染惜别意绪，深切动人，审美主体的深情又是附着于对审美客体的以形写神的描绘中表现出来，使结构具有一种纵深感和立体感，深化从狭小视界来吐纳客体世界的叙写格式，初步具备诗美的现代形态，足当纪昀《瀛奎律髓刊误》卷四三“语意浑成而真切”的赞誉。廖文炳《唐诗鼓吹注解》卷一论《别舍弟宗一》一诗时对全诗的情韵、结构等都有详尽的分析：“此言既遭迁谪，残魂黯然，又遇兄弟暌离，故临流而挥泪也。去国极远，投荒极久，幸一聚会，未几又别。而瘴气之来，云黑如墨，春光之尽，水溢如天，气候若此，能不益增其离恨乎？自此别后，怀弟之梦，长在于荆门郢树之间而已。若后会期，岂可得而定哉?”真可谓是知音之言，对作者的内心情怀与审美艺术追求的剖析令人折服。缪塞《五月之夜》说：“最美丽的诗歌就是最绝望的，有些不朽的篇章是纯粹的眼泪。”①柳宗元《别舍弟宗一》正可以说是用眼泪凝结成的美丽诗篇，千百年来一直动人心弦。

顾非熊《下第后送友人不及》：“失意经寒食，情偏感别离。来逢人已去，坐见柳空垂。细雨飞黄鸟，新蒲长绿池。自倾相送酒，终不展愁眉。”景色画面上渗透了惜别眷念的深情厚谊，关切之意自见，允称佳什。上举韦庄《古离别》诗用优美动人的景色来反衬离愁别绪，获得和谐统一的效果：晴烟漠漠，杨柳毵毵，日丽风和，一派美景。作者没有把春天故意写成一片黯淡，而是如实选写出它的秾丽，并且着意点染杨柳的风姿，从而暗暗透出了在这个时候和心爱的人诀别的难堪之情。所以，第二句转入“不那离情酒半酣”，便构成一种强烈的反跌，使满眼春光都好像黯然失色，春色越浓，牵起的离情别绪也更加强烈。然而作者还嫌不够饱满，因此三、四两句再进一层。行人要去的是江南，江南的春天来得比北方早，杨柳自然更加繁茂，春色也更加动人，可惜这些给行人带来的并非欢乐，而是更多的因春色而触动的离愁。所以在临别的时候，送行者用马鞭向

---

① 转引自钱锺书：《七缀集》（修订本），上海古籍出版社 1994 年 8 月第 2 版，第 129 页。

南方指点着,饶有深意地说出"断肠春色在江南"的话。正如王夫之《姜斋诗话》所说:"'昔我去矣,杨柳依依。今我来兮,淫雨霏霏',以乐景写哀,以哀景写乐,一倍增其哀乐。"

送别诗是中国传统诗歌的一个重大题材,人们在此倾注了深厚的情怀。女诗人薛涛也有《送友人》,在诗艺上有着自己的独特追求:"水国蒹葭夜有霜,月寒山色共苍苍。谁言千里自今夕,离梦杳如关塞长。"沈约《别范安成》是较早以梦的意象入送别题材的:"梦中不识路,何以慰相思。"薛涛在前人的基础上进一步作了开拓,你即便到千里之外的关塞,我的心也会永相随,但诗人又以梦境展开,就使得情意更为深婉。

第五节 唐代离别诗的意象

诗歌的审美体验主要通过意象展现给读者。审美作为一种活动和现象非常复杂与微妙。但"我们通过梳理某一单元意象在中国文学美学史长河里的存在现象,能够寻绎出一个意象符号系列和系统"。① 意象选择极能体现出人们各具个性的审美情趣。"春色入垂杨,烟波涨南浦。落日动离魂,江花泣微雨。"(寇准《南浦》)近人李叔同《握别》(亦称《送别》):"长亭外,古道边,芳草碧连天;晚风拂柳笛声残,夕阳山外山。天之涯,地之角,知交半零落;一觚浊酒尽余欢,今宵别梦寒。"该作品基本上包含了唐人离别诗中常见的意象,有长亭、古道、杨柳、夕阳、春草、美酒以及南浦、明月等,这些包蕴性极强的意象都积淀了丰厚的离别情怀,但唐人并不是去重复或模仿前人的意境和情调,而在许多方面付出了自己新的努力。他们往往以审美情感为中介选择、组合这些富有表现力、感染

① 吴功正:《中国文学美学》(上卷),第241页。

力的意象，融进浓郁的情感色彩，以期更好地渲染离别氛围，传达离别心声，深化离别主题，丰富诗语信息，强化它的诗美，产生强烈的易于感人的艺术力量。如王昌龄《送十五舅》："深林秋水近日空，归棹演漾清阴中。夕浦离觞意何已，草根寒露悲鸣中。"秋水、夕浦、离觞等意象的有机选择与组合，就使客观外景涂抹上自己的主观情感。又辛文房《唐才子传》卷四中誉为"磊落有奇才。……性耿介，不干权要"的司空曙《送皋法师》"江草知寒柳半衰，行吟怨别独迟迟"，韩翃《送郢州郎使君》"淮南芳草色，日夕引归船"。下面着重就唐人离别诗中一些构筑审美意蕴的主体意象作一简要论析。

一、长亭

早在秦汉时期便开始在大道旁置亭，供行旅者休憩或送别饯行之用。庾信《哀江南赋》已有"十里五里，长亭短亭"的句子，倪璠注《白孔六帖》"馆驿"条中有"十里一长亭，五里一短亭"之说。唐人离别诗中对此也多叙写。柳宗元《离觞不醉至驿却寄相送诸公》写于离开永州至京途中，流露出诗人政治上的失意之感："无限居人送独醒，可怜寂寞到长亭。荆州不遇高阳侣，一夜春寒满下厅。"春寒景物的描绘，寂寞气氛的渲染，与诗人心中的那一份浓重的离愁极为合拍。李端《送袁稠游江南》以长亭作为抒情的立足点，抒发对友人远游的深情："江南衰草遍，十里见长亭。客去逢摇落，鸿飞入杳冥。空城寒雨细，深院晓灯青。欲去行人起，徘徊恨酒醒。"于良史《江上送友人》则是在诗的最后点出送别的地点，长亭以外，故交更少，也更处荒芜之地，所以，希望友人能更加保重，从而委婉地诉说出诗人深邃复杂的心曲："看尔动行棹，未收离别筵。千帆忽见及，乱却故人船。纷泊雁群起，逶迤沙溆连。长亭十里外，应是少人烟。"

二、南浦

与北方诗人多用"长亭"一词相对，南方诗人则多用"南浦"意象渲染送别气氛,逐渐形成惯例。浦在《说文》中注为“水滨”,《风土记》:“大水小口别通为浦。”和“长亭”一样,诗歌中的“南浦”也多为泛指。屈原《九歌·河伯》就有了“与子交手兮东行,送美人兮南浦”的诗句,江淹《别赋》更是构建了“春草碧色,春水绿波;送君南浦,伤如之何”这样动人心魄的意象。王褒长期羁留北国,但诗中还是吐露南音,如《别陆子云》:“解缆出南浦,征棹且凌晨。还看分手处,唯余送别人。中流摇盖影,边江落骑尘。平湖开曙日,细柳发新春。沧波不可望,行云聊共因。”唐人离别诗中“南浦”意象的使用就更加普遍,古代诗歌中有时还将“南浦”与“北梁”对举,以加深离别情怀。如骆宾王《畴昔篇》:“北梁俱握手,南浦共沾衣。”唐人用得比较成功的作品很多,如王维《齐州送祖二》(一作《送别》):“送君南浦泪如丝,君向东州使我悲。为报故人憔悴尽,如今不似洛阳时。”白居易《南浦别》:“南浦凄凄别,西风袅袅秋。一看肠一断,好去莫回头。”李端《宿洞庭》:“白水连天暮,洪波带日流。风高云梦夕,月满洞庭秋。沙上渔人火,烟中贾客舟。西园与南浦,万里共悠悠。”

三、杨柳

春风中飘拂的杨柳最为婀娜多姿,传达出万种风情。因为柳条似愁肠,柳叶似愁眉,也有人认为,柳丝柔软细长,能系住行人的心,柳枝依依,能传达依依不舍的心绪,同时,“柳”与“留”谐音,折柳赠别,暗中寄寓殷勤挽留的意愿。所以,自然有人慨叹“年年柳色,灞陵伤别”(李白《忆秦娥》),“长安陌上无穷树,惟有垂杨管别离”(刘禹锡《杨柳枝》)。而褚人获《坚瓠广集》卷四则认为:“送行之人,岂无他枝可折而必折柳者,非谓津亭所便,亦以人之去乡,正如木之离土,望其随地皆安,一如柳之随地而活;为之祝愿耳。”“昔我往矣,杨柳依依;今我来思,雨雪霏霏。”这是最早将杨柳与离别联系在一起的名句,从此以后,柳的意象便与中国诗歌的离别题材密不可分了。如北朝乐府民歌《折杨柳歌》“遥望孟津河,杨柳郁婆娑，我是虏家儿，不解汉儿歌”，无名氏的《送别诗》“杨柳青青着地垂，杨花漫漫搅天飞，柳条折尽花飞尽，借问行人归不归”等。翁方纲《石洲诗话》：“竹枝泛咏风土，柳枝则咏柳，其大较也”，“于咏柳之中寓取风情，此当为杨柳之词本色”。许总《唐诗史》指出：“在情景交媾过程中，精心构造的心象从本质及功能上看，也可以说是一种渲染情绪氛围或表达深层理思的象征体。任何对象化了的自然物象，在文学创作的构思环节及特定场合，实际上都具有重要的表现功能与象征意味，而经过长期实践运用的积淀流衍，某些物象便形成一种包蕴着复合象征意义的原型，在某些场合发挥出大大超越个体意象本身的多重意义的作用。比如，送别场合的柳，羁旅途中的雁，象征漂泊无定的浮云，引发旅人愁思的猿啼，其实大多并非诗人创作时的实景，而是作为一种原型意象在特定场合的复合象征。”①唐人多能抓住柳与离别情愫的这一特殊关系，多层面、多角度地深入发掘其中蕴涵的审美意蕴与文化品质，人们可以从中窥见时代精神的闪烁。如裴说《柳》：“高拂危楼低拂尘，灞桥攀折亦何频。思量却是无情树，不解迎人只送人。”王之涣《送别》：“杨柳东门（风）树，青青夹御河。近来攀折苦，应为离别多。”白居易《忆柳》：“曾栽杨柳江南岸，一别江南两度春。遥忆青青江岸上，不知攀折是何人？”于濆《戍卒伤春》说：“萧条柳一株，南枝叶微发。为带故乡情，依依借攀折。”

王维的作品中也多次写到柳的形象，如《送沈子福归江东》：“杨柳渡头行客稀，罟师荡桨向临圻。惟有相思似春色，江南江北送君归。”钟惺《唐诗归》：“相送之情，随春色所至，何其浓至！末两语情中生景，幻甚。”又如《送丘为落第回江东》，也是以柳作为主体意象构建的：“怜君不得意，况复柳条春。为客黄金尽，还家白发新。五湖三亩宅，万里一归人。知祢不能荐，羞为献纳臣。”唐汝询《唐诗解》：“‘五湖’‘三亩’，言其生理既微，‘万里’‘一身’，言其漂泊殆甚。悲而且苦，不觉泫然坠泪。”潘德舆

① 许总：《唐诗史》（下册），第127页。

《唐贤三昧集评》:"无字不悲,收尤厚极,不愧古人,真《三百篇》之苗裔。"王维《送元二使安西》也是以柳意象作为构思主体。唐人离别诗中有柳意象的真可以说得上俯拾皆是,再略举数例,如孟郊《古离别》:"松上云缭绕,萍路水分离。云去有归日,水分无合时。春芳役双眼,春色柔四支。杨柳织别愁,千条万条丝。"施肩吾《折柳枝》:"伤见路旁杨柳春,一重折尽一重新。今年还折去年处,不送去年离别人。"郑谷《淮上与友人别》:"扬子江头杨柳春,杨花愁杀渡江人。数声风笛离亭晚,君向潇湘我向秦。"

四、夕阳

夕阳残照历来成为诗人表现离愁别绪的敏感触点,以此为生发愁绪的最佳活动背景。这样的艺术背景往往与诗人抑郁孤寂的心情相契合,从而成了诗人抒发幽怨情怀理想的艺术运思模式。唐人离别诗中也常有之。王维《临高台送黎拾遗》:"相送临高台,川原杳无极。日暮飞鸟还,行人去不息。"诗人于临高台送别友人,先点出临高台上纵览所之,川原茫茫,无边无际,路在何方?更兼日暮时分,飞鸟尚思归巢,而行人却是行行不息,此情此景,日何以堪?王维又有《送韦评事》:"欲逐将军取右贤,沙场走马向居延。遥知汉使萧关外,愁见孤城落日边。"送友赴边,直向居延。诗人不禁悬想别后常与孤城落日相伴的生活情景,真从心里替友人担忧。卢纶约作于大历二年(767 年)的《与从弟瑾同下第后出关言别》可以说是时代精神的体现:"出关愁暮一沾裳,满野蓬生古战场。孤村树色昏残雨,远寺钟声带夕阳。"自此一别,情绪本就低落,抬头所见也只是满目苍凉之色,随风飘过的是发人深省的萧寺钟声,何况孤村、远寺等等这一切都是在夕阳映照之下。诗歌既描绘视觉形象,又叙写听觉形象,给人以极为真切的感受:斜日沉沉,暮云重重,钟声袅袅,使人不寒而栗。崔峒有《送张芬东归》诗:"喧喧五衢上,鞍马自驱驰。落日临阡陌,贫交欲别离。早知时事异,堪与世人随。握手将何赠,君心我自知。"策马驱驰,送友东归,回首却是落日西下,我心也好像要随之沉落,别来无赠,只有从心底里祝愿朋友一路走好。

五、春草

春草染上伤别的色彩,淮南小山作品中已有滥觞,《招隐士》“王孙游兮不归,春草生兮萋萋”,表达了和朋友临别时的感情活动,江淹《别赋》扬其波。唐人离别诗自然也少不了它,李白《劳劳亭歌》所谓“金陵劳劳送客堂,蔓草离离生道旁”。劳劳亭建于三国吴时,人常于此送别亲友,后就成了离别之意的代称。王维《山中送别》欲以遍野的春草打开离人的心扉,贯穿着对友情的渴望:“山中相送罢,日暮掩柴扉。春草明年绿,王孙归不归!”王维《送徐郎中》中也有“东郊春草色,驱马去悠悠”的叙写。王维又有《送张五堙归宣城》:“五湖千里外,况复五湖西。渔浦南陵郭,人家春谷溪。欲归江淼淼,未到草萋萋。忆想兰陵镇,可宜猿更啼?”

六、美酒

酒和诗,在人类社会发展史上,是促进文明发展最富于刺激性的两大基因。酒和诗,是孪生姐妹,是最能被人们欣赏和接受的生活之一。江淹《别赋》:“左右兮魄动,亲宾兮泪滋。可班荆兮赠银,唯尊酒兮叙悲。”杨载《诗法家数》:“凡送人多托酒以将意,写一时之景以兴怀,寓相勉之词以致意。”这样的物象,唐人离别诗自然也是缺不得的了。刘禹锡《送河南皇甫少尹赴绛州》就有“诗酒同行乐,别离方见情”的情意表达。李峤《送李邕》:“落日荒郊外,风景正凄凄。离人席上起,征马路边嘶。别酒倾壶赠,行书掩泪题。殷勤御沟水,从此各东西。”张饮荒郊,时值落日,景自凄厉,只有一醉,或许能稍解愁意,自此一别,更不知重聚何日?陈子昂作于睿宗文明元年(684 年)的《春夜别友人》:“银烛吐青烟,金樽对绮筵。离堂思琴瑟,别路绕山川。明月隐高树,长河没晓天。悠悠洛阳道,此会在何年?”顾安《唐律消夏录》:“清晨送别,乃于隔夜设席,饮至天明。此等诗在射洪最不经意之作,而后人独推之,何也?此诗不用主句,看他层次照应之法,纵横变化之中,仍不失规矩准绳之妙。此文章中之《国策》、《史记》也。唐人情旷一派,俱本乎此。”分析较为精当。杜甫《奉济驿重送严公四韵》:“远送从此别,青山空复情。几时杯把重?昨夜月同行。列郡讴歌惜,三朝出入荣。江村独归处,寂寞养残生。”诗人此番送严武入京,也是心情复杂的,回想几年的相处,不禁感慨万千。所以,诗人也希望能再次畅饮,与严武共续友情。岑参《送杨子》“惜别添壶酒,临歧赠马鞭。看君颍上去,新月到家圆”,也是以添酒作为深情表达的一种重要方式。

七、明月

明月的意象在唐人离别诗中更是丰富。王昌龄《送魏二》:“醉别江楼橘柚香,江风引雨入舟凉。忆君遥在潇湘月,愁听清猿万里长。”诗人先写眼前的送别之景,然后推想日后两地相思之情的凄苦,自有画笔不能到处。王昌龄又有《送柴侍御》,以明月作为深情的见证,不管路途阻隔多远,但这样两心相通,都可以诉诸明月,托明月而传情达意:“流水通波接武冈,送君不觉有离伤。青山一道同云雨,明月何曾是两乡。”创作这些作品的时候,诗人早已被放逐边荒,但诗情不凡,仍是健爽豪放,具有动人的美学力量。

唐代经典离别诗有如王勃《送杜少府之任蜀州》的少年刚肠式的离别;王维《送元二使安西》的深情体贴式的离别;高适《别董大》“千里黄云白日曛”的苍茫豪壮式的离别;岑参《白雪歌送武判官归京》充满奇情妙思式的离别;李白《黄鹤楼送孟浩然之广陵》充满诗意的离别;杜甫的《送郑十八虔贬台州司户,伤其临老陷贼之故,阙为面别,情见于诗》情致悱恻,独具一格式的离别;韩愈《左迁至蓝关示侄孙湘》蕴含痛苦的生命体验的离别;白居易《赋得古原草送别》凄凉中含有生机的咏物送别诗;司空曙《云阳馆与韩绅(一作韩升卿)宿别》久别重逢惊喜交加的惶惑迷惘式的离别。这些诗都是从不同角度描绘了离别的微妙情绪令后人赞许。

第六章

唐代爱情诗

第一节　爱情诗概说

“问世间,情为何物,直教人生死相许?”(元好问《摸鱼儿·雁丘词》)文学创作本来就是一个发现美、把握美,进而创造美的过程,美更是诗歌的一个根本属性,而爱情诗的创作自然是其中最能体现这一艺术创造精神的成就之一。歌德《要素》一诗中说:“我们所歌唱的主题,最要紧的乃是爱情。”《吕氏春秋·音初》所载的“候人兮猗”,话语不多,但深情蜜意,也许就是中国最早表露爱情的诗篇了。同样,《礼记·礼运》篇就有了“饮食男女,人之大欲存焉”这样的明确表达,并且强调:“何为人情?喜怒哀惧爱恶欲,七者弗学而能。”《孟子·告子》篇也肯定“食、色,性也”。欧阳修《玉楼春》所谓“人生自是有情痴,此恨不关风与月”,包含着人们对爱情的热烈向往与期待,这可以说是人类关于情感方面最完美的表白了。汤显祖甚至宣称:“情不知所起,一往而深,生者可以死,死可以生。生而不可与死,死而不可复生者,皆非情之至也。”(《牡丹亭·题辞》)纳尔逊认为,严格地说,只有男女之间恋爱的情感,是最热烈的情感,所以是最高最真的情感,其他像友谊、爱国、爱人类等情感,可谓“情操”,它同思想相连属,由观念而发生,是第二流的情感。爱情是人类最美好、最动人的感情,是令人陶醉的美酒,是催人奋进的动力,既可能是执著期盼的幸福,也可能是不堪回首的苦果,但不管怎样,这一美感的记忆往往成了人生最可珍贵的精神财富,世界上任何一个国家和民族都不能忽视爱情在人类社会发展中的极为重要的作用。

“不信长相忆,抬头问取天。风吹荷叶动,无夜不摇莲。”(裴諴《南歌子》)爱情,是诗歌永恒的主题。诗,也是表达爱情的最好形式。古今中外留下了难以数计的情诗精品,给读者留下了广阔的想象空间,拨动真性情人的心弦,带给人们无穷的审美愉悦,耐人咀嚼。诗,不仅是诗人对个人感情的抒发,也是社会生活透过诗人个人感情的棱镜的形象折射。真正有价值的爱情诗所抒发的往往都是超越了具体时空和人事而成了全人类所共通和共有的普遍心理。爱情,是生命中最为璀璨的篇章,爱情在与社会与自然的撞击中呈现出千姿百态。牛汉《谈爱情诗》充满深情地赞美:“爱情,对任何人都不应当是陌生的,但是要理解它,并且进一步评论它,又是多么困难。是不是可以这么说,在文学领域没有哪个题材的作品的精神内涵,会有它这么庄严、奥妙,这么光彩、新奇,这么具有永恒的魅惑力。在爱情温暖的胸怀中,不论痛苦还是幸福,都不是平凡的。因此必须万分谨慎地触及两颗灼热而慧敏的心灵,沿着爱情的闪闪烁烁的密码般的召引与提示,潜入到它们的生命交融而形成的绚丽的激流中,感悟人间最美好的情感。”①

爱情诗以情真意切为上,美的享受更加突出。西方爱情诗以炽热坦率居多,直抒胸臆,热情奔放,往往洋溢着一种幸福的陶醉感,鲜活明朗但又难免单一,这与西方那种重张扬个性的文化直接相关。同时,由于受柏拉图精神恋爱的影响,西方诗人又往往能从人间美的形体去窥视美的本

① 牛汉:《梦游人说诗》,华文出版社 2001 年 1 月版,第 211 页。

质，从而产生一种至高的精神享受。中国则长期受封建礼教束缚，痴情男女之间情愫不通，爱情诗创作又始终恪守《论语·八佾》在论述《关雎》时所确立“乐而不淫，哀而不伤”的原则，讲究以形传神，借景抒情，含蓄蕴藉，龚自珍《天仙子》所谓“古来情语爱迷离，恼煞王昌十五词。楚天云雨到今疑。铺玉版，捧红丝，删尽刘郎本事诗”，而少有如焦循《秋江曲》“早看鸳鸯飞，暮看鸳鸯宿。鸳鸯有时飞，鸳鸯有时宿”那样清新浅白的言说，如杜牧《赠别二首》其一“娉娉袅袅十三余，豆蔻梢头二月初。春风十里扬州路，卷上珠帘总不如”。首句正面描写女子身材修长，弱不禁风、窈窕绰约的体形风度，第二句写其年龄正值豆蔻年华。后二句以虚形实，侧面烘托，而爱意自然隐寓其中，使人沉浸在美妙的艺术享受中。又如《赠别二首》其二“多情却似总无情，唯觉樽前笑不成。蜡烛有心还惜别，替人垂泪到天明”，也是以双关、拟人等手法表现诗人真挚、热烈的情怀，但由于是借物抒情，更显得含蓄婉丽，言有尽而意无穷，痴情人的形象呼之欲出。对于迷醉于爱情的人来说，发誓立愿是最能表白情真意切的方式，如裴多菲《我愿是急流》，就表达得深切撩人。“中国爱情诗中所谓‘代言体’，诗人设身处地、将心比心，专从女性立场与口吻，对女性的自由人格与生命需求，作相当的了解，作同情的歌咏，实为男性中心文化之沙漠中，一小片有情之绿洲。”①

中国古代的爱情诗可以追溯到《诗经》，爱情婚恋诗是《诗经》特别是《国风》中数量最多、内容也最为丰富的题材，多叙写青年男女相互爱慕及享受爱情的欢乐。《诗经》中爱情诗有 78 首，尤其是其中的恋歌，直接抒写对异性的爱情的渴求和陶醉，展露诗人炽热的爱恋之心，大胆直率，极富浪漫情调；同时也触及社会生活的各个层面，富于浓厚的生活气息和艺术魅力，精彩动人，揭开了我国爱情文学辉煌灿烂的篇章，如《郑风·出其东门》：“出其东门，有女如云。虽则如云，匪我思存。缟衣綦巾，聊

① 胡晓明：《中国诗学之精神》，第 187 页。

乐我员。"写出了对爱情的专一与忠贞,也表现了敢于敞开心扉、敢于吐露真情的勇气。《郑风·溱洧》是一首情侣春游时唱的歌,诗人通过对环境的渲染,通过叙述的对话,生动逼真地写出了一对青年恋人的幸福和欢乐。《邶风·静女》则描写一对恋人幽期密会的欢乐。朱熹《诗集传序》"凡诗所谓风者,多出于里巷歌谣之作,所谓男女相与咏歌,各言其情者也",最为透辟。

潘岳的《内顾诗》叙写他与未婚妻杨氏坚贞不渝的爱恋之情,诚挚感人。傅玄的《车遥遥》诗也是极为真切感人的:"车遥遥兮马洋洋,追思君兮不可忘。君安游兮西入秦,愿为影兮随君身。君在阴兮影不见,君依光兮妾所愿。"王献之有《桃叶诗三首》之一:"桃叶复桃叶,渡江不用楫。但渡无所苦,我自迎接汝。"其二:"桃叶复桃叶,桃叶连桃根。相怜两乐事,独使我殷勤(一作缠绵)。"其三:"桃叶映红花,无风自婀娜。春花映何限,感郎独采我。"桃叶渡旧址在今南京秦淮河与青溪合流处。桃叶则有《答王团扇歌三首》:"七宝画团扇,灿烂明月光。与郎却暄暑,相忆莫相忘。……青青林中竹,可作白团扇。动摇郎玉手,因风托方便。……团扇复团扇,持许自障面。憔悴无复理,羞与郎相见。"六朝时期的"吴声歌"和"西曲歌"的内容都是抒写男女爱情生活的,如《作蚕丝》:"春蚕不应老,昼夜常怀丝。何惜微躯尽,缠绵自有时。"

第二节　唐代爱情诗

陆耀东《论"湖畔"派的诗》对爱情诗有着重要的艺术认定:"爱情是与人类社会同在的。在不同时期,一方面,不可否认,它有着共同的成分。故而爱情诗的生命力,不能仅仅从它的时代特色中去寻找;另一方面,它又必然有着特定的时代特色,而且在不同历史阶段,即使爱情诗水平相等，它们的历史地位也不尽一样。”①唐代可以说是我国爱情诗创作的一个丰收季节，上至九五之尊，下至普通民众，都在诗歌中吟咏过爱情，有着大量的对于男女爱情生活的抒写，在爱情的艺术园地中充分展示了自己的风采。这是否与朱熹所说的“唐源流出于夷狄，故闺门失礼之事不以为异”（《朱子语类》卷一一六）相关。他们多能以平等的身份从事这类题材的写作，又少以华艳的辞藻来言情说爱。

南朝文学发展的大体趋势是丽词渐繁而骨力日衰，如魏征《隋书·经籍志》指出：“永嘉以后，玄风既扇，辞多平淡，文寡风力。降及江东，不胜其弊。”宫体诗的泛起，正是这一时代的必然产物，反过来又推波助澜，进一步促使诗风朝着绮靡纤弱的方向运转。徐摛是宫体诗的始作俑者，《梁书·徐摛传》载：“（摛）属文好为新变，不拘旧体……（晋安）王入为皇太子，转家令，兼掌管记，寻带领直。摛文体既别，春坊尽学之，‘宫体’之号，自斯而起。”后经梁简文帝萧纲提倡而成一时风气。魏征《隋书·经籍志·集部总论》述及这一文学现象时说：“梁简文在东宫，亦好篇什，清辞巧制，止乎衽席之间，雕琢蔓藻，思极闺闱之内。后生好事，递相仿习，朝野纷纷，号为宫体。”刘肃《大唐新语》也提到：“梁简文为太子，好作艳诗，境内化之，浸以成俗，谓之宫体。晚年欲改作，追之不及，乃令徐陵撰《玉台集》以大其体。”透过这些描述，我们清楚地知道，由于主体精神的过于羸弱，这些作品大多无病呻吟，纯以欣赏的心态（有时甚至是不完全正常的一种病态）去描写或叙述，大体上以贵族妇女、舞女伎人为描写对象，细致地刻画女性的体貌举动、歌容舞态、服饰居处以及心理情感等，它以描写女性美为主要审美特征，大多数作品都存在赏玩女性、格调低下的通病，香艳轻绮、软腻纤巧。如萧纲《咏内人昼眠》之类：“北窗聊就枕，南檐日未斜。攀钩落绮障，插捩举琵琶。梦笑开娇靥，眠鬟压落花。簟文生玉腕，香汗浸红纱。夫婿恒相伴，莫误是倡家。”就是《采莲曲》也写成

① 转引自龙泉明：《中国新诗流变论》（修订版），人民文学出版社1999年12月版，第135页。

这样一番情调:"桂楫兰桡浮碧水,江花玉面两相似。莲疏藕折香风起。香风起,白日低,采莲曲,使君迷。"情思上缺乏一种动人心弦的力量。刘勰《文心雕龙·情采》所谓"为文者淫丽而烦滥",指的就是这样一类情况。这些作品谈不上多少真挚情感的寄寓(更不用说健康、高尚的情致),固然在诗艺的细化、生活化等方面也许有一定的价值,但总体上竞骛辞藻,诗风孱弱,使中国传统的诗歌审美品格陷入一片沼泽之地,在一定意义上造成诗道崩坏的格局。近些年来渐渐能够给予较为公正、客观、全面的评价,这本来是很好的一种社会现象,但有人摆出翻案的架势,为之大做文章,笔者愚见,实在也不宜扬之过高。唐人的这一番努力则完全是对宫体诗为代表的六朝情爱类诗歌萎靡诗风的一次全面、彻底的革命,根本扭转了这一诗风,审美趣味有了极大的提高,回归到诗歌创作的正道,从而使中国的爱情诗在先秦两汉之后又一次获得了新的生命,在中国诗歌史上具有极为重要的历史意义。这样的文化现象才真正值得我们去认真整理和总结,好好地利用这样的文化遗产。杜确《岑嘉州诗集序》谈到这一现象的时候说:"自古文体变易多矣,梁简文帝及庾肩吾之属,始为轻浮绮靡之词,名曰'宫体'。自后沿袭,务于妖艳,谓之摛锦布绣焉。其有敦尚风格,颇存规正者,不复为当时所重,讽谏比兴,由是废缺。物极则变,理之常也。圣唐受命,断雕为朴。开元之际,王纲复举,浅薄之风,兹焉渐革。"基本上准确地反映了历史的真实趋向及唐人的独特贡献。狄德罗《论戏剧艺术》说:"真理和美德是艺术的两个密友。你想当作家、当批评家吗?请首先做一个有德行的人。如果一个人没有深刻的感情,别人对他还能有什么期望?而我们除了被自然中的两项最有力的东西——真理和美德深深地感动以外,还能被什么感动呢?"①这样的论述同样适合于诗歌(包括爱情诗)艺术的审美。

唐初诗坛,由于一些客观社会审美需求等因素,情爱类的作品还留下

① [法]狄德罗:《论戏剧艺术》,见伍蠡甫主编:《西方文论选》上卷,上海译文出版社1979年6月新1版,第376页。

六朝相关作品的阴影，如杨师道的《初宵看婚》“洛城花烛动，戚里画新蛾。隐扇羞应惯，含情愁已多。轻啼湿红粉，微睇转横波。更笑巫山曲，空传暮雨过”，神韵极似宫体之作。这一状况到了四杰的时候就有了明显的改观，骆宾王《代女道士王灵妃赠道士李荣》还大胆地表达了女道士对爱情的渴望：“此时空床难独守，此日别离那可久。梅花如雪柳如丝，年去年来不自持。”刘希夷现存诗歌35首，与爱情题材相关的闺情诗就有16首，几乎占一半左右，其中的《代悲白头吟》一篇更可以说是名垂诗史，与“孤篇横绝，竟为大家”（王闿运《湘绮楼论唐诗》）的张若虚的《春江花月夜》一样，都能将复杂深沉的人生感受寄寓于悠扬婉转的咏叹之中，构成情景交融、含蓄蕴藉的诗歌意境，都标志着初唐诗歌的最后成熟，“年年岁岁花相似，岁岁年年人不同”等句更是家喻户晓。计有功《唐诗纪事》卷一三载刘希夷因此诗被宋之问所害，故事的真伪也许一时难以辨明，但从一个侧面可见其审美艺术之高超。李贺《后园凿井歌》保持了诗人的一贯诗风，可以说是爱情诗园地结出的硕果：“井上辘轳床上转。水声繁，弦声浅。情若何，荀奉倩。城头日，长向城头住。一日作千年，不须流下去。”诗歌写出了夫妻相依的那一份深情。到了五代时期，前蜀韦縠编选《才调集》，更说明爱情诗在唐代俨然已成一股艺术的洪流。自然，这其中也免不了有这样的作品：“锦里芬芳少佩兰，风流全占似君难。心迷晓梦窗犹暗，粉落香肌汗未干。两脸夭桃从镜发，一眸春水照人寒。自嗟此地非吾土，不得如花岁岁看。”（崔珏《有赠》）关于元稹的《会真诗三十韵》等作品，陈寅恪先生《元白诗笺证稿》强调“莺莺传为微之自叙之作，其所谓张生即微之之化名，此固无可疑”，“微之以绝代之才华，抒写男女生死离别悲欢之感情，其哀艳缠绵，不仅在唐人诗中不多见，而影响及于后来之文学者尤巨”，①肯定其在中国爱情诗史上的历史地位。黄世中《关于古代文人恋情诗的评价问题——〈古代诗人情感心态研究〉题

---

① 陈寅恪：《元白诗笺证稿》，生活·读书·新知三联书店2001年4月版，第112页。

言》称："笔者翻检了自风诗至于清代别集，发现诗人抒写个人婚前有明确爱恋对象的恋诗当自中唐之元、白始。《白氏长庆集》存有白居易与邻女湘灵恋爱的诗 14 首；《才调集》卷五叙元稹与双文的恋爱悲剧，以及《元氏长庆集》有关双文诗共约 37 首。此后爱情诗大家当推李商隐，李有'无题'诗约 100 首，大多脍炙人口。"①正如论者所说："唐诗虽不能说完全是主情，情诗却特别发达。……谁读了唐诗不知道唐人的情诗，短篇的都是倩丽曼艳，长篇的都是悱恻缠绵？至于宋人，呸！他们不懂得写喜剧的艳情诗犹之乎他们不喜欢作悲剧的宫怨诗一样。"②胡氏所论固然过于情感化，但对唐代爱情诗的褒扬和审美感受的把握应该还是极为准确的。

胡晓明《中国诗学之精神》在将山水诗、怀乡诗的比较中，对中国爱情诗的审美特质在总体上有着这样精当的阐发：

"中国诗歌中所表现的爱情意识，亦犹如中国诗中所表现的乡关意识，不仅作为极深厚之一种情感资源，而且构成极深邃之一种意义世界。中国诗的爱情题材，亦犹如中国诗的自然题材，其意不止于性爱与自然本身。从自然山水中，中国诗人照见生命情调之雄奇、冲远、绚丽、幽静、高旷、轻盈；从两性情感中，中国诗人敞亮心灵世界之温馨细腻、忠贞无畏，浪漫与感伤，渴望与执著。家乡、自然、爱情，犹如通往中国文人精神价值的一扇扇明亮之窗。"③

因为，诗歌无论如何总是要负载生活和思想的重量的。唐代爱情诗也不例外，它蕴涵着丰富而深刻的社会内容和情感信息，反映出唐人独具时代气息和个性色彩的爱情生活和理想，品读之，即能让人滤去人世尘嚣。唐人的一些较为纯粹的情爱作品，大多仍然采用《江南曲》、《采莲曲》等乐府古题，多有"男子而作闺音"（田同之《西圃词说》）的风味，如

---

① 黄世中：《古代诗人情感心态研究》，浙江大学出版社 1990 年 8 月版，第 2 页。

② 胡云翼：《宋诗研究》，巴蜀书社 1993 年 10 月版，第 7 页。

③ 胡晓明：《中国诗学之精神》，第 183 页。

何希尧《采莲曲》创造了无比丰富的想象空间:“锦莲浮处水粼粼,风外香生袜底尘。荷叶荷裙相映色,闻歌不见采莲人。”《采莲曲》本是乐府旧题,相传为梁武帝萧衍所创制,陈、隋作者及唐代许多诗人都用这一曲名,多为五言,间有少量杂言,内容也大多依据旧词意旨稍加演绎,以优美的情调叙写莲女的采莲生活,但多由此而表达男女情思的情怀。如王勃的《采莲曲》:“采莲归,绿水芙蓉衣,秋风起浪凫雁飞。桂棹兰桡下长浦,罗裙玉腕摇轻橹。叶屿花潭极望平,江讴越吹相思苦。……裴回莲浦夜相逢,吴姬越女何丰茸。共问寒江千里外,征客关山路几重。”又如白居易《采莲曲》“菱叶萦波荷飐风,荷花深处小船通。逢郎欲语低头笑,碧玉搔头落水中”,徐彦伯的《采莲曲》“妾家越水边,摇艇入江烟。既觅同心侣,复采同心莲”,以及皇甫松的《采莲子》等等。温庭筠甚至作《张静婉采莲曲》咏叹张静婉之本事,以合《采莲》旧曲,诗风含蓄深婉,真挚动人。《南史·羊侃传》载:“羊侃字祖忻,泰山梁甫人。善音律,自造《采莲》、《棹歌》两曲。姬妾列侍,穷极奢靡。有舞人张静婉腰围一尺六寸,时人咸推能掌上舞。”但也有丰富多样的其他形式,有些则以《古艳诗》等形式出现,如元稹《古艳诗二首》:“春来频到宋家东,垂袖开怀待好风。莺藏柳暗无人语,惟有墙花满树红。”“深院无人草树光,娇莺不语趁阴藏。等闲弄水浮花片,流出门前赚阮郎。”卢纶也有同题的《古艳诗二首》:“残妆色浅髻鬟开,笑映朱帘觑客来。推醉唯知弄花钿,潘郎不敢使人催。”“自拈裙带结同心,暖处偏知香气深。爱捉狂夫问闲事,不知歌舞用黄金。”不过两诗脂粉味更为浓重一些。权德舆更有《玉台体十二首》这样的作品,固然有“隐映罗衫薄,轻盈玉腕圆。相逢不肯语,微笑画屏前”(其三)之作,蕴藉含蓄,但也有“泪尽珊瑚枕,魂销玳瑁床。罗衣不忍著,羞见绣鸳鸯”(其六)这样的带有宫体成分的作品。

唐代社会的通脱思潮,士女的游观习俗,文人和女冠的交游,以及道教思想在文学中的渗透等,都是唐代爱情诗产生的土壤。人多有唐代女道士实为变相妓女之说,那就另当别论了。比如鱼玄机的一些作品感情还是比较深挚的,如《江陵愁望有寄》:“枫叶千枝复万枝,江桥掩映暮帆迟。忆君心似西江水,日夜东流无歇时。”鱼玄机另有《赠邻女》:“羞日遮罗袖,愁春懒起妆。易求无价宝,难得有心郎!枕上潜垂泪,花间暗断肠。自能窥宋玉,何必恨王昌?”黄周星《唐诗快》称:“鱼老师可谓叫猿升木,诱人犯法矣。罪过!罪过!”而胡晓明则认为“以主动的姿态,表现女性追求自由,对‘滔滔者天下皆是’的男性文化一份极其大胆的挑战”,①两者当以后者为是。又如李冶《寄朱放》:“望远试登山,山高湖又阔。相思无晓夕,相望经年月。郁郁山木荣,绵绵野花发。别后无限情,相逢一时说。”总体上看,有关道教的传说、故事,不仅为爱情诗提供了丰富的题材,也加深了某些爱情诗的朦胧幽杳境界的渲染。同时,道教的神秘怪诞不仅在唐代传奇中打上某些烙印,而且这种神秘怪诞又往往同作品的爱情题材结合起来。道教的生活和思想一方面从某种角度直接影响爱情诗,另一方面又通过传奇给爱情诗以影响。还有一种更为直接而显著的影响,就是取材于爱情而兼玄想的题材,分别通过爱情诗和传奇来反映,如白居易写了《长恨歌》,陈鸿又写了《长恨歌传》。特别是中唐后盛行的爱情传奇,浪漫主义风格强烈,善于描写缥缈的仙境和徜恍的梦境,力求创造美的意境,神话色彩极其丰富,部分中、晚唐爱情诗也具有这些特点。袁枚《再与沈大宗伯书》认为“艳诗宫体,自是诗家一格”,在《答蕺园论诗书》中更是着重指出“诗者,由情生者也。有必不可解之情,而后有必不可朽之诗。情所最先,莫如男女”,“鄙意以为得千百伪濂、洛、关、闽,不如得一二真白傅、樊川”。章学诚《文史通义》卷五《书坊刻诗话后》则称“近有倾邪小人,专以纤佻浮薄诗词倡道(导)末俗,造然饰事,陷误少年,蛊惑闺壶,自知罪不容诛”,所论过于苛刻,实际上带有明显的时代痕迹。

一、表现甜美的爱情生活

王昌龄的《朝来曲》:“月戾鸣珂动,花连绣户春。盘龙玉台镜,唯待

---

① 胡晓明:《中国诗学之精神》,第188页。

画眉人。"《汉书·张敞传》载张敞"为妇画眉"。自此以后,"画眉"一词就成了夫妻之间感情深切的一种象征。甜美的爱情生活是人类共同的愿望。唐代爱情诗中也有许多作品凝结了人们对美好爱情的坚定追求,展现了两情相悦的幸福与婚后的和乐,情调以活泼可爱居多。王昌龄《采莲曲二首》之二:"荷叶罗裙一色裁,芙蓉向脸两边开。乱入池中看不见,闻歌始觉有人来。"寥寥几笔,展现出主人公瞬间的心灵悸动,就使得人物的神情活现,一些富有动感的语词的选用,更使作品增色不少。正如钟惺、谭元春《唐诗归》所说的:"从'乱'、'看'字、'觉'字,耳目心三处参错说出情来,若直作容貌衣服相夸示,则失之远矣。"瞿佑《归田诗话》也说:"用意之妙,读者皆草草看过了。""诗意谓叶与裙同色,花与脸同色,故棹入花间不能辨,及闻歌声,方知有人来也。"全诗给人以兴味无穷的审美愉悦,反观阎朝隐的《采莲女》:"采莲女,采莲舟,春日春江碧水流。莲衣承玉钏,莲刺罥银钩。薄暮敛容歌一曲,氛氲香气满汀洲。"自不可同日而语。张籍也有《采莲曲》:"秋江岸边莲子多,采莲女儿凭船歌。青房圆实齐戢戢,争前竞折漾微波。试牵绿茎下寻藕,断处丝多刺伤手。白练束腰袖半卷,不插玉钗妆梳浅。船中未满度前洲,借问阿谁家住远。归时共待暮潮上,自弄芙蓉还荡桨。"正如论者所述:"与王昌龄之作相比,同是绘出一幅江南水乡美丽的民俗画卷,但王作似尚属泛写,张作则犹见细致具体,连牵折莲茎被刺伤手以及相互间询问谁家住得更远之类细事琐节都一一再现,显然使人感到这是一个具体的场景的摄照,因而也就更具有真实感。"①古人采莲题材多为表现情爱主题,从一个侧面展现两性相谐的欢乐与甜美。唐以后,有关采莲的题材继续兴盛,也偶有拓展,如马祖常《绝句十六首》其十二:"江南女儿年十五,两髻丫丫面粉光。小红船上采莲叶,北客初来应断肠。"又如于谦《夏日忆西湖》:"涌金门外柳如烟,西子湖头水拍天。玉腕罗裙双荡桨,鸳鸯飞近采莲船。"胡晓明《中国诗

① 许总:《唐诗史》(上册),第257页。

学之精神》指出:“诗文中常见的喻词如‘西南风’‘双飞翼’‘鱼’‘采莲’等,其含义皆指向一种自由、无羁、欢快的情感价值。中国封建社会礼防森严,男女间自由交往极不易。故诗中多咏唱人神之恋、人仙之恋、人鬼之恋,实乃追求男女爱情自由之一种异化形式,优美细腻,绮丽缠绵,哀感玩怨,以极动人的力量,表达代代诗人向往自由人生的心声。”①

崔颢《长干曲》三首把细腻深挚的内心感情外化为无比优美的诗歌意象:“君家住何处?妾住在横塘。停船暂相问,或恐是同乡。”“家临九江水,来去九江侧。同是长干人,生小不相识。”“下渚多风浪,莲舟渐觉稀。那能不相待,独自逆朝归。”《长干曲》是乐府《杂曲歌辞》旧题,古辞为:“逆浪故相邀,菱舟不怕摇。妾家扬子住,便弄广陵潮。”长干在今南京市区,靠近长江,为吏民杂居之地。左思《吴都赋》:“长干延属,飞甍舛互。”刘渊林注:“建业南五里有山岗,其间平地,吏民杂居,东长干中有大长干小长干,皆相连。大长干在越城东,小长干在越城西。地有长短,故号大小长干。”横塘为古堤塘名。三国吴筑于建业城南淮水南岸。左思《吴都赋》:“横塘查下,邑屋隆夸。”刘渊林注:“横塘在淮水南,近家渚,缘江筑长堤,谓之横塘。”长江下游支流较多,约有九条,号为九江,都在长干里一带。诗歌叙写长江中一对采莲的青年男女不期而遇,一见钟情,大有相见恨晚之慨,于是,演绎出一段相互问候并相邀共归的欢快情景,蕴涵无限情思,生活气息浓郁,形神俱活,语言活泼自然流畅,它所创造的空白艺术,更使得诗意无穷。王夫之《诗绎》:“论画者曰,咫尺有万里之势,一势字宜着眼。若不论势,则缩万里于咫尺,直是《广舆记》前一天下图耳。五言绝句以此为落想时第一义。唯盛唐人能得其妙。如‘君家住何处,妾住在横塘,停船暂借问,或恐是同乡’,墨气所射,四表无穷,无字处皆其意也!”沈德潜在《唐诗别裁集》的《凡例》中也极为推崇:“五言绝句,右丞之自然,太白之高妙,苏州之古淡,纯是化机,不关人力。他如崔

① 胡晓明:《中国诗学之精神》,第184页。

颢《长干曲》、金昌绪《春怨》、王建《新嫁娘》、张祜《宫词》等篇，虽非专家，亦称绝调。后人当于此问津。”

刘禹锡《视刀环歌》自叹“常恨言语浅，不及人意深”，而向民间语言学习不失为一条极为有效的途径。刘禹锡创作有大量的《竹枝词》，其中多表达青年男女的情爱，流注着最为真挚的感情，其自叙云：“《竹枝》，巴歈也。巴儿联歌，吹短笛击鼓以赴节，歌者扬袂睢舞，其音协黄钟羽。”诗人从当地的世俗乡情特别是民谣中吸取诗料，拓展诗体，深得民歌神髓，其中“杨柳青青江水平，闻郎江上唱歌声。东边日出西边雨，道是无晴却有晴”一首是最具影响力的作品。这样的作品往往汲取民歌的养料，“丝竹发歌响，假器扬清音。不知歌谣妙，声势出口心”（陆龟蒙《大子夜歌二首》之二），全诗谐声借喻，贴切自然，语带相关地用“晴”来暗喻“情”，含蓄地用双关的语言，巧妙地道出了自己的感情。抓住的是眼前景物，通过谐声统一，又使人感到意外的喜悦。又如“山桃红花满上头，蜀江春山拍山流。花红易衰似郎意，水流无限似侬愁”，抒写了山野姑娘情窦初开时的纯真情怀和生活情趣，饶有民歌风味。郭茂倩《乐府诗集·近代曲词三》：“《竹枝》本出于巴渝。唐贞元中，刘禹锡在沅湘，以里歌鄙陋，乃依骚人《九歌》作《竹枝新调》九章，教里中儿歌之，由是盛于贞元、元和之间……末如吴声，含思宛转。”刘作杂咏当地风物和男女爱情，从当地的民间歌谣中直接摄取创作素材和艺术营养，富有浓厚的生活气息，在当时就深得人们喜爱，温庭筠《秘书刘尚书挽歌词二首》其二就有“京口贵公子，襄阳诸女儿。折花兼踏月，多唱柳郎词”的真实叙录，日后也极得后人称赏。黄庭坚《跋刘梦得竹枝歌后》：“词意高妙，元和间诚可以独步，道风俗而不俚，追古昔而不愧，比之杜子美《夔州歌》所谓同工而异曲也。”王士祯《渔洋诗话》卷上：“《竹枝》古称刘梦得、杨廉夫，近彭羡门尤工此体。”《旧唐书·刘禹锡传》也载：“武陵溪洞间夷歌，率多禹锡之辞。”

二、展现情人相思的愁苦哀伤

“长相思，摧心肝。”（李白《长相思》）爱情生活中既有回味不尽的甜美时分,也有不堪回首的苦痛记忆,如李远《咏鸳鸯》诗所表达的:“鸳鸯离别伤,人意似鸳鸯。试取鸳鸯看,多应断寸肠。”中国古代表达情爱的作品大多平添了一笔浓重的感伤色彩,即使是表达爱的痴迷,也往往是痛苦忧郁的痴迷,浸透着一种缠绵缱绻而又悲凉忧郁的情调。张泌《寄人》颇具典范意义:“别梦依依到谢家,小廊回合曲阑斜。多情只有春庭月,犹为离人照落花。”情感浓烈而真挚,细节的选择,更能细腻而充分地表现无尽的思念之情。廉氏《怀远》写出了自己的思念深切:“隙尘何微微,朝夕通其辉。人生各有托,君去独不归。青林有蝉响,赤日无鸟飞。裴回东南望,双泪空沾衣。”不过,在这方面最为动人的大概要数武则天的《如意娘》了,深情地表达了对情人刻骨铭心的思念:“看朱成碧思纷纷,憔悴支离为忆君。不信比来长下泪,开箱验取石榴裙。”《如意娘》属于商调曲。正如陈寅恪先生《武曌与佛教》一文中所指出的,“武曌在中国历史上诚为最奇特之人物”。[①] 高宗永徽三年(652 年),武则天在感业寺生下了长子李弘,时年 29 岁。而在这以前她与高宗李治之间应该维持了一段不完全正常但也是极富刺激的情爱关系。“看朱成碧”系点化郭遐叔《赠嵇叔夜》一诗的“心之忧矣,视丹如绿”而来,因为以红色、黄色为代表的暖色系统给人以动感,以蓝色、绿色为代表的冷色系统给人以静感,绿色具有宁静、清幽的特质,容易引起人们冷落感伤的情绪,所以,当一个人悲伤欲绝之时,自然是“看朱成碧”了。诗歌以视觉现象的错乱来表现时间的推移,又以时间的长度来渲染相思苦痛和日渐憔悴的过程。接着随手拈出身边爱情的信物——石榴裙,将抽象的苦恋之情具体化,从而展现了情爱主题独特而又最为深切的体验。这种从心灵中流淌出来的浓郁的相思之情,再以设想的口吻,从验看泪痕的角度来写相思之苦,构思更显新颖,也更摄人心魄。孟郊《古怨》诗也是设想新奇:“试妾与君泪,两处滴池水。看取芙蓉花,今年为谁死!”

---

① 陈寅恪:《金明馆丛稿二编》,生活·读书·新知三联书店 2001 年 7 月版,第 153 页。

王维《相思》以咏物入手来写情:"红豆生南国,春来发几枝。愿君多采撷,此物最相思。"南朝梁任昉《述异记》载:"昔战国时,魏国苦秦之难,有以民从征戍秦,久不返,妻思而卒。既葬,冢上生木,枝叶皆向夫所在而倾,因谓之相思木。"相思树长于岭南,树叶似槐,秋开小花。花冠为蝶形,色白或浅红。结实成荚,荚内有子数粒,如扁豆,心形,色鲜红,通称红豆,也叫相思子。起笔先拈所咏之物,撩人爱慕;然而远在南方,不禁令人遥望遐思。第二句则似自言自语,问花寄意,温婉亲切。第三句一转,表现了诗人的爱护与体贴,婉曲动人。第四句点明题意,呼吁"相思"。诗句以疏淡浅近之语抒浓密深切之情。《相思》一作《江上赠李龟年》,则成了一首赠别诗了。王维又有《伊州歌》,也是径点相思之意的:"清风明月苦相思,荡子从戎十载余。征人去日殷勤嘱,归雁来时数附书。"陈贻焮在《山水诗人王维》一文中指出:"只写'清风明月'而良宵的情境自然呈现。只说'荡子从戎十载余',而十余年的相思苦情自然涌出。只提去日'归雁来时数附书'的殷勤嘱咐,而今日由于一直盼不到征人音信所产生的绝望和焦虑情绪自然流露。这就是这首诗艺术上成功的地方。"①白居易进而也有《长相思》这样的作品:"思悠悠,恨悠悠,恨到归时方始休,月明人倚楼。"李白也有一首《长相思》:"忆君迢迢隔青天!昔日横波目,今作流泪泉;不信妾断肠,归来看取明镜前。"李白的诗句要深刻些,既比较自然,又比较含蓄隽永,不直接写相思者如何形容憔悴,而是让你去联想镜中看到的相思者的形象。

岑参的《春梦》诗情意真切,表现了抒情主体心理活动的超时空运动:"洞房昨夜春风起,遥忆美人湘江水。枕上片时春梦中,行尽江南数千里。"春风一起,念人之心更是急切,但那人却又远在天涯,亲近之意非一时所能传达,于是,诗人知道,这样的理想只有在梦的世界里才能完美地实现。李益有一首诗,题目就叫《写情》,诗题本身就具有一种很强的

---

① 陈贻焮:《唐诗论丛》,湖南人民出版社 1980 年 9 月版,第 87 页。

开放性:“水纹珍簟思悠悠,千里佳期一夕休。从此无心爱良夜,任他明月下西楼。”刘长卿《赋得》(一作皇甫冉诗,题作《春思》)叙写思妇的忧愁不寐:“莺啼燕语报新年,马邑龙堆路几千。家住秦城邻汉苑,心随明月到胡天。机中锦字论长恨,楼上花枝笑独眠。为问元戎窦车骑,何时反旆勒燕然。”诗人在作品中倾注了自己深切的同情与悲悯。权德舆《玉台体十二首》其七:“君去期花时,花时君不至。檐前双燕飞,落妾相思泪。”崔仲容则有《赠所思》:“所居幸接邻,相见不相亲。一似云间月,何殊镜里人。丹诚空有梦,肠断不禁春。愿作梁间燕,无由变此身。”杜牧有一首《闺情代作》:“梧桐叶落雁初归,迢递无因寄远衣。月照石泉金点冷,风酣箫管玉声微。佳人刀杵秋风外,荡子从征梦寐希。遥望戍楼天欲晓,满城冬鼓白云飞。”征人远行,我惟闺中独守,终日思念,心早已随荡子远去,但可惜梦中亦难得一见,梧桐叶落大雁初归,又是一年将尽,征衣也不知将如何寄达。即便如此,我仍是遥望他的所在,才能与心稍安。刘禹锡《望夫石》也是这样的艺术构思,不过取材有独特之处:“终日望夫夫不归,化为孤石苦相思。望来已是几千载,只似当时初望时。”

悼亡诗又是其中较为特别的形式。《全唐诗》中悼亡诗共有 60 首左右。韦应物就写过 19 首不同形式的悼亡诗,如《出还》,沈德潜《唐诗别裁集》卷三甚至推许为“比安仁《悼亡》较真”,另有《对芳树》、《月夜》等,都被沈德潜收入《唐诗别裁集》,刘克庄《后村诗话》(后集卷二)称:“悼亡之作,前有潘骑省,后有韦苏州,又有李雁湖,不可以复加矣。”孟郊也有《悼亡》一诗:“山头明月夜增辉,增辉不照重泉下。泉下双龙无再期,金蚕玉燕空销化。朝云暮雨成古墟,萧萧野竹风吹亚。”元稹的悼亡诗更多达 33 首,其中的《遣悲怀三首》、《离思五首》等作表达了诗人对亡妻韦氏的思念之情,更是闻名遐迩。蘅塘退士《唐诗三百首》卷五称“古今悼亡诗充栋,终无能出此三首范围者,勿以浅近忽之”,极是。如《遣悲怀三首》之一:“谢公最小偏怜女,嫁与黔娄百事乖。顾我无衣搜画箧,泥他沽酒拔金钗。野蔬充膳甘长藿,落叶添薪仰古槐。今日俸钱过十万,与君营奠复营斋。"《离思五首》之四:"曾经沧海难为水,除却巫山不是云。取次花丛懒回顾,半缘修道半缘君。"陈寅恪先生在《元白诗笺证稿》中指出:"悼亡诸诗,所以特为佳作者,直以韦氏之不好虚荣,微之之尚未富贵。贫贱夫妻,关系纯洁。因能措意遣词,悉为真实之故。夫唯真实,遂造诣独绝欤?"①袁枚《题张忆娘簪花图》五首之五:"当日开元全盛时,三千宫女教坊司。繁华逝水春无恨,只恨迟生杜牧之。"唐人涌现出许多在爱情诗领域有特别创造之功的女诗人,这也是一个奇特的景观。姚鼐《郑太孺人六十寿序》说:"儒者或言文章吟咏非女子所宜,余以为不然。"唐代又是中国历史上一个最为开放通达的时代,自然也就有许多女性作家活跃在诗歌园地里。上官婉儿是其中较早的一位了。袁枚《上官婉儿》有这样的赞誉:"论定诗人两首诗,簪花人作大宗师。至今头白衡文者,若个聪明似女儿?"随后,唐代出现了历史上少有的诸多能较好地表达真情实意的女诗人,如上文提到的鱼玄机以及薛涛等等,晁采也是其中的代表之一。《全唐诗》"晁采"条记载了有关作者的情感历程:"晁采,小字试莺。大历时人,少与邻生文茂约为伉俪。及长,茂时寄诗通情,采以莲子达意,坠一于盆,逾旬,开花并蒂,茂以报采,乘间欢合。母得其情,叹曰:'才子佳人,自应有此。'遂以采归茂。"晁采《秋日再寄》表达自己对文茂的思念之情:"珍簟生凉夜漏余,梦中恍惚觉来初。魂离不得空成病,面见无由浪寄书。窗外江村钟响绝,枕边梧叶雨声疏。此时最是思君处,肠断寒猿定不如。"又如《雨中忆夫》:"窗前细雨日啾啾,妾在闺中独自愁。何事玉郎久离别,忘忧总对岂忘忧。""春风送雨过窗东,忽忆良人在客中。安得妾身今似雨,也随风去与郎同。"晁采还写过一组十八首的《子夜歌》,其二:"夜夜不成寐,拥被啼终夕。郎不信侬时,但看枕上席。"其三:"何时得成匹,离恨不复牵。金针刺菡萏,夜夜得见莲。"这些都是其中抒情细腻、感人至深的作品。陈玉兰也是其中的佼佼者,她的《寄夫》

---

① 陈寅恪:《元白诗笺证稿》,第110页。

诗是写给她的丈夫、著名诗人王驾的:"夫戍边关妾在吴,西风吹妾妾忧夫。一行书寄千行泪,寒到君边衣到无?"展露在诗中的情感丰富复杂,既有对丈夫的挚爱、担忧,也有那么一丝的怨怒蕴涵在里面,应该说,审美主体贤淑而细腻的情怀倾注无遗。李怡在《中国现代新诗与古典诗歌传统》一书中认为:"女性,作为社会的非权力性角色,作为社会强权与秩序的牺牲品,作为在很多情况下不得不借助个人精神的幻想聊以生存的弱小者,她的遭遇都与孤寂索寞的诗人叠印在一起,于是乎,似真似幻的'佳人'越发显得亲切,越发撩人心魄,也自有一种让人心驰神荡的默契。"①湘驿女子《题玉泉溪》是否就反映了这样一种心情:"红树醉秋色,碧溪弹夜弦。佳期不可再,风雨杳如年!"谢榛《送别曲》也吐露出这样的情怀:"郎君几载客三秦,好忆侬家汉水滨。门外两株乌柏树,叮咛说向寄书人。"

三、体现婚姻不幸之痛苦

唐代也有许多诗歌展现了爱情因受一些外部势力的干扰、压制而痛苦、忧闷的心情。蔡翔《情与欲的对立——当代小说中的精神文化现象》认为:"在古代社会中,社会活动常常表现为男人的功名活动,形成一种畸态的功名心理,古典诗歌中的'怨妇诗'可以视作这种心理模式的逆反现象。"②李益《江南曲》可以算得上是这一领域的成功之作:"嫁得瞿塘贾,朝朝误妾期。早知潮有信,嫁与弄潮儿。"诗歌叙写抒情主人公的所有期盼最后都一次次地落空无望,从一个侧面道出了商贾之人的重利轻别、约而无信,于是,她不期然地产生出"早知潮有信,嫁与弄潮儿"的痴想,因为弄潮儿知道潮水的涨落有定时,弄潮自然也就有定时,嫁给他们绝不至于时常地误了归期,那真是急切而情至的结果了,情深意长,含思

---

① 李怡:《中国现代新诗与古典诗歌传统》,西南师范大学出版社 1999 年 6 月第 2 版,第 257 页。

② 《文学评论》1988 年第 4 期,第 38 页。

凄婉,正如钟惺《唐诗归》所说的:“荒唐之想,写怨情却真切。”刘得仁《贾妇怨》也是从这一个层面所展开的爱情诗:“嫁与商人头欲白,未曾一日得双行。任君逐利轻江海,莫把风涛似妾轻。”诗歌传达出商妇对独守空闺,长期受孤单寂寞生活煎熬的深深苦闷,却又是那么无可奈何与一筹莫展。

“绝妙江南曲,凄凉怨女诗。”(姚合《赠张籍太祝》)闺怨诗则可以说是关于婚恋生活苦闷情形的最为集中的体现。闺怨诗在中国也有一定的传统,如王僧孺《为人宠妾有怨》、何逊《为人妾思》等。现举沈约《夜夜曲》其一为例:“河汉纵且横,北斗横复直。星汉空如此,宁知心有忆?孤灯暖不明,寒机晓犹织。零泪向谁道,鸡鸣徒叹息。”正如林家骊先生所分析的:“诗以寒秋夜景起笔,以星汉斗转的宇宙现象为背景,烘托出思妇满腔的惆怅,而‘孤灯暖不明,寒机晓犹织’则描写了思妇一人独守空房形单影只的悲凉,在极度悲哀之际,思妇的悲愁愈演愈烈,即便是鸡鸣之时,也难抹去心头的愁怨,倾吐了思妇待夫不归的满腔惆怅,描写了思妇凄凉孤独的处境与心态,所体现的都是思妇真挚纯洁的爱情。”①黄世中在《关于古代文人恋情诗的评价问题——〈古代诗人情感心态研究〉题言》一文中则强调:“‘闺怨’是六朝恋情诗的重要主题,在历代恋诗中也绵延最久。但没有特定的恋爱对象,与其说是诗人一己的感情体验,毋宁说是一种群体的、类型化的感情漂移,其中寻绎不出诗人独特的心态特征,因此还不能说是严格意义上的文人爱情诗。”②到了唐代,更有大量直接命名为《闺怨》这样的作品问世。王昌龄《闺怨》应该说是其中最为人所熟知者之一:“闺中少妇不知愁,春日凝妆上翠楼。忽见陌头杨柳色,悔教夫婿觅封侯。”有些作品固然在文题中没有出现“闺怨”的字样,但实际上也是这样的题材,张籍《忆远》:“行人犹未有归期,万里初程日暮时。唯爱门前双柳树,枝枝叶叶不相离。”李商隐《即日》也是这样的作品:“小

① 林家骊:《沈约研究》,第 148 页。

② 黄世中:《古代诗人情感心态研究》,第 1 页。

苑试春衣，高楼倚暮晖。夭桃惟是笑，舞蝶不空飞。赤岭久无耗，鸿门犹合围。几家缘锦字，含泪坐鸳机。”袁枚《寄聪娘》六首之二情谊缠绵：“一枝花对足风流，何事人间万户侯！生把黄金买离别，是侬薄幸是侬愁。”《金圣叹评点唐诗六百首》论杨巨源《古意赠王常侍》诗“昔人有志未伸，每托闺人自见”，确实如此，这又是唐人对“闺怨”这一传统题材的有力拓展。杨巨源《古意赠王常侍》全诗如下：“绣户纱窗北里深，香风暗动凤凰簪。组紃常在佳人手，刀尺空摇寒女心。欲学齐讴逐云管，还思楚练拂霜砧。东家少妇当机织，应念无衣雪满林。”“宫女多怨旷，层城闭蛾眉。”（陈子昂《感遇诗三十八首》之二十六）唐代另有宫怨诗约五百首，多为《长门怨》、《长信宫词》等形式，不但数量相当可观，在主体的开掘与审美艺术的拓展上也有新的突破。朱熹《诗集传》卷一五注《诗经·小雅》中的《白华》诗，认为是“幽王娶申女以为后，又得褒姒而黜申后，故申后作此诗。”果如斯言，则可以称得上是我国古代最早一篇涉及宫怨题材的作品了。诸多娇姿丽质，充满青春活力涌入宫门，但面对她们的客观现实则是：“雨露由来一点恩，争能遍布及千门？三千宫女胭脂面，几个春来无泪痕？”（白居易的《后宫词》）有些人则在得宠之后，不久又将失宠，李端《妾薄命》就这样慨叹“新人莫视宠，秋至会无春。从来闭在长门者，必是宫中第一人”，透过原先的“宫中第一人”失宠后幽居冷宫的哀怨，揭示出以色事君不能永远得宠的历史事实，最后失去了人生的一切，自然也包括个人的自由与幸福。正如沈祖棻《唐人七绝诗浅释》所指出：“绝大多数的宫女，都在对自由的渴望中消磨了自己的青春和生命，而少数的，则虽然经过激烈的竞争，获得了恩宠，但这种恩宠也是非常靠不住的，因而也在‘得宠忧移失宠愁’（李商隐《宫词》）的情况下同样度过了痛苦忧伤的一生。”①《全唐诗》中吟咏班婕妤的诗近百首，王昌龄的《长信秋词》诗即拟托班婕妤而作，字面上是抒写班婕妤在长信宫里凄楚幽怨的生活，反映

---

① 沈祖棻：《唐人七绝诗浅释》，上海古籍出版社 1981 年 8 月版，第 25—26 页。

的却是历代宫廷妇女被戕害了青春和生命的不幸遭遇,情感炽烈而表现含蓄深挚。其三“奉帚平明金殿开,且将团扇共徘徊。玉颜不及寒鸦色,犹带昭阳日影来”是其中的杰出代表。前两句写班婕妤郁郁寡欢的生活,暗用乐府《相和歌辞·楚调曲》中《团扇诗》(一名《怨歌行》)的诗意,隐寓失宠后哀怨萦系,愁绪满怀。“且将团扇”刻画出一种孤单空虚之状,“徘徊”点出主人公因同病相怜而陷入沉思,更显得孤寂无聊,精神空虚。三四两句触景生情,情景浑融。古人常以日喻君,日影象征君恩。诗句景物色彩的冷暖和动静有机结合,以对比、反衬手法刻画人物独特而细腻的心理,再以“不及”“犹带”等虚词连贯,写尽她的痛苦、愤懑与不甘,幽怨悱恻。真可谓“设想愈痴,其心愈悲”(俞陛云《诗境浅说续编》),以显示主人的怨情之深。李瑛《诗法易简录》:“不得承恩意,直说便无味,借‘寒鸦’‘日影’为喻,命意既新,措词更曲。”朱庭珍《筱园诗话》:“用意全在言外,而措词微婉,浑然不露,又出以摇曳之笔,神味不随词意俱尽,十四字中兼有赋比兴三义,所以入妙,非但以风调见长也。”刘方平的《长信宫》从另一个角度写出了班婕妤的痴想,别有新意:“梦里君王近,宫中河汉高。秋风能再热,团扇不辞劳。”王尧衢《唐诗合解笺注》卷四对后两句有这样的分析,可谓搔到痒处:“秋风岂能再热?团扇断然不劳。如能再热,定不辞劳矣。然必无是理也。于绝望之中起妄冀之意,用‘不辞劳’三字,妙。”无名氏也有《长信宫》:“细草侵阶乱碧鲜,宫门深锁绿杨天。珠帘欲卷抬秋水,罗幌微开动冷烟。风引漏声过枕上,月移花影到窗前。独挑残烛魂堪断,却恨青蛾误少年。”白居易《后宫词》揭示出造成她们痛苦、怨恨的社会本质“红颜未老恩先断”,她们的结果往往是色衰而爱弛,进而由爱弛而恩绝,以至诗人发出“人生莫作妇人身,百年苦乐由他人”(《太行路》)的感慨。刘禹锡《阿娇怨》:“望见葳蕤举翠华,试开金屋扫庭花。须臾宫女传来信,言幸平阳公主家。”构思与此相近,而以汉事喻唐事,又是唐人诗歌创作的一种习用方式。诗歌采用对比的手法来写阿娇的怨恨,也是这一类题材的常用方法之一,欢乐与痛苦由此形成极大的情感反差。王尧衢《唐诗合解笺注》卷六对此有较深入的分析:“子夫由平阳公主所进,则是平阳公主,阿娇所最嫉者。今帝不来幸,尚可言也,偏幸平阳公主家,不可言矣。篇中不言怨,而字字怨入骨髓。”徐增《而庵说唐诗》卷一一也有着这样的体悟:“是言不开殿扫花,恐其即来;开殿扫花,又恐其不来。且试开一开,试扫一扫看。此一字摹写骤然景况如见,当呕血十年,勿轻读去也。”《全唐诗》中吟咏陈皇后的诗近九十首。这一题材写得比较成功的还有李白《妾薄命》:“汉帝重阿娇,储之黄金屋。咳唾落九天,随风生珠玉。宠极爱还歇,妒深情却疏。长门一步地,不肯暂回车。雨落不上天,水复难再收。君情与妾意,各自东西流。昔日芙蓉花,今成断根草。以色事他人,能得几时好?”刘言史《长门怨》则选取手里拿的是金箸却心不在焉地乱拨寒灰的细节描写强化主人公愁闷无聊的痛苦情怀,哀怨的神态如见:“独坐炉边结夜愁,暂时思去亦难留。手持金箸垂红泪,乱拨寒灰不举头。”

“玉阶生白露,夜久侵罗袜。却下水晶帘,玲珑望秋月。”关于李白《玉阶怨》,李瑛《诗法易简录》:“无一字说到怨,而含蓄无尽,诗品最高。‘玉阶生白露’,则已望月至夜半,落笔便已透过数层。次句以‘夜久’承明,露侵罗袜,始觉夜深露重耳。然望恩之思,何能遽止,虽入房下帘以避寒露,而隔帘望月,仍彻夜不能寐,此情复何以堪?又直透‘玉阶’后数层矣。二十字中,具有如许神通,而只淡淡写来,可谓有神无迹。”元稹《行宫》也是一首富有韵味的小诗:“寥落古行宫,宫花寂寞红。白头宫女在,闲坐说玄宗。”诗歌以平实的语言,极有概括力地表达了历史沧桑之感,并给人以想象的天地。当年花容月貌,娇姿艳质,最后来至宫中,寂寞幽怨也就随之无穷无尽;数十年生活悄然而逝,青春消逝,红颜憔悴;闲坐无聊,只有谈论已往。此情此景,何等凄绝!真可以说是字面有限而韵味无穷。洪迈《容斋随笔》卷二:“白乐天《长恨歌》、《上阳人》歌,元微之《连昌宫词》,道开元间宫禁事,最为深切矣。然微之有《行宫》一绝句云……(诗略)语少意足,有无穷之味。”李瑛《诗法易简录》:“白头宫女,闲说玄宗,不必写出如何感伤,而哀情弥至。”杜牧《七夕》首先设置了清冷的生活场景,渲染出一种悲苦的基调,然后从一个细节突出了她们内心的无聊与孤寂,弥漫着浓烈的哀怨情绪:“银烛秋光冷画屏,轻罗小扇扑流萤。天街夜色凉如水,卧看牵牛织女星。”刘得仁《悲老宫人》:“白发宫娃不解悲,满头犹自插花枝。曾缘玉貌君王宠,准拟人看似旧时。”此诗也控诉了幽闭青春、扼杀人性的宫女制度对妇女的毒害。任翻《宫怨》构思、立意与此也基本相同:“泪干红落脸,心尽头垂白。自此方知怨,从来岂信愁!”张祜《赠内人》也是这一题材的杰出之作,情意缠绵哀伤:“禁门宫树月痕过,媚眼惟看宿燕窠。斜拔玉钗灯影畔,剔开红焰救飞蛾。”正如沈祖棻先生《唐人七绝诗浅释》所论:这只飞蛾的经历,难道不也就是她自己的经历吗?她入宫之时,可能认为那是舟入天堂,前途无限光明;而入宫以后,才知道已经陷入地狱,前途是无边的黑暗。但飞蛾还有她来救,而她又有谁来救呢?诗篇只作客观描写,然而这位女奴隶的悲惨命运和痛苦的灵魂,却已从她凝视燕窠和救飞蛾这两个具体动作中极其生动而又准确地被展现了出来。它体现了作者高贵的人道主义精神,同时也体现了作者精湛的艺术技巧。①

李贺也有《宫娃歌》这样的作品,参与到这一题材的开掘中来,诗中展现主人公的内心世界和复杂情感,最后写女主人公的内心渴望,即使这是完全不切实际的幻想:“梦入家门上沙渚,天河落处长洲路。愿君光明如太阳,放妾骑鱼撇波去。”刘皂《长门怨》是其中颇为深警有力的:“宫殿沉沉月欲分,昭阳更漏不堪闻。珊瑚枕上千行泪,不是思君是恨君。”她们只有哀伤、孤寂伴随,最后终于有所醒悟。反映宫女的诗在《全唐诗》中共有八百多首,说明这样的题材在唐人中是极为普遍的。“这些绝句都以南朝民歌小诗(或可能是已散佚的同时代的东南民歌)为模式,是单纯的爱情诗,大量运用双关语和情欲隐喻。在《中流曲》中,这一传统引

---

① 沈祖棻:《唐人七绝诗浅释》,第218页。

导读者从‘芳洲’中发现女子如花的隐喻，从划舟急流的描写中发现情欲难以抑制的暗示。《湖南曲》则在一定程度上体现了王维绝句风格的极端简朴。”①

这一类题材中还有以《宫人斜》为题的作品，共有7首。“宫人斜”处于长安宫城北面的禁苑之内，位于汉未央宫遗址之西。这其中要数王建《宫人斜》揭露宫女命运最为深刻：“未央墙西青草路，宫人斜里红妆墓。一边载出一边来，更衣不减寻常数。”杜牧也有《宫人冢》这样的作品，表现深刻的人生感悟，最后传达出振聋发聩的声音：“不识君王到老死。”杜牧又有《奉陵宫人》这样的诗，揭露的是这一制度的另一种罪恶，笔端饱含血泪：“相如死后无词客，延寿亡来绝画工。玉颜不是黄金少，泪滴秋山入寿宫。”胡三省为《资治通鉴·唐纪》所作的一段注中指出这样一种社会现象：“唐制，凡诸帝升遐，宫人无子者，悉遣诣山陵供奉，朝夕具盥栉，治衾枕，事死如生。”这反映出唐代社会制度极为野蛮残酷的一面。

敖英《唐诗绝句类选》：“唐人宫词，或赋事，或抒怨，或寓讽刺，或其负才流落无聊，托以自况。”孙涛《全唐诗话续编》也认为“唐人流放，每托意于宫闱”，这也可以看作是中国爱情诗审美艺术流变史上的奇特现象。所以，这样的作品都有着诗人发自内心的感同身受，因为其中往往也寄寓着诗人自伤落魄的愤懑情怀，正所谓“贵人难得意，赏爱在须臾”（陈子昂《感遇》之十五）。杜荀鹤《春宫怨》便是其中的名作：“早被婵娟误，欲妆临花慵。承恩不在貌，教妾若为容。风暖鸟声碎，日高花影重。年年越溪女，相忆采芙蓉。”方回《瀛奎律髓》卷三一：“譬之事君而不遇者，初亦恃才，而卒为才所误。愈欲自炫，而愈不见知。盖宠不在貌，则难乎其容矣，女为悦己者容是也。风景如此，不思从平生贫贱之交可乎？”贺裳《载酒园诗话又编》论颔联：“此千古透论。卫硕人不见答，非貌寝也；张良娣擅权，非色胜也。”沈德潜《唐诗别裁集》卷一一论最后二句是“回忆盛年以

① ［美］宇文所安：《盛唐诗》，第281页。

自伤也,须曲体此意”。当然,“它与一般爱情题材有所不同,一般爱情题材与具体生活切近,宫怨、闺怨往往虚泛一些,‘拟’‘代’的意味很浓,不少作品采取传统乐府的写法”。① 这一题材的开拓,既表明“诗人们以充满悲愤同情的笔墨,直入妇女心灵深处,代其立言述怀,真实地反映了唐代妇女的不幸命运和可怜境遇,抨击了封建制度摧残妇女的罪恶,体现出浓厚的人道主义精神”。② 而“中国古代宫怨诗中向往爱情自由之心声,因而具有深刻的社会象征意义。……实因为宫女之心声里,有着超乎爱情自由的含义,更广泛意义上社会自由的含义,正是由此种意义上,可以将中国诗话词话中传写不衰的‘红叶题诗’故事,作中国爱情诗追求自由人生之一种象征看”。③

红叶题诗是个动人的传说,它从一个侧面反映了宫女的生活(尤其是情感生活)景况,给人以强烈的审美感受。据范摅《云溪友议》载:宣宗时,诗人卢渥应举京城,偶然看到御沟旁的一片红叶,上有题诗,就从水中取去,全诗为:“流水何太急,深宫尽日闲。殷勤谢红叶,好去到人间。”卢渥把红叶藏于箱内。后来,他娶了一位被放出宫的姓韩的宫女。一天,韩氏见此红叶,感叹不已。原来,韩氏便是《题红叶》诗的作者。《云溪友议》中还记载了一个梧叶题诗的故事:天宝年间,一位洛阳宫苑中的宫女在梧叶上写了一首诗,随御沟流出,诗云:“一入深宫里,年年不见春。聊题一片叶,寄与有情人。”诗人顾况得诗后曾和诗一首:“愁见莺啼柳絮飞,上阳宫女断肠时。君恩不闭东流水,叶上题诗寄与谁?”过了十几天,又在御沟流出的梧叶上见诗一首,诗云:“一叶题诗出禁城,谁人酬和独含情。自嗟不及波中叶,荡漾乘春取次行。”禁城内外居然题诗唱和,现在想来这也是极富诗意的美丽话题。

宫怨诗中还出现章碣《东都望幸》这样的揭露时弊之作,这也是很有

---

① 余恕诚:《唐诗风貌》,第 139 页。

② 赵荣蔚:《晚唐士风与诗风》,上海古籍出版社 2004 年 12 月版,第 111 页。

③ 胡晓明:《中国诗学之精神》,第 188 页。

美学意义的事情:“懒修珠翠上高台,眉月连娟恨不开。纵使东巡也无益,君王自领美人来。”诗歌表面上也和其他作品一样,弹唱着宫中妃子对君王怨恨这样的调子,实际上另有所刺,渗透着作者心中的满腔悲愤。据王定保《唐摭言》卷九“好知己恶及第”条载:“邵安石,连州人也。高湘侍郎南迁归阙,途次连江,安石以所业投献遇知,遂挈至辇下。湘主文,安石擢第,诗人章碣赋《东都望幸》诗刺之。”阮阅编著的《诗话总龟》卷三七《讥诮门》所载引《古今诗话》同之。由此可见,章碣《东都望幸》诗完全是据实感而发,对认识唐代(尤其是中晚唐时期)科举制度的弊端有深刻的意义。

第七章

唐代的咏怀咏史诗

第一节　咏怀咏史诗概说

一、咏怀诗

施蛰存《唐诗百话》在评析李白《夜泊牛渚怀古》一诗时认为，“怀古”是诗的内容类别，在“咏怀”与“咏史”之间。方虚谷云：“怀古者，见古迹，思古人。其事无他，兴亡贤愚而已。”（《瀛奎律髓》）讲得似乎太简单，但大致如此。咏史诗是有感于某一历史事实，怀古诗是有感于某一历史遗迹。但历史事实或历史遗迹如果在诗中不占主要地位，只是用作比喻，那就是咏怀诗了。怀古诗不知起始于何人，《文选》里有“咏史”，有“咏怀”，而无“怀古”，大约当时还没有这个名称。① 咏怀古迹的作品本是人们借古鉴今的一种手段。但咏史多是人们对历史人物、历史事件、历史现象的慨叹，而怀古则是人们面对历史遗迹所发的某一种怀想，两者之

① 施蛰存：《唐诗百话》，华东师范大学出版社1996年5月版，第251页。

间着眼点自有一些不同。

相对来说，怀古的作品多是造访或途经某地，面对某一存在客体产生了一种心灵震撼所抒发的感怀，可称之为登临形胜而作远怀古昔之思。如项斯《舜城怀古》："禅禹逊尧聪，巍巍盛此中。四隅咸启圣，万古赖成功。道德去弥远，山河势不穷。停车一再拜，帝业即今同。"戴叔伦《京口怀古》："大江横万里，古渡渺千秋。浩浩波声险，苍苍天色愁。三方归汉鼎，一水限吴洲。霸国今何在？清泉长自流。"两诗都是从某些遗存中感受历史时空的节奏，沟通历史与现实。咏史更多的是侧重由某一人物或事件而引发的内心思考。也就是说，怀古的作品多为触景摅怀，咏史的作品则更看重咏史寓慨。但一些作品很难将两者截然分开，而往往题旨情意是胶着在一起，从题面上看是面对芜没的历史陈迹所发的怀古情怀，而实质上完全具咏史之质。为了不使论题过于复杂化，在这里，也只是将"咏史诗"、"怀古诗"统而论之，不详加考辨。综合各家之说，我们是否可以这样认为，咏怀咏史诗就是一种以叙史、论史、咏怀为内容的诗歌门类，它正是以历史事件的变迁和人物功过的评述为题材，进行独特的思考，把对历史人物的咏怀和对现实的感叹融为一体，诉之以读者深远的历史感的想象；它是史与诗的合缘，既要有历史的真实性、准确性和逻辑思维的说服力，展现出深刻的时代主题，又要有诗歌的激情、意象凝练和形象思维的艺术感染力；既给人丰富精到的启迪，又给人以鲜明深刻的感受，增加人们对人生与社会的领悟和认识能力。换句话说，咏怀咏史诗讲求形象、情思于一炉，既要求有对历史事件的卓越见解，又要求它前提必须是给人以美感的诗而不能是给人以判断力的史论。前者考察作者的思想高度，后者则判别诗人能否很好地掌握艺术技巧。咏史首先贵在有识见，所以，王夫之《唐诗评选》卷五论李白《苏武》时说："咏史诗以史为咏正，当于唱叹写其神理，听闻者之生其哀乐。"

二、咏史诗

咏史诗古已有之，它的源头可以上溯至《诗经》，《大雅》中的有些篇章如《文王》、《荡》等是咏史诗的滥觞，屈原《离骚》、《天问》中的有些片断也有明显的对历史事件或人物咏叹的痕迹，夹杂咏史的成分，东方朔的《嗟伯夷》也属于后世所称的咏史的范围："穷隐处兮窟穴自藏。与其随佞而得志兮，不若从孤竹于首阳。"正如李重华《贞一斋诗说》："咏史诗不必凿凿指事实，看古人名作可见。"但就现存诗文来看，最早以"咏史"为诗命题的则为东汉班固。

"三王德弥薄，惟后用内刑。太仓令有罪，就递长安城。自恨身无子，困急独茕茕。小女痛父言，死者不可生。上书诣阙下，思古歌鸡鸣。忧心摧折裂，晨风扬激声。圣汉孝文帝，恻然感至情。百男何愦愦，不如一缇萦。"

班固的《咏史》是咏西汉文帝时少女缇萦上书救父（太仓令淳于意）的，但仅"不过美其事而咏叹之，檃括本传，不加藻饰"（何焯《义门读书记》卷四六）而已，也即是对历史内容的浓缩和概括，所以，钟嵘《诗品序》说："东京二百载中，唯有班固《咏史》，质木无文。"《诗品》卷下又说："孟坚才流而老于掌故。观其《咏史》，有感叹之词。"《文选》卷二一中已专门有"咏史"一类，辑录咏史诗九家二十一首，其中不乏可读之章。胡应麟《诗薮・外编》卷二："咏史之名，起自孟坚，但指一事。魏杜挚赠毋丘俭，叠入古人名，堆垛寡变。太冲题实因班，体亦本杜，而造语奇伟，创格新特，错综震荡，逸气干云，遂为古今绝唱。"沈德潜《古诗源》卷七也极力推崇："太冲咏史，不必专咏一人，专咏一事，咏古人而自己性情俱见。此千秋绝唱也。"实际上，左思《咏史》八首在内容的开掘上，也只不过以历史映照现实，"是以诗人一生由进而退的经历为次序，从早年的功名幻想开始，经过由入世到出世的转变，以安贫守道告终"，①个人忧愤多于历史感，并无深入的拓荒之迹。程千帆先生《左太冲〈咏史〉诗三论》则说："闲尝反复本文，参稽时事，乃悉八首之作，盖太冲自其妹芬入宫，颇思则效前

---

① 葛晓音：《八代诗史》（修订本），中华书局 2007 年 3 月版，第 101 页。

代外戚之立功名,取富贵。所怀不遂,因假古人以寓言。其择题征事,胥有用意。”①总之,左思时代的咏史诗还缺乏足够的历史感,较少历史的感喟与哲理的思考,也谈不上具有以史为鉴的美学功能。何焯《义门读书记》卷四六由此概括出中国传统咏史诗的两大类型“咏史者不过美其事而咏叹之,檃括本传,不加藻饰,此正体也。太冲多摅胸臆,乃又其变”,称“题云《咏史》,其实乃咏怀也”。到了后来,刘熙载《艺概》在这样的基础上则又把左思《咏史》与颜延年的《五君咏》并而论之,指出“左太冲《咏史》似论体,颜延年《五君咏》似传体”,最后确立咏史诗的经典范式。

据逯钦立辑校的《先秦汉魏晋南北朝诗》,汉魏两晋南北朝咏史诗共一百二十余首,多是情绪多于哲思。孔融《杂诗》:“岩岩钟山首,赫赫炎天路。高明曜云门,远景灼寒素。昂昂累世士,结根在所固。吕望老匹夫,苟为因世故。管仲小囚臣,独能建功祚。人生有何常,但患年岁暮。幸托不肖躯,且当猛虎步。安能苦一身,与世同举厝。由不慎小节,庸夫笑我度。吕望尚不希,夷齐何足慕?”范泰有《经汉高庙》:“啸吒英豪萃,指挥五岳分。乘彼道消势,遂廓宇宙氛。重瞳岂不伟,奋臂腾群雄。壮力拔高山,猛气烈迅风。恃勇终必挠,道胜业自隆。”陶渊明专门创作的咏史诗共有八首,如《咏二疏》、《咏三良》、《咏荆轲》、《咏贫士》等。这里我把咏怀咏史诗归为一类一起谈谈。

第二节 唐代的咏怀咏史诗

唐以前的咏怀咏史诗总量不到200首,唐代约有1500余首。杨恩成《论唐代咏史诗》统计为1500余首,雷恩海、吴定泫《明丽青春的追求与

---

① 程千帆:《古诗考索》,第288页。

迷惘——盛唐咏史诗述论》则计为1600余首,①可能涉及有些作品的具体界定问题。到了盛唐时期,已经出现了大量的咏史作品,这些作品多能在感慨人生短促中体现强烈昂扬的入世精神和兼济天下的壮志,或在咏叹历史的空幻时生发出人生的紧迫感,展现了他们关注国家命运和历史走向的情怀。“安史之乱”使唐帝国的大厦几乎在顷刻之间轰然塌下。人们在阵痛之后,进行着深刻的历史反思,也就是所谓的痛定思痛。唐人常以历史题材反映现实生活,经过这样的洗礼或考验,诗人的人生经验与对时局的认识也自然更为丰富与深刻,到历史的长河中去搜罗那些可资借鉴的史料,然后再找寻出自己最为擅长的艺术形式加以表达,也就是顺理成章的事了。咏史诗作为一大题材门类,繁荣于中晚唐,正是植根于这一特定历史时代土壤的产物。也就是说,诗人们身逢乱世,而“社会崩裂所造成的巨大痛苦,是最容易强化敏感的诗人的社会历史意识和生存意识的。生活在盛唐后期和安史之乱中的诗人,很难再有那么一份心情把诗当作单纯的个性张扬,因为个性的发展已受到生存的严峻挑战”,②他们思考得更多的也就是对于历史的深刻反思。司空图就有《南北史感遇十首》这样的作品。

肖驰《中国诗歌美学》论咏史诗流变:“中唐以后,个人命运的哀叹益发转变为沧桑之感,历史的感喟代替了一己遭逢的忧愤,这才使得吊古诗得以走进诗意和哲理相统一——这个艺术的至高境界。”③封建社会发展到中唐,犹如人到中年,尽脱少年之色,变得成熟与深沉,尤其在经历安史之乱后,并没有销蚀诗人心头关注现实的热情,而是出现了痛定思痛,借古论今,在现实中返观历史,探寻历史兴衰隆替的本质规律,以重振唐室的社会心理,人们尚古资鉴意识更为强烈,以史入诗的创作意识也就自然更为明显。人们在对历史如梦如烟的追溯中搜寻沉痛的历史教训,沉重

① 分别见《陕西师范大学学报》1990年第1期、《复旦大学学报》1999年第2期。

② 杨义:《李杜诗学》,北京出版社2001年3月版,第547页。

③ 肖驰:《中国诗歌美学》,北京大学出版社1986年11月版,第130页。

的感伤情绪与冷峻的理性思索常常有机地结合在一起，又常常寄寓着诗人身处末世、怀才不遇的辛酸和不平，在历史悲剧中时时跳动着现实的怆痛，咏史诗自然从此兴旺发达，诗人吟咏不辍，普遍存在着伤悼现实的情调，因为在大多数诗人身上，都体现了忧患意识这么一个必备的时代特征，李商隐《无题》有所谓“人生岂得长无谓？怀古思乡共白头”的慨叹。所以，他们“在同前人一样吟咏山水的同时”，也会“多一重历史反思的沉潜理性”。① 晚唐咏史诗也强化了国家兴亡之感，但又淡化史实的叙述而注重理思的融入，为情造文，追求情韵与理思的更加和谐与统一，表现出晚唐诗人曲折迂回、细美幽约的悲剧心态。正所谓“文学的发展也可理解为文学观念的发展。文学史上一些重要的转机，一些重要的文学发展进程，经常是以观念和思想的变化更新为前提的。而且整个发展进程也可理解为观念、思想演变的过程”。②

唐代诗人的历史观、社会观要比前人成熟深刻得多，他们不再简单寄寓泛泛的兴亡得失之感慨，生发出无穷的历史感喟，而是能洞察时局，切中时弊，又能高瞻远瞩，全面、严肃地驱遣史料、审视历史，不囿于成见，不迷失于纷繁的现象之中；能在历史与现实之间找到惊人的相似之处，并以此为契入点，剪裁今古，用比较分析、综合归纳等方法，对历史人物、现象和事件作总体把握和准确定位，以求证历史的本来面目，总结历史兴亡的经验教训，抒写自己对时局与命运的思索，代表着人类精神向上的一种努力。

咏怀咏史诗特别讲究会通化成之功夫。唐代诗人将历史题材熟练地选择熔裁，注重在现实的空间感中融入强烈的历史感，制成瑰丽的诗篇，达到内容与形式相当完美的统一，内蕴深沉。初唐时期较为质朴，数量相对也较少。陈子昂《田光先生》就很有代表性，全诗共六句，其间充满了

---

① 陶文鹏、韦凤娟主编：《灵境诗心——中国古代山水诗史》，第 289 页。

② 钱志熙：《魏晋诗歌艺术原论》（修订本），北京大学出版社 2005 年 9 月第 2 版，第 344—345 页。

对春秋战国时期的义士田光的崇拜与哀叹:“自古皆有死,徇义良独稀。奈何燕太子,尚使田生疑。伏剑诚已矣,感我涕沾衣。”晚唐咏史诗达千首以上,约占全唐咏史诗的 70% ,作者占 45% 。唐人有咏史诗传于今日的有 213 人,晚唐就有 95 人,其中胡曾的《咏史诗》二卷,杂咏史事,诗歌有 150 首,孙元晏 75 首,周昙更是多达 195 首。

“空间是相同的,但古今的时间流程却是可变的。空间经过时间的洗涤就沉淀了历史的陵谷沧桑意识。空间感受由时间感受所规范。相对不变的空间愈是作为历史的见证存在,愈是显得辽远,时间就愈是显得隔阂,反转过来也就使空间愈显得苍凉。这种时空特征变化规定了中国怀古诗审美意识的悲剧性质而不是喜剧性质,规定了它的审美结构时空错综的模式。”①以此来论唐人的咏史诗作,也是极为切合的。他们往往打破传统的时空结构,而是从诗意和哲理的融会贯通中对时空关系进行重新地剪辑,取得了全新的审美效果。在很大程度上,一个诗人的诗歌品质决定着他的诗歌高度。袁枚《随园诗话》卷三第四七则依刘知几《史通》的观点加以展开,指出:“作史三长,才学识缺一不可,余谓诗亦如之,而识最为先。非识,则才与学俱误用矣!”咏史诗中尤以识见为重要,因为它“是一种不同凡俗的高明见地,也是一种分别妍媸黑白的鉴别能力,具此眼光能力,作诗论史,方能推陈出新,言人所未言”。② 冒春荣《葚原诗说》卷二也强调:“咏史诗,未经阐发者,宜援据本传,见显微阐幽之意,若前人久经论定,不须人云亦云。”费衮《梁溪漫志》卷七《诗人与咏史》等较早展开这一话题的讨论,认为“诗人咏史最难”,关键“须要在作史者不到处别生眼目”。方回《瀛奎律髓》论怀古诗之主题,不外“兴亡贤愚”,而要归于“可以为法戒”。咏史诗讲求翻检前朝覆亡历史,揭示历史兴衰原因。以史为鉴,针砭现实,自当以识见超拔高远与立意精警为上。袁枚《随园诗话》卷五认为“咏古诗有寄托固妙,亦须读者知其所寄托之意,而

---

① 吴功正:《中国文学美学》(上卷),第 370 页。

② 张高评:《宋诗特色研究》,长春出版社 2002 年 5 月版,第 97 页。

后觉其诗之佳”,也是有一定道理的。唐人的咏史诗多立意精警,表现了卓绝过人的史识,也有着极为深沉厚重的心理蕴含,尽力营构起多层次的诗意结构空间,沈德潜《说诗晬语》卷上谓之“借题摅抱”,可谓得其要者。现分为几个方面略作论述。

一、忧国忧民之情怀

刘沧《邺都怀古》把自己心中那一份深深的感伤注入诗中:“昔时霸业何萧索,古木唯多鸟雀声。芳草自生宫殿处,牧童谁识帝王城。”诗歌道出了一个极有意义的文化现象:一部漫长的中国政治文化演变史,最为具体生动地体现在都城的盛衰与迁徙上,有着深厚浓重的历史感。李白《苏台览古》就是有关吴越兴亡题材的典范之作:“旧苑荒台杨柳新,菱歌清唱不胜春。只今惟有西江月,曾照吴王宫里人。”与《越中览古》结合起来就成了一个完璧,有了更深重的历史感:“越王勾践破吴归,义士还家尽锦衣。宫女如花满春殿,只今惟有鹧鸪飞。”亘古不变的自然现象和不断更迭的人事现象两相对映,具有明显而强烈盛衰之感,而全诗借史抒怀之意也就彰然了,给人以深沉痛切的审美感受。正如沈祖棻《唐人七绝诗浅释·引言》所论,诗歌“就昔日的繁华和今日的凄凉作了鲜明的对比,以鹧鸪、杨柳、江月这些古今常见的景物,来衬托人事的变化无常,通过对万古常新的大自然的描写,来暗示统治者富贵荣华的不可恃,具有一定的积极意义”。① 陈羽的《吴城览古》也是这一题材的深度开掘:“吴王旧国水烟空,香径无人兰叶红。春色似怜歌舞地,年年先发馆娃宫。”又如陆龟蒙《吴宫怀古》:“香径长洲尽棘丛,奢云艳雨只悲风。吴王事事须亡国,未必西施胜六宫。”面对沧桑,思索兴亡,与勾践的奋发图强、励精图治相比,诗人认为吴王居安忘危,不听忠谏、穷兵黩武、远贤近佞等种种倒行逆施,都促使其国灭身亡,责任并不全在西施艳夺六宫,色迷君主。

① 沈祖棻:《唐人七绝诗浅释》,第 27 页。

全诗传达出诗人的览物之感,但前二句于景语中寄托情怀,耐人寻味,后二句立意高远,发人深省。被《旧五代史》誉为“诗名闻于天下,尤长于咏史,然多所讥讽”的罗隐的《西施》一诗:“家国兴亡自有时,吴人何苦怨西施。西施若解倾吴国,越国亡来又是谁?”反诘的运用更表现了诗人的远见卓识和尖锐泼辣。诗人的《帝幸蜀》“马嵬山色翠依依,又见銮舆幸蜀归。泉下阿蛮应有语,这回休更怨杨妃”,也是从这一高度运思的,蕴涵着诗人对历史的批判精神。皮日休《馆娃宫怀古五绝》之一“绮阁香飘下太湖,乱兵侵晓上姑苏。越王大有堪羞处,只把西施赚得吴”,立意奇辟,情思婉转,曲笔以讽。

昭君出塞这一主题也常见于唐人的笔下。鲁迅先生在《灯下漫笔》中一针见血地指出:“古人曾以女人作苟安的城堡,美其名以自欺曰‘和亲’。”戎昱《咏史》正是寄深刻的理思于历史事件的叙述与人物形象的描绘之中。范摅《云溪友议》卷八载宪宗朝边患严重,宪宗曾吟此诗将古比今,以息群臣和亲之论。常建也有《昭君墓》诗:“汉宫岂不死?异域伤独没。万里驮黄金,蛾眉为枯骨。回车夜出塞,立马皆不发。共恨丹青人,坟上哭明月。”王叡《解昭君怨》则从反面落墨,别有韵致:“莫怨工人丑画身,莫嫌明主遣和亲。当时若不嫁胡虏,只是宫中一舞人。”刘威《尉迟将军》诗立意又自出机杼:“明妃若遇英雄世,青冢何由怨陆沉。”杜牧《题木兰庙》以传说的木兰与昭君作比,别出心裁:“弯弓征战作男儿,梦里曾经与画眉。几度思归还把酒,拂云堆上祝明妃。”陆龟蒙《宫人斜》更是透过一层,也是令人深思的:“草著愁烟似不春,晚莺哀怨问行人。须知一种埋香骨,犹胜昭君作虏尘。”名不见经传的梁献也有《王昭君》诗“图画失天真,容华坐误人。君恩不可再,妾命在和亲。泪点关山月,衣销边塞尘。一闻阳鸟至,思绝汉宫春”,博得沈德潜“唐人咏昭君者,多纤巧恬俗,此作故为雅音”(《唐诗别裁集》卷九)的赞叹。

关于这一题材,杜甫《咏怀古迹五首》之三与前人的相关作品比较,寄托更为深远,唱叹也更为有神:“群山万壑赴荆门,生长明妃尚有村。

一去紫台连朔漠,独留青冢向黄昏。画图省识春风面,环佩空归月夜魂。千载琵琶作胡语,分明怨恨曲中论。”诗歌先是点明昭君成长的生活环境,村落与山水犹在,而斯人已矣,悲悼之情不禁涌上心头。颔联跳过历史的瞬间,直接写昭君的和亲本事及结局,借以渲染生前之不幸与死后之凄凉,悼人而伤世,诗意婉曲。诗人连用了叠韵(“朔漠”)、双声(“黄昏”),增强了作品的感人力量。颈联出句揭露汉元帝的昏庸,对句写王昭君生死不已的情怀。诗歌最后从侧面加强对汉元帝的批判,“千载”“分明”等字的选用,使得怨恨之情,溢于言表。全诗借史寄意,深入挖掘这一题材所具有的深厚的历史意蕴。所以,沈德潜《唐诗别裁集》卷九说:“若少陵‘群山万壑赴荆门’,笔如游龙,不可方物矣。”卷一四更强调:“咏昭君诗此为绝唱,余皆平平。”金圣叹《杜诗解》卷三道出了诗歌的主旨“咏明妃,为千古负才不偶者十分痛惜”,并说诗的后半更是“转出从来弃才之主一面照胆镜来”。

唐代以后,有关昭君的话题还在继续展开着,永远言说不尽,欧阳修、王安石等都有立意深远的作品。清人吴雯《明妃》、刘献廷《王昭君》也就这一题材继续进行新的开掘。如刘献廷《王昭君》:“汉主曾闻杀画师,画师何足定妍媸?宫中多少如花女,不嫁单于君不知!”正如陆以湉《冷炉杂识》卷六《昭君诗》所称:“诗人之思,日出不穷,即如咏昭君者,唐、宋以来,佳篇不少,近代更有翻新制胜者。”

二、人生哲理之思考

唐人咏怀咏史诗在对一种历史文化现象作玩味和沉思的时候,也对人生自身的意义与价值等方面做出了新的探索,蕴涵着深刻的人生之思。正所谓“今古一相接,长歌怀旧游”(《谢公亭》),李白的有些诗歌融怀古与山水于一体,借咏史以抒情,情韵悠然,呈现才气纵逸的美学特征,如《夜泊牛渚怀古》,就是一首辞意兼美之作:“牛渚西江夜,青天无片云。登舟望秋月,空忆谢将军。余亦能高咏,斯人不可闻。明朝挂帆席,枫叶落纷纷。”王士祯《带经堂诗话》卷三认为“诗至于此，色相俱空。正如羚羊挂角，无迹可求，画家所谓逸品是也。”顾祖禹《读史方舆纪略》称：“昔时自横江渡者，必道采石，趋金陵。江津襟要，此为最冲。”当年镇西将军谢尚镇守于此，垂青袁宏，传为佳话。李白夜泊至此，不由发出人生知音难赏之叹。刘若愚《中国诗歌中的时间、空间和自我》对此有较为深切的理解：“‘高咏’这个词可以被理解为‘高声地咏’和‘咏高尚之主题’这样两种意思，或者是两者兼而有之。第六句可以被理解为‘斯人不可被闻’或‘斯人不可闻我(咏)’。无论我们如何解释这些诗句，毫无疑问，它们把个人的时间观念和历史的时间观念并列起来了。李白把他自己与袁宏相比，悲叹没有一个与他同时的谢尚来赏识他。然而，他个人的失意在尾联中被克服了，在这一联中，个人的思念沉没在宇宙的观念之中。”①

吕温《刘郎浦》：“吴蜀成婚此水浔，明珠步障幄黄金。谁将一女轻天下？欲换刘郎鼎峙心。”所谓“刘郎浦”，据说正是三国时刘备去东吴迎亲的地方。三国时期孙刘联姻本是政治活动的一种附属物而已，诗人在这里用艺术的方法揭示出隐含在这场婚姻中的政治企图，显示了作者极强的浓缩历史的能力。“谁将一女轻天下”，极富机趣的诗性语言，问得精警，有着极为深广的艺术涵盖面，发人深思。陆龟蒙《离骚》对遥远的历史进行新的拷问：“《天问》复《招魂》，无因彻帝阍。岂知千丽言，不敌一谗言！”李山甫《上元怀古二首》也通过一些客观物象的描写与历史现象的反思，总结出历史的深刻教训，给后人以新的启示：“南朝天子爱风流，尽守江山不到头。总是战争收拾得，却因歌舞破除休。尧行道德终无敌，秦把金汤可自由。试问繁华何处有，雨苔烟草古城秋。”“争帝图霸国尽衰，骤兴驰霸亦何为。君臣都是一场笑，家国共成千载悲。排岸远樯森似槊，落波残照赫如旗。今朝城上难回首，不见楼船索战时。”

---

① 莫砺锋编，尹禄光校：《神女之探寻——英美学者论中国古典诗歌》，第205页。

三、建功立业之慨叹

丹纳《艺术哲学》指出："真正理想的人物只能在原始和天真的时代大量诞生；一直要追溯到远古时代，在各个民族初兴的时候，在人类的童年梦境中，才能找到英雄与神明。每个民族有每个民族的英雄与神明；在自己心中发现了英雄与神明，再用传说培养；等到民族踏进未曾开发的新时代与未来的历史，那些人物的不朽的形象便在民族眼前逐渐放出光彩，有如指导与保护民族的善良的精灵。这便是真正的史诗中的英雄。"①人们在人生种种不幸的遭遇中，往往会以历史上存在的这样的英雄来反观自身，发功业无成的无奈之叹；而通过对诗歌中的功业之叹的精神实质的把握，也有助于更透彻地审视时代风云。如李白《古风》其十："齐有倜傥生，鲁连特高妙。明月出海底，一朝开光曜。却秦振英声，后世仰末照。意轻千金赠，愿向平原笑。吾亦淡荡人，拂衣可同调。"诗歌以历史上有所作为的人物为情感寄托，从一层面揭示出我不遇时的悲叹。

柳宗元《行路难三首》之一："君不见夸父逐日窥虞渊，跳踉北海超昆仑。披霄决汉出沆漭，瞥裂左右遗星辰。须臾力尽道渴死。狐鼠蜂蚁争噬吞。北方竫人长九寸，开口抵掌更笑喧。啾啾饮食滴与粒，生死亦足终天年。睢盱大志小成遂，坐使儿女相悲怜。"柳宗元借古代夸父逐日的神话故事，对为实现巨大的抱负不怕失败的精神加以歌颂，并对这种英雄人物的悲剧结局寄以深切同情，情怀之凄婉可以想见；同时对那些只求满足"饮食滴与粒"、虽然可以"终天年"的渺小人物进行了讽刺。全诗在对神话题材的咏叹中，注入了诗人自己强烈的感情。冒春荣《葚原诗说》卷二："咏史诗，未经阐发者，宜援据本传，见显微阐幽之意，若前人久经论定，不须人云亦云。"柳宗元的这一作品正是从历史的旧有题材中自出己意，道人所未道，深刻警人。

---

① ［法］丹纳：《艺术哲学》，人民文学出版社 1963 年 1 月版，第 382 页。

柳宗元又有《咏荆轲》:“燕秦不两立,太子已为虞。千金奉短计,匕首荆卿趋。穷年徇所欲,兵势且见屠。微言激幽愤,怒目辞燕都。朔风动易水,挥爵前长驱。函首致宿怨,献田开版图。炯然耀电光,掌握罔正夫。造端何其锐,临事竟趑趄。长虹吐白日,仓卒反受诛。按剑赫凭怒,风雷助号呼。慈父断子首,狂走无容躯。夷城芟七族,台观皆焚污。始期忧患弭,卒动灾祸枢。秦皇本诈力,事与桓公殊。奈何效曹子,实谓勇且愚。世传故多谬,太史征无且。”通过咏赞历史人物来抒发自己的情怀,早年即存于心底的功业思想展露无遗。贾岛《经苏秦墓》从苏秦一生的最后功业慨叹自我的困顿场屋、偃蹇无成的酸辛人生:“沙埋古篆折碑文,六国兴亡事系君。今日凄凉无处说,乱山秋尽有寒云。”李远《读田光传》也应该属于这样的构思:“秦灭燕丹怨正深,古来豪客尽沾襟。荆卿不了真闲事,辜负田光一片心。”与在词篇中的一般创作不同,温庭筠在诗歌中多抒发投笔从戎的豪情,如《过陈琳墓》“曾于青史见遗文,今日飘蓬过此坟。词客有灵应识我,霸才无主始怜君。石麟埋没藏春草,铜雀荒凉对暮云。莫怪临风倍惆怅,欲将书剑学从军”,表达壮志难酬的悲怆。

第三节　唐代咏怀咏史诗的艺术成就

唐人的咏怀咏史诗呈现出审美体验情感的多维性,在艺术手法方面也不断地探索史与诗的完美结合,讲求历史感与现实性的统一,理性美与诗意美的融会,又能凝练而不流于晦涩,技巧圆熟,独具新意。诗体多为七绝,在狭小的审美空间中创造出一片广阔的艺术天地,拓宽了接受主体的期待视界,给人以诗美的享受。王夫之《明诗评选》卷二所谓“妙处只在叙事处偏著色,搅碎古今巨细,人其兴会”,凸显诗歌创作中审美思致深化的美学价值,这也可用来论述唐人咏怀咏史诗成功之作。

一、灵活用典，言简意丰

艾青《诗论》说："单纯是诗人对于事象的态度的肯定，观察的正确，与在事象全体能取得统一的表现，它能引导读者对于诗得到饱满的感受和集中的理解。"灵活运用典故是有效地实现"单纯"审美效果的一个重要艺术手段，它可以有效地丰富文学意蕴的历史内涵、哲理内涵和审美内涵。但使事用典必须讲求"化诗用事，要如释语，水中着盐，饮水乃知"（薛雪《一瓢诗话》）的美学效果，所以，所谓用典，从另一个角度看，实际上也是一种全新的创造。李商隐在这方面又可以说是一个典范。他的咏史诗七十多首，题材多为南朝和隋代帝王荒淫昏庸失政失国和唐代的马嵬之变。在这一类作品中，玉树歌残、景阳宫井之类有着浓厚主观感情投影的抒情客体，往往成为诗人构思的主要意象，如《景阳井》、《齐宫词》等诗。李商隐咏史，也更多地联系自我切身感受，以诗人纤细的神经去体认世间万物，并特别精于典故的运用，措辞婉曲，寄托遥深，施补华《岘佣说诗》誉之为"以议论驱驾书卷，而神韵不乏，卓然有以自立，此体于咏史最宜"。沈德潜《唐诗别裁集》卷一五说："义山近体，长于讽刺，中有顿挫沉着可接武少陵者，故应为一大宗。后人以温、李并称，只取其秾丽相似，其实风骨各殊也。"如《咏史》："北湖南棣水漫漫，一片降旗百尺竿。三百年间同晓梦，钟山何处有龙盘？"诗人首先通过玄武湖和鸡鸣棣漫漫湖水和百尺降旗的景物和氛围渲染末代王朝的悲惨结局，以烘托讽喻的心情，再以典故凸现在一番六朝兴废的体验过后所自然生发的感伤、喟叹的主题，赋予山水空间意象以时间的内涵。《太平御览》引《吴录》载"刘备曾使诸葛亮至京，因睹秣陵山阜，叹曰'钟山龙盘，石头虎踞，此帝王之宅'"，用以赞颂金陵形势的险要。诗人反用典故，并以反诘出之，加上虚字灵活的运用，更觉有力。七绝《隋宫》也较有典范意义："乘兴南游不戒严，九重谁省谏书函？春风举国裁宫锦，半作障泥半作帆。"诗题《隋宫》是指当时修建的四十多所离宫中最为华丽的江都行宫，揭露和批判隋炀帝的奢侈靡费，劳民伤财。"不戒严"三字，逼真地勾勒出隋炀帝志满意骄之态。作者略去许多具体的历史事件，只拈出"宫锦"一物大加张扬，又以"半作障泥半作帆"的细节煞尾，可见用典的奇妙。在更多的场合，李商隐以虚词斡旋，常把关联词嵌入上下句所对用的典故中，表示设问、对比、反诘、递进、因果等，使论断更为精警，如著名的《隋宫》："紫泉宫殿锁烟霞，欲取芜城作帝家。玉玺不缘归日角，锦帆应是到天涯。于今腐草无萤火，终古垂杨有暮鸦。地下若逢陈后主，岂宜重问后庭花。"诗歌作于大中十一年(857 年)，诗人当时正任盐铁推官，游江东，怀古思今，不禁感慨而有此诗。纪昀《玉溪生诗说》卷上："首二句一起一落，上句顿，下句转紧呼，三、四句'不缘''应是'四字，跌宕生动之极。"

又有李白《登金陵凤凰台》："凤凰台上凤凰游，凤去台空江自流。吴宫花草埋幽径，晋代衣冠成古丘。三山半落青天外，二水中分白鹭洲。总为浮云能蔽日，长安不见使人愁。"前四句写怀古之思而引出今昔兴亡的感慨，后四句由当前的开阔的景色进而写浮云蔽日望帝乡而不见之情。由时间空间之无穷拓展步步逼向主题——愁，虚实对照，全诗的起结、承转极显自然谐畅。正如论者所言："典故是历史化的隐喻，它能使文学走入历史，走入原型，走入时空隧道，使描述、评价和感叹历史或现实从不可能变为可能。这种历史与现实的交感与互动，能够激活并释放出多种多样的内涵，当然也包括审美内含。"①《登金陵凤凰台》就具有这样的审美意蕴。

二、对比映衬，主题显豁

在咏史诗的写作中，对比以事实意象或证明议论，是昭示成败利钝极为经济而有效的手法，以对比式的意象结构组合成，两者互为比衬映照，形成最为强烈的对比，以深化议论，更加深刻地揭示主题。许浑《途经秦

---

① 魏家川：《审美之维与诗性智慧：中国古代审美诗学阐释》，首都师范大学出版社 2000 年 8 月版，第 19 页。

始皇墓》也许是其中最有代表性的作品了:“龙盘虎踞树层层,势入浮云亦是崩。一种青山秋草里,路人唯拜汉文陵。”诗句首先渲染秦始皇陵的巍峨壮观,联想他生前煌煌功业,不可一世,却迅速崩溃。结尾拈出生前宽仁,死后俭朴的汉文帝作衬比,从现实土壤中汲取比托之物,不作盘空议论,更不加褒贬,而诗意昭然。叶矫然《龙性堂诗话续集》:“王维‘星辰七曜隔,河汉九皋开’;许浑‘一种青山秋草里,路人惟拜汉文陵’;元好问‘无端一片云亭石,杀尽苍生有底功’,侈语、冷语、漫骂语,各尽其妙。”又如曹邺《始皇陵下作》,也是这样的构思手法:“千金买鱼灯,泉下照狐兔。行人上陵过,却吊扶苏墓。累累圹中物,多于养生具。若使山可移,应将秦国去。舜殁虽在前,今犹未封树。”将笔力倾注在所咏事物的筋节处,强调以德政安定天下,表面好像有些浅易,实际生却有着较为丰富的内涵。焚书坑儒及相关题材后世也有继续拓展的,如清陆次云《咏史》:“儒冠儒服委丘墟,文采风流化土苴。尚有陆生坑不尽,留他马上说诗书。”赵俞《督亢陂》:“提剑荆轲勇绝伦,浪将七尺殉强秦。燕仇未报韩仇复,状貌原来似妇人。”李商隐《题汉祖庙》则重在突出刘、项二人有无雄才大略的根本不同:“乘运应须宅八荒,男儿安在恋池隍?君王自起新丰后,项羽何曾在故乡?”

三、先扬后抑,曲折顿挫

咏史诗在叙写中先扬后抑,曲折顿挫,就使贬斥更为有力。如李商隐作于宣宗大中二年(848年)的《贾生》一诗:“宣室求贤访逐臣,贾生才调更无伦。可怜夜半虚前席,不问苍生问鬼神!”首句写宣室求见,着意刻画汉文帝求贤爱才的形象。宣室指西汉未央宫前殿正室,是皇帝举行大规模祭祀前斋戒居住的地方。一“求”一“访”,充分表现了文帝求贤意愿的殷切和态度的诚恳。“贤”与“逐臣”更是表现了文帝的网罗贤臣真的已达到令人艳羡的“野无遗贤”的程度。次句顺承上句赞扬贾生,显示其才气横溢,无与伦比,议论风发,神采照人。这两句正面着笔,层层递进,表现文帝对贾生的推重,也表现了贾生的才华。第三句凸现文帝求贤若渴的贤君形象,虚心征询,凝神倾听,称颂君臣遇合的盛事,而诗意也就从这极致之处陡然逆转。诗人轻拈“可怜”二字置于句首,惋惜中微露讽意。再以“虚”字点染“前席”,引而不发,设下悬念。最后揭出正意,迭用“问”字,直取历史事实之神,虚实反衬,对照鲜明,韵味深长。诗歌运用先扬后抑、寓贬于褒的手法,言辞凌厉而又含蓄深厚。立意奇警,议论透辟,借古讽今。而贾生英才特出,却只被问及鬼神,对贾谊的不为时用,济世之才无由施展深表惋惜,也明显地寄寓着作为一个“欲回天地”的志士自身怀才不遇的深沉感慨。汉文帝史称有道明君,尚且如此,其他君主自然也就更不在话下了。所以,何焯《三体唐诗》说:“贾生前席,犹为虚礼,况无宣室之访逮耶?自伤更在言外。”刘学锴先生对此诗推崇不已:“诗以议论为主干,巧妙无痕融化史事,以抒情唱叹、抑扬有致之笔贯串议论,将警策透辟之议论与深沉含蓄之讽慨融为一体,故神韵不乏。”①这也引起了后人对这一题材的极大兴趣,如王禹偁《读汉文纪》说:“贾生多谪宦,邓通终铸钱。谩道膝前席,不如衣后穿。”王安石《贾生》:“一时谋议略施行,谁道君王薄贾生?爵位自高言尽废,古来何啻万公卿!”王令《读西汉》:“汉得孤秦万弊时,当年宰相要无为。洛阳年少空流涕,谁谓书生果有知?”许浑《汴河亭》:“广陵花盛帝东游,先劈昆仑一派流。百二禁兵辞象阙,三千宫女下龙舟。凝云鼓震星辰动,拂浪旗开日月浮。四海义师归有道,迷楼还似景阳楼。”全诗的“意象经过顿挫,恢张型的描述转入历史意味的嘲讽,逼近诗的主旨”。② 以《枫桥夜泊》驰名的张继《读峄山碑》一诗也成功地运用了这一手法,构成今昔之比:“六国平来四海家,相君当代擅才华。谁知颂德山头石,却与他人戒后车。”又如曹邺《过白起墓》:“夷陵灭焰火,长平生气低。将军临老病,赐剑咸阳西。”前写白起的功高如山,后二句则突出了白起的晚景凄凉与结局之惨烈。

---

① 刘学锴:《汇评本李商隐诗》,上海社会科学院出版社 2002 年 1 月版,第 283 页。

② 吴功正:《中国文学美学》(上卷),第 424 页。

四、画龙点睛,发人深省

选取典型的历史生活事件,画龙点睛,以此统摄其他的诗歌意象,往往出人意料之外,又合乎情理之中,最后一笔道尽,有“石破天惊”的震撼力,许浑《金陵怀古》可谓绝唱:“玉树歌残王气终,景阳兵合戍楼空。松楸远近千官冢,禾黍高低六代宫。石燕拂云晴亦雨,江豚吹浪夜还风。英雄一去豪华尽,惟有青山似洛中。”谢榛《四溟诗话》认为,这首诗中间四句是可有可无的,如果删掉这四句,“则气象雄浑,不下太白绝句”,不为无据。因为,这样的作品更加注重精心选择史实,以一当万,讲求力之雄大。吴融《华清宫四首》其二:“渔阳烽火照函关,玉辇匆匆下此山。一曲羽衣听不尽,至今遗恨水潺潺。”袁宏道《游骊山记》:“天子之贵不能与匹夫争荣,而词人墨客之只词有时为山川之九锡也。”有关咏史诗的创作也许真的有这样的审美效果。①

第四节 唐代咏怀咏史诗的杰出代表

一、刘禹锡

刘禹锡一生可以说是一直生活在时代政治的激荡风浪中。但作为一位有着强烈使命感与历史感的诗人,志高而才雄的诗人并不执著于个人的不幸,而是表现出积极的抗争精神,力排浊浪,奋然前行。同时,在创作中也更多地以自我丰富的人生阅历为艺术基点,深沉地思索历史和人生的沧桑变化,富于筋骨,思理神味,所以,自然显得格调苍凉,笔力老到,浑

① 详参林邦钧:《唐诗要义》,见乔力主编:《中国文化经典要义全书》(中),光明日报出版社 1996 年 10 月版,第 285—290 页。

厚豪宕。刘诗常流露出激昂奋发的意志而较少衰飒颓唐的语调，诗风豪迈刚劲，傲岸挺拔。在《酬乐天咏老见示》中，诗人自述："莫道桑榆晚，为霞尚满天。"范摅《云溪友议》引刘禹锡语："浮生谁至百年，倏尔衰暮。富贵穷愁，实其常分，胡为叹惋。"刘诗往往在字里行间奔腾审美主体深挚而向上的情感。可见，白居易《刘白唱和集解》所谓"彭城刘梦得，诗豪者也。其锋森然，少敢当者"，最为知言。《荆州道怀古》是诗人的咏史诗中较为典型地体现了这一诗风的作品："南国山川旧帝畿，宋台梁馆尚依稀。马嘶古道行人歇，麦秀空城野雉飞。风吹落叶填宫井，火入荒陵化宝衣。徒使词臣庾开府，咸阳终日苦思归。"刘诗中的"麦秀"句当是从枚乘《七发》"麦秀蔪兮雉朝飞"中点化而出。全诗表面上看与一般的咏史诗一样，发思古之幽情，实际上在骨子里却是别有一番精神力量蕴涵着，正如吴汝煜、胡振龙所说："由于作者是一个精通历史的哲匠，他当然会把过去、现在和将来用历史的线索贯串起来，借助历史的外衣，把自己暂时受挫的强烈的使命感包裹起来。透过诗中，读者仍可触摸到诗人那颗孤愤激烈之心的律动。"①杨慎认为"元和以后，诗人之全集可观者数家，当以刘禹锡为第一。其诗入选及人所脍炙，不下百首矣"（《升庵外集》），这其中也包括诗人在咏史诗领域所取得的成就。

杨义指出："组诗的特点是积单成组，具有拆分和组合的灵活性。分则各篇成为独立的自足体，可以按原有诗体的规范，驾轻就熟地运转捷思，拈出妙句，锤炼精品。合则可以匠心独具地牵连多篇，排列顺序，巧设布局，联手合力，形成浩浩荡荡的气势和林林总总的景观。因此它可以避免单首诗篇可能出现的单薄，又可以避免排律可能出现的排比声韵的笨重，形成内不失灵便、外可以吸纳众长的诗学结构体制。这就是组诗分离效应和综合效应，是这种双重效应的交互作用。"②在组诗这一艺术领域，刘禹锡也为此付出了艰辛而不懈的努力，并终于打上个人的印记。诗人

---

① 王元明主编：《刘禹锡诗文赏析集》，巴蜀书社 1989 年 2 月版，第 13 页。

② 杨义：《李杜诗学》，第 736—737 页。

以怀古来表达自己的政治怀抱,发抒自己心中的感慨以及对当下社会现实的隐忧。诗人于敬宗李湛宝历二年(826 年)从和州回洛阳所作组诗《金陵五题》,历咏六朝以来金陵的兴衰史实,既把握了对象所包含的历史内容,又渗透着诗人自身的深厚情感和深邃的思想,使诗的进程始终伴随着动人的情感力量。议论蕴涵在诗化的语言中,是唐代咏史诗中的佳品,也标志着诗人的创作从此步入新境。肖瑞峰先生透辟地指出:“刘禹锡咏史诗的基本特征是:揉怀古与讽今为一体,熔咏史与示志于一炉,旨趣隽永,发人深省。”①诗人《翰林白二十二学士见寄诗一百篇,因以答贶》称许白居易诗歌“郢人斤斫无痕迹,仙人衣裳弃刀尺”,实际上,刘禹锡自己的许多好诗都能实现这样的目标,《金陵五题》正是其中最为成功的实践之一,扩大了七绝诗的容量。

“山围故国周遭在,潮打空城寂寞回。淮水东边旧时月,夜深还过女墙来。”其一的《石头城》中,诗人突破视听的时空限制,着力在客体物象中寻觅出蕴涵其中的历史痕迹,将无生命的自然变成有生命的存在,然后将诗歌的主旨与自己的感情都融汇于景物之中,艺术地表现了诗人被自然景色所感染,从而引发沉思的审美心灵历程。谢枋得《唐诗品汇》卷五一论:“山无异东晋之山,潮无异东晋之潮,月无异东晋之月也。求东晋之宗庙、宫室、英雄、豪杰,俱不可见矣。意在言外,寄有于无。”明代的王鏊在《震泽长语》中赞誉:“‘潮打空城寂寞回’,不言兴亡,而兴亡之感溢于言外,得风人之旨。”沈德潜《唐诗别裁集》卷二十中也说:“只写山水明月,而六代繁华,俱归乌有,令人于言外思之。”正如论者所言:“中国的咏史、怀古诗不是一种历史意识而是主体诗人现实意识的艺术符号形式。诗人自身的现时性和历史遗迹的往时性,是这类诗的基本框架。而诗人从往昔陈迹中所勾起的则是现实意识,包含着现实伤感、迷惘甚至绝望。思古幽情的动源及其审美目的是现时。空间未变而时间流变,是这类诗

① 肖瑞峰:《刘禹锡诗论》,吉林教育出版社 1995 年 9 月版,第 86 页。

最基本的时空关系。”①《石头城》正合乎这样的审美特征。

“朱雀桥边野草花，乌衣巷口夕阳斜。旧时王谢堂前燕，飞入寻常百姓家。”其二的《乌衣巷》一诗也异曲同工，作品以极富象征性的意象——“野草”和“夕阳”引导人们以眼前之冷落萧索，回忆昔日之奢华煊赫，对比今昔的变迁，从而逗引出人世沧桑的深沉感慨，并体味诗人对自以为可永享福祉的豪门贵族的嘲讽。“这虽是生活的艺术再现，在历史的感喟中体悟了人生，但它本质的深刻则是旧时‘王谢’的盛极而衰，其后裔沦落为普通百姓，让历史的时空展示了沧海桑田的一角。”②诗人不加议论，只是抓住衰败冷落的外景描写，辅之以虚实今古的叠印，尤其是选取富有特征性的燕子来寄托心中的无限兴亡之感、黍离之叹，给人以言近旨远、意蕴象外、情韵悠长的审美享受。诗篇巧妙地组合成时空的二维世界，对空间的景物作时间的追思，有着悠远的时间跨度和丰富的历史内涵，更使得诗境深厚高妙，寓慨深长，远非一时一事的感慨所能比拟，所以，博得白居易“掉头苦吟，叹赏良久”。诗句实从韩翃《江客之江宁》“朱雀桥边看淮水，乌衣巷里问王家”脱胎而来。朱彝尊《同沈十二咏燕》又从此诗化用而得：“节物惊人往事非，愁看燕子又来归。春风无限伤心地，莫近乌衣巷口飞。”刘禹锡的多数咏史诗也运用这一构思模式。

刘禹锡《金陵五题》中其三的《台城》一诗也极具审美意义：“台城六代竞豪华，结绮临春事最奢。万户千门成野草，只缘一曲《后庭花》。”诗歌不作刻板的物象描摹，而是先以一“竞”字叙写六朝的更迭之速，再突出“结绮临春”的奢靡，最后探寻六朝衰败的真正缘由，增强了历史的纵深感，也使诗歌的立意更加发人深省。洪迈《容斋随笔》卷五：“晋宋间，谓朝廷禁省为台，故称禁城为台城。”又《景定建康志》载：“台城一曰苑城，本吴后苑城，晋成帝咸和（326—334）中新宫成，名建康宫，即所谓台城也。”故址在今南京鸡鸣寺南。刘禹锡之后，韦庄也有著名的《台城》

① 吴功正：《中国文学美学》（上卷），第370页。

② 阮忠：《中古诗人群体及其诗风演化》，武汉出版社2004年5月版，第204—205页。

诗,正如吴功正所说:"'六朝'和'台城'的时空交叉,'如梦'的巨变(时间),'依旧'的不变(空间),形成了时空结构内在的裂变和失衡,包含着沉郁绪密的历史伤感和时当晚唐的末世忧患意识。"①

又如《韩信庙》:"将略兵机命世雄,苍黄钟室叹良弓。遂令后代登坛者,每一寻思怕立功。"先从远距离的视角来观照对象,再从中抽取出一定的历史定律。当时客观严峻的社会危机深深刺激着刘禹锡的忧国伤时之心。诗人在伤叹韩信功高被戮的不幸遭遇中,也深刻地寄寓着对"永贞革新"集团成员之惨痛经历的无限慨叹,融合了对历史的沉思与对现实的思考,笔调雄浑。诗人又有《杨柳枝》诗:"炀帝行宫汴水滨,数枝残柳不胜春。晚来风起花如雪,飞入宫墙不见人。"作品从诗人的现实时空切入,叙写春光依旧,而人事日非;行宫之外,风花如雪,而宫墙之内,则杳无人影的景象,在对比映衬中表达出诗人的嘲讽之情。魏泰《临汉隐居诗话》谓诗人咏马嵬事"已失臣下事君之礼",郑畋《马嵬》诗更是"词句凡下,比说无状",从反面说明诗人指斥时事之激切。翁方纲《石洲诗话》认为:"中唐六七十年间,堪与盛唐方驾者,刘梦得、李君虞两家七绝而已。"沈祖棻先生《唐人七绝诗浅释》指出:"刘禹锡可以说是唐代除王昌龄以外,以最大力量来从事七绝诗写作的诗人。"②证之以史,洵为的论。

刘禹锡又有《金陵怀古》:"潮满冶城渚,日斜征虏亭。蔡洲新草绿,幕府旧烟青。兴废由人事,山川空地形。《后庭花》一曲,幽怨不堪听。"诗歌舍弃了其他相关的历史图景,突出了南朝统治集团尤其是陈后主等的奢靡误国,旨在强调最险固的山川都并不值得倚恃,长江天堑亦复如是,只有谨修人事才是真正的立国之本。可叹当政者往往反是,这只要从六朝的快速轮替就可以清楚地知道这一切。可是这样的历史教训时下的当国者又将如何吸取呢?《咏史二首》则是借史咏怀,其一:"骠骑非无势,少卿终不去。世道剧颓波,我心如砥柱。"其二:"贾生明王道,卫绾工

① 吴功正:《中国文学美学》(上卷),第370页。
② 沈祖棻:《唐人七绝诗浅释》,第30页。

车戏。同遇汉文时,何人居贵位?”第一首刻画了任少卿刚直不阿、光明磊落、不趋炎附势的品格,任凭世道怎么苍狗白云,我坚如砥柱之心永远如一,与柳宗元《江雪》一诗所塑造的人物形象可以相互生发,有异曲同工之妙。第二首通过一者早是通儒,一者本为耍杂,而结果却是一者身为下僚,一者擢升中郎将,位极人臣的鲜明对比,有着更强烈的现实针对性。《蜀先主庙》也是道前事而叹今日,景致宛然,感慨深沉:“天地英雄气,千秋尚凛然。势分三足鼎,业复五铢钱。得相能开国,生儿不像贤。凄凉蜀故妓,来舞魏宫前。”

刘禹锡咏史怀古的作品多与山水诗融汇,通过对特定山水的叙写,为自我情思的触发起到一定的渲染作用,进而从自然山水中寻觅历史陈迹,表现出对历史和现实的深沉思索,从而达到对历史的深透的把握,别开生面,刚健豪宕。如 824 年任和州刺史时作的《晚泊牛渚》:“芦苇晚风起,秋江鳞甲生。残霞忽改色,游雁有余声。戍鼓音响绝,渔家灯火明。无人能咏史,独自月中行。”登临山水,怀古之情油然而生,构图精工,中二联强化了诗的视觉形象,把现实情景和历史情景融化一体,最后反用《世说新语·文学》篇的典故,也使得情味更加深长。所以,吴乔《围炉诗话》卷三引贺裳语:“梦得佳作,多在朗、连、夔、和时。”《西塞山怀古》可以说是诗人咏史诗中这一审美艺术的经典之作:“王浚楼船下益州,金陵王气黯然收。千寻铁锁沉江底,一片降幡出石头。人世几回伤往事,山形依旧枕寒流。今逢四海为家日,故垒萧萧芦荻秋。”唐穆宗长庆四年(824 年),刘禹锡由夔州调任和州,沿江东下,登西塞山,俯瞰长江,回顾割据纷扰的历史,联想当时一些藩镇拥兵割据、恃险而骄的现实以及自身坎坷的遭遇,抚今追昔,融入自己在赏景中萌生的复杂情思,不尽感慨而作此诗,充分表达了诗人对历史的熟谙和作为一代政治家的敏锐识见。《西塞山怀古》一诗思想严正,寄慨遥深,纵横开阖,酣畅流利,情味隽永,深挚感人。翁方纲《七言律诗抄·凡例》誉之为“中唐时之《秋兴》”。薛雪《一瓢诗话》:“似议非议,有论无论,笔著纸上,神来天际,气魄法律,无不精到。

洵是此老一生杰作，自然压倒元、白。”卡西尔《人论》指出：“没有莎士比亚的语言，没有他的戏剧言词的力量，所有这一切仍然是十分平淡的。一首诗的内容不可能与它的形式——韵文、音调、韵律分离开来。这些形式成分并不是复写一个给予的直观的纯粹外在的技巧和手段，而是艺术直观的基本组成部分。”①

刘禹锡属于那种诗性精神特别充盈，而对诗歌艺术原则又领会得特别深刻的诗人。诗人以自我卓越的探寻，拓展了中国传统诗歌审美的广度与深度。正如论者所言：“刘禹锡是唐中期以后最早有计划大量创作咏史怀古诗的著名诗人，其作品也显然具有开风气之先的价值与意义。”②

二、杜牧

作为一个文学家，杜牧也不是一个所谓迎合时代趣味的人，他有着自己的美学追求。陆以湉《冷炉杂识》卷三“论文”条指出：“魏文帝《典论·论文》谓：‘文以气为主，气之清浊有体，不可力强而致。’似不若杜牧之《答庄充书》为得其要，云：‘凡为文，以意为主，以气为辅，以辞彩章句为之兵卫。’盖文而无意，则气亦无所统驭。”文而有意，诗亦如此，也当以意为主。杜牧的咏史诗可以说是集时代之大成。作为一种自我表现的手段之一，他在咏史诗中对历史的反映并不囿于时尚，不迎合时好，也就是说，不是单纯地叙述历史，而更多包括对历史的深入思考与重新认识，以咏史为名，行咏怀之实。一些作品更是把史迹当作咏怀的媒介，也就是说，他的这些所谓的咏史诗，并不是真的要去咏叹某一历史现象或历史人物，而只是成为自身寄寓人生理想的主要载体，体现出返回内心体验的真实的丰富，表现自己颇为不凡的政治才华，从而真正体现了审美主体的独立悟解之处，深深地打上诗人自身的印记。那种难以排遣的困惑、失落与

① ［德］恩斯特·卡西尔：《人论》，上海译文出版社 1985 年 12 月版，第 198 页。
② 许总：《唐诗史》（下册），第 312 页。

忧患，不时地噬啮着诗人的灵魂与良知，所以，在创作中便着力追求熔政治才能与艺术才情于一炉。透过诗人的作品，我们自能看到作者独辟新意的才气和胆识。名为咏史，实是自况。诗人指陈时事，臧否人物，感慨时势变迁，也就无不畅快淋漓，如《金谷怀古》："凄凉遗迹洛川东，浮世枯荣万古同。桃李香消金谷在，绮罗魂断玉楼空。往年人事伤心外，今日风光属梦中。徒想夜泉流客恨，夜泉流恨恨无穷。"

诗人以金谷园盛衰变化的历史现象，来探索世间万物的发展规律，咏叹人事的荣辱和毁誉一切都是变幻莫测，寓有迁逝之感，追求着感情的多层折光，有着不同于常人的审美发现。诗歌抚迹寄慨，包孕着丰富复杂的思想感情，往往既映现着诗人的独特心态，使诗人的心中之"志"得以充分地展现出来，同时也很能见出诗人深于行文布局的艺术特征。杨慎《升庵诗话》指出："律诗至晚唐，李义山而下，惟杜牧之为最。宋人评其诗豪而艳，宕而丽，于律诗中特寓拗峭，以矫时弊，信然。"《金谷怀古》诗也体现了这一总的诗歌审美特性。

范温《潜溪诗眼》之《学诗贵识》说："学者要先以识为主，如禅家所谓正法眼者。须具此眼目，方可入道。"杨万里《诚斋诗话》更明确提出："翻尽古人公案，最为妙法。"对此翻案之法，张高评有较为恰当的阐释："'翻案'，原是法律名词，本指推翻既已定谳之罪案而言，引申而为有解粘去缚、推陈出新、变通济穷、反常合道之意。'翻案'之名，修辞学或称翻叠，或称骂题格，或称冤亲词，《老子》谓之正言若反，苏辙《老子解》谓之合道反俗。"①

扬雄的《反离骚》是最早的具有翻案之风的作品。这样的作品讲求既具有深切的理性精神，又饱含浓郁的审美情感，成为咏史诗中极富有内涵的抒情模式。杜牧咏史诗就可以说是其中较为成功的典范，审美眼光着实非同一般，充分显示了诗人驾驭题材的能力。

---

① 张高评：《翻案诗与宋诗特色》，《宋诗特色研究》，第457页。另参钱锺书：《管锥编》第二册，中华书局1986年6月版，第463—464页。

杜牧咏史，也多是不落窠臼，好在立论上翻新出奇，独倡新说，别有新意，以议论警拔见长，笔力矫健，给人以启迪和警策，即吴景旭《历代诗话》所谓“余以牧之数诗，俱用翻案法，跌入一层，正意益显”。赵翼《瓯北诗话》卷一一更明确指出：“杜牧之作诗，恐流于平弱，故措辞必拗峭，立意必奇辟，多作翻案语，无一平正者。”先以《题乌江亭》诗为例：“胜败兵家事不期，包羞忍耻是男儿。江东子弟多才俊，卷土重来未可知。”乌江亭故址在今安徽和县乌江镇东南凤凰山上。诗歌实际上也不过是借历史人物的胜败情事浇自我心中之块垒。同时，“对刚愎自用、有勇无谋的项羽的批评，既见杜牧素有的英雄襟抱，又体现出其独具的历史创识”。① 魏庆之《诗人玉屑》卷七《用事》“反其意而用之”条指出：“文人用故事，有反其意而用之者。……直用其事，人皆能之；反其意而用之者，非学业高人，超越寻常拘挛之见，不规规然蹈袭前人陈迹者，何以臻此？”

再说《赤壁》诗：“折戟沉沙铁未销，自将磨洗认前朝。东风不与周郎便，铜雀春深锁二乔。”创作《赤壁》一诗时，诗人可以说是百感交集。情感激发起诗人想象，诗歌首联以一个别具深意的细节描写，出现了瞬间的凝定，给人以极为真切而强烈的现场感，而这样的举动甚至也可以说是具备诗人探索人生的一种象征意义，初看似不经意，好像是随意掇拾，实际上却是别具匠心，历史人物和事件内涵本身被高度浓缩，为理思的充分展开奠定一个不可或缺的前奏；后半部分则是以合乎逻辑的情感推导，在客观的自然景物中开掘出其深厚的社会历史内涵，也洋溢着诗人指点江山、品评历史的勃勃才气，表明了诗人不以成败论英雄的独特见解，也暗隐着诗人自身怀才不遇的情怀，虚实映衬，把人的情思引向时空之外。这正是诗人审美构思的匠心之处。黄世中认为：“历史题材的作品，不过是作家主体意识、主体情感抒发宣泄的载体，历史人物及事件，也只是引发诗人表现自我的媒介或‘触引物’。从这个意义上说，历史人物、事件同引触

① 许总：《唐诗史》（下册），第384页。

诗人产生比兴的自然物有相似之处。在物，则可以借物言志，触物起情；在史，同样可以借史言志，感史兴情。但是，诗人只借'此一个'历史事件而不取其他，则'此一个'必定与诗人心中的情事有着深刻的同构对应关系，这样才可以引发其情，感召其事。"①这完全适合杜牧《赤壁》诗的艺术运思方式，也有助于我们加深对这一诗歌的理解，而诗人的着眼点更多是注重艺术真实，而不是对历史事件起因、进程及结果的真实叙写与评判。

杜牧《题商山四皓庙一绝》也带着深沉的思索叙写那一段历史，精神内核里使人深深感到一股不可遏制的激情："吕氏强梁嗣子柔，我于天性岂恩仇。南军不袒左边袖，四老安刘是灭刘。"顾嗣立《寒厅诗话》："韩昌黎诗句句有来历，而能务去陈言者，全至于反用。"杜牧诗的精神实质与韩诗相通。此前，白居易也有《题四皓庙》诗借古慨今："卧逃秦乱起安刘，舒卷如云得自由。若有精灵应笑我，不成一事谪江州。"

诗歌本来就是人与自我对晤方式的一种。杜牧咏史，固以议论警拔见长，于传统题材自出新意，表达了沉思历史后的独到见解，一些作品则宣泄了自己政治上的失意情怀，醒人耳目。但也有全于写景叙事中寓讽诫褒贬者，将身世之感、时势之慨融入苍凉浩莽的时空背景下，建构审美空间，寄慨深远，韵味隽永。诗人自称"十载飘然绳检外，樽前自献自为酬。秋山春雨闲吟处，倚遍江南寺寺楼"（《念昔游三首》其一），于是也就有了《江南春绝句》这样的杰作："千里莺啼绿映红，水村山郭酒旗风。南朝四百八十寺，多少楼台烟雨中。"《南史·郭祖深传》载："时（武）帝大弘释典，将以易俗，故祖深尤言其事，条以为：都下佛寺五百余所，穷极宏丽。僧尼十余万，资产丰沃。所在郡县，不可胜言。"在"千里莺啼绿映红"的艺术构想中，诗人以高超的技巧把自己瞬间的审美感受为我们绘制了一个美妙的艺术境界，加强了对环境氛围的营造，以自然而不尚巧饰

① 黄世中：《论〈长恨歌〉的创作动因及深层意蕴》，《古代诗人情感心态研究》，第16页。

的语言来曲尽物态之妙。《过勤政楼》也属于异曲同工之作:“千秋佳节名空在,承露丝囊世已无。唯有紫苔偏称意,年年因雨上金铺。”感慨深沉,首句尤为逗人兴味。诗人的《题宣州开元寺水阁,阁下宛溪,夹溪居人》一诗,也被何焯叹为“寄托高远,不在逐句写景,若为题所牵,便无味矣”(《瀛奎律髓汇评》卷四):“六朝文物草连空,天淡云闲今古同。鸟去鸟来山色里,人歌人哭水声中。深秋帘幕千家雨,落日楼头一笛风。惆怅无因见范蠡,参差烟树五湖东。”

诗歌真给人以“千古沧桑一抹云烟的感觉。杜牧此诗的卓立处,在于已将世事感叹与眼前风光全然打破,然后重新组合。这样一来,景语与情语,风光与思理,几乎无法分辨。由此达到了诗情、画意与史识三者完全复合的新境界”。①

又如《登乐游原》:“长空淡淡孤鸟没,万古销沉向此中。看取汉家何似业,五陵无树起秋风。”既有诗人的历史消亡感,也有现实的毁灭感,中蕴无尽悲凉。乐游原,地势高敞,可以俯望长安。秦代称宜春苑,汉宣帝神爵三年(前 59 年),建乐游苑。《两京新记》载:“汉宣帝乐游庙,一名乐游苑,亦名乐游原。”唐时为登临览胜之处。五陵指长陵(高帝)、安陵(惠帝)、阳陵(景帝)、茂陵(武帝)、平陵(昭帝)。沈德潜《唐诗别裁集》卷二十对此有很好的品评:“树树起秋风,已不堪回首,况于无树耶?”俞陛云《诗境浅说续编》也指出:“诗后二句言汉家盛业,青史灿然,而五陵寂寞,只余老树吟风,已可深慨,今并树无之,其荒寒为何等耶!”

杜牧《过华清宫绝句》其一:“长安回望绣成堆,山顶千门次第开。一骑红尘妃子笑,无人知是荔枝来。”前三句纯是白描,并暗用典故,最后一句感慨深沉凝重,丰富蕴藉。《雍大记》载:“东绣岭在骊山右,西绣岭在骊山左。唐玄宗时植林木花卉如锦绣,故名。”《新唐书·杨贵妃传》:“妃嗜荔枝,必欲生致之,乃置骑传送,走数千里,味未变,已至京师。”李肇

① 陶文鹏、韦凤娟主编:《灵境诗心——中国古代山水诗史》,第 299 页。

《国史补》:“杨贵妃生于蜀,好食荔枝。南海所生,尤胜蜀者,故每岁飞驰以进。”所以,谢枋得《注解选唐诗》说:“明皇致远物以悦妇人,穷人之力,绝人之命,有所不顾,如之何不亡?”又如《将赴吴兴登乐游原》:“清时有味是无能,闲爱孤云静爱僧。欲把一麾江海去,乐游原上望昭陵。”诗作于宣宗大中四年(850 年)诗人由吏部员外郎出任湖州刺史之时。起势突兀,前三句浓墨重彩地渲染自己所向往的闲云野鹤式的生活,最后的触物起兴,凝眸独望,正流露了诗人生不逢时、知音难觅的悲哀与痛楚,透露出深重的失落情怀,丰富了诗歌内容及其审美意蕴。叶梦得《石林诗话》道出诗歌偏重于抒发自身感情的构思格局:“此盖不满于当时,故末有望昭陵句。”这可谓识微之论,显示了两者之间的内在联系。贺裳《载酒园诗话又编》道出了杜牧诗歌的美学意蕴:“杜紫微诗,惟绝句最多风调,味永趣长,有明月孤映,高霞独举之象。”总之,杜牧的作品既展现了作为史家的博识和眼光,又洋溢着诗人的敏感和激情,体现了史识与诗心的结合。

第八章

唐代酬赠诗

第一节　酬赠诗概说

《论语·阳货》中,孔子指出《诗经》的经典作品实际上含有“兴观群怨”的社会作用:“子曰:小子何莫学夫诗?诗可以兴,可以观,可以群,可以怨。迩之事父,远之事君,多识于鸟兽草木之名。”就诗歌发展的轨迹来说,“诗可以群”一语,实际上寓含诗歌艺术已经从审美化、功用化,同时也走向应酬化、普及化以及技巧化等方面的意义,即孔安国注中所说的“群居相切磋”。也就是说,首先借助于诗歌来聚集士人,人们再进而相互切磋砥砺,交流思想。焦循《论语补疏》进一步发挥道:“诗之教温柔敦厚,学之则轻薄嫉忌之习消,故可群居相切磋。”朱熹《四书章句集注》解释为“合而不流”,与前者稍有差异,但在“居”与“合”这一本质层面上看还是可以贯通的。在社会上,善与人共处其实也是极为重要的一件事,不可随意,所以,同一章中,孔子又有这样的话:“人而不为《周南》、《召南》,其犹正墙面而立也欤?”所强调的也是在社会上与人交往沟通,进而与人和谐相处这一方面。

文学是一种用语言表达的特殊的审美意识形态，而语言本来就是人类表达情意的工具，交际功能自然也应该是语言的一项极为显著的功能，所以，文学也就不可避免地承担起人类促进彼此交流的社会职责。《论语·子路》中，孔子更是认为："诵《诗三百》，授之以政，不达；使于四方，不能专对；虽多，亦奚以为？"由此观之，酬赠诗的自古而有，也是一件可想而知的事情。春秋时代出现的所谓"赋诗言志"的文化现象，引用《诗经》中的诗句作为高雅得体的外交辞令，也只是诗的社会功能的一种较为特别而又极具时代特性的展现方式而已。据统计，单是《左传》记载春秋时期友朋会聚、邦交外事往来等活动中引证到《诗经》的内容与创作背景等，就有 150 多处，实际引用《诗经》240 余篇次，诗歌作为一种社交话语所衍生的社会功能可见一斑。皮日休在为自己与陆龟蒙相互酬唱的《松陵集》而写的序中着力强调："词之作，固不能独善，必须人以成之。昔周公为诗以贻成王，吉甫作诵以赠申伯。诗之酬赠，其来尚矣。后每为诗，必多以斯为事。""必多以斯为事"虽不一定是这样，但肯定"诗之酬赠，其来尚矣"，应该说还是正确的。实际上，酬赠诗本身在中国诗歌史上确实是一份独立而独特的存在，并且也是起源很早的体式之一。再往前回溯，几千年前那一声深情动人的"候人兮猗"（《吕氏春秋·音初》），从生活的真情实感升华为艺术领域的诗歌情思，也许就奠定了中国诗歌这样一份展露内心细密情怀的独特美学价值。

酬赠诗在发展的过程中，也有各种不同的名称，说法不一，诸如应答诗、酬答诗等等。胡云翼在《宋诗研究》一书中把苏轼的全部诗作分为五大类，其中第四类就定名为"应酬诗"，而在"应酬诗"这一名目下，又加以细划，则有所谓"酬赠诗""题咏诗""寄赠诗""送别诗""庆贺诗"等五类，极显与众不同。①

人类在自身历史的发展进程中，产生了精神的丰富性，也经历着人生

① 胡云翼：《宋诗研究》，第 55—56 页。

的种种快乐、得意、苦闷、烦恼与惆怅。我国诗人之间早就有以诗会友的社会习惯,人们通过相互酬赠的方式表达自己的爱慕、思念、怜惜等情怀,分享友朋的快乐与悲伤,正如陶渊明《赠长沙公》所说的:"何以写心,贻此话言。"建安时期,诗歌创作活动中应酬唱和就逐渐成为一种社会风气。洪迈《容斋随笔》卷一六《和诗当和意》指出酬酢之作的原始要求:"古人酬和诗,必答其来意,非若今人为次韵所局也。观《文选》所编何劭、张华、卢谌、刘琨、二陆、三谢诸人赠答,可知已。"吉川幸次郎《关于曹植》强调:"曹植诗中所见对友情如此强烈的赞美,在文学史上具有划时代的性质。在他以前的时代,即《诗经》的时代和汉代,如此热烈的友情之歌,也有据说是李陵和苏武的赠答作品留传下来,但这些诗并不是确实可信的。在曹植之后,友情成为中国诗歌最为重要的主题,它所占有的地位,如同男女爱情之于西洋诗。这个主题的创始者就是曹植。换言之,是曹植发现了友情对于人生的价值。"①建安之后,酬赠之作渐趋繁盛。必须要注意的是,"汉魏诗人的酬赠之作,相砺以志,抒发双方的慷慨意气,有赠人以言的遗风。但西晋诗人的赠人之作,无外乎夸赞对方的美德与文藻。这些诗其实是在形容儒玄结合、柔顺文明的人格。这类诗作从总体上看是虚伪之意居多,与对方真实的人格常常不相符。但儒玄结合、柔顺文明本来就是一种缺乏现实精神和真实力量的人格。所以从这些典雅、空洞的赠诗中,却正可以探取西晋文士的心态",②极是。

葛晓音《论齐梁文人革新晋宋诗风的功绩》指出:太康时期,流行博奥工丽的诗风,与此相适应,"朋友间的赠答酬别之作也大都采用四言体,充满虚饰浮夸、装点门面的恭维之词"。③ 这样一来,斗工求巧的社会习气自然也就随之滋长。而就当时精神生活的实际情况而言,"四言雅诗,其功用在实用与玩赏之间,最能反映东晋人在写作上的态度。以文章

① [日]吉川幸次郎:《中国诗史》,复旦大学出版社 2001 年 12 月版,第 128—129 页。

② 钱志熙:《魏晋诗歌艺术原论》(修订本),第 188 页。

③ 葛晓音:《汉唐文学的嬗变》,第 57 页。

酬赠应对,标榜风流,题品人物,实是东晋门阀士人在写作上的特长。而抒情言志,则非其所长”①可喜的是,这样一种完全脱离个人性情,纯以标榜风流为主体意义的创作情况到齐梁时期发生了根本性的变化。这一时期,诗味匮乏的四言体已几近绝迹,代之以流丽畅达的五言诗。吴均的现象就具有一定的代表性,在诗人现存的147首诗歌中,其中有40多首可以厘定为酬赠诗。②

除个别情况以外,多为五言体,如《与柳恽相赠答诗六首》、《赠任黄门诗二首》等,举《赠朱从事诗》以见一斑:“我行欲何之,千里寻胶漆。长葭历渚生,疏蒲缘岸出。袅袅能随风,离离堪度日。客思已飘荡,相思复非一。未得幸殷勤,先作数行泣。”

何逊在诗歌创作过程往往都能很好地避免情绪的直接叙说和倾泻,而是融情思于客观景物的描写中,自出机杼。《酬范记室云》把感受的情绪凝练为诗,是赠答酬别之作中的上品:“林密户稍阴,草滋阶欲暗。风光蕊上轻,日色花中乱。相思不独欢,伫立空为叹。清谈莫共理,繁文徒可玩。”范云是何逊的老朋友,时在齐竟陵王萧子良记室任所,他们在互相交往中常以诗交流各自的感情。其《贻何秀才》有句云:“临花空相望,对酒不能歌。”《酬范记室云》诗就是酬答诗。诗前四句写景,为传唱佳句。窗前树影扶疏,阶下花草繁茂,娇美的花儿在微风中震颤,日光闪烁中更显得缤纷绚烂。面对一片烂漫春景,诗人却无心观赏,反倒勾起他对远方老友的思念之情。林密草滋,风摇花颤,景物清新明丽;以“轻”写花蕊微颤之状,以“乱”状五彩缤纷之景,生动、细贴,见诗人炼字之功。全诗情真意切,正如清人沈德潜《说诗晬语》卷上所说的:“萧梁之代,君臣赠答,亦工艳情,风格日卑矣。隐侯(沈约)短章,略存古体;文通(江淹)、仲言(何逊),辞藻斐然,虽非出群之雄,亦称一时能手。”

---

① 钱志熙:《魏晋诗歌艺术原论》(修订本),第280页。

② 详参林家骊校注:《吴均集校注》,浙江古籍出版社2005年8月版。

第二节　唐代酬赠诗

作为诗人情感世界与精神领域最主要显现方式的诗歌创作，自然应该全面展示这样的情怀，在诗歌极为普及的唐代，用武的天地也是极为广阔的，可以更加自由地追求个人的审美趣味。"盛唐时代，诗歌几乎成为社会公众生活的一种必需，这还不仅仅是指娱乐，诗的审美教育作用得到极大程度普及的同时，诗的社会应用价值也得到空前的提高。'赋诗言志'曾经是古代上层社会交际中的事实，而在盛唐则成为普通人的社交工具。"①真实的情况正是这样。白居易《刘白唱和集解》叙写自己与元稹、刘禹锡先后诗歌酬酢的盛况："彭城刘梦得，诗豪者也，其锋森然，少敢当者。予不量力，往往犯之。夫合应者声同，交争者力敌；一往一复，欲罢不能。由是每制一篇，先相视草；视竟则兴作，兴作则文成。一二年来，日寻笔砚，同和赠答，不觉滋多……"唐人酬赠诗创作数量之多可想而知。这一时期编成的酬唱集就有刘禹锡、白居易二人的《刘白唱和集》，白居易、刘禹锡、裴度三人的《汝洛集》，刘禹锡与令狐楚的《彭阳唱和集》，刘禹锡与李德裕的《吴蜀集》等等。细而论之，"酬寄赠答统称唱和。两者在联络方式与制题上有区别。赠答都发生在当面，赠诗的一方题作《赠××》，答作则曰《酬××见赠（示、贻、召）》，酬寄则在不同地点之间进行，就得通过邮递以及顺路捎带等方式，寄作曰《寄××》，有的在人名前后还有族望、行第、官职、地名等习惯性称呼，答作曰《答××见寄》，有寄有答，统谓之寄答。准确地说，应简称为异地唱和。"②为行文简洁起见，这里则合称为酬赠诗加以讨论。因为两者在本质上并无多大区别，可

---

① 周啸天：《唐绝句史》，重庆出版社2006年1月版，第59页。

② 李德辉：《唐代交通与文学》，湖南人民出版社2003年3月版，第257页。

以统而观之，即以刘禹锡的实际创作而论，如令狐楚有《寄礼部刘郎中》，刘禹锡则答以《酬令狐相公见寄》。

白居易《序洛诗》展示了他们当时创作的真实情况："闲适有余，酣乐不暇，苦词无一字，忧叹无一声。"大概也正是在这样的背景之下，才有了如《哭刘尚书梦得二首》其一自称的："四海齐名白与刘，百年交分两绸缪。"文宗大和三年（829 年），白居易取大和元年至三年与刘禹锡长安唱和诗 138 首，编为《刘白唱和集》二卷。六年（832 年），白居易又编成《刘白吴洛寄和卷》，并与前集合为三卷。这样的举动对后世有很大的影响。北宋初年，李昉即把自己与李至的相互唱和的作品编为《二李唱和集》，有意模仿白、刘之举，赞叹："昔乐天、梦得有《刘白唱和集》，流布海内，为不朽之盛事。今之此诗，安知异日不为人之传写乎？"陈衍《石遗室诗话》卷一："诗谓莫盛于三元：上元开元，中元元和，下元元祐。君（指沈曾植）谓三元皆外国探险家觅新世界，殖民政策，开埠头本领。"元祐年间，苏轼文人集团雅集京师，题诗品画，相互酬赠，更是极一时之盛，也进一步强化了诗歌的现实功利色彩，南宋高宗绍兴年间由邵浩编辑成为《坡门酬唱集》，张叔椿在为之所作的序中，即强调："诗人酬唱盛于元祐间。"于此也可见唱和风气的久远而盛行。

实际上，最能代表传统诗歌艺术、作为古诗经典格式之一的七律，从它面世的那一时刻起，就与酬应有着深厚的历史渊源，最早出现的七律，多为应制、应教之类的作品。刘长卿与秦系互为酬唱的作品，在当时就编成《秦征君校书与刘随州唱和集》，权德舆在序中称之为"奇采逸响，争为前驱"，应该说是准确的。中唐诗人间的交往唱和之风，早在贞元年间即已初露端倪。当时应进士举者"多务朋游，驰逐声名"（《旧唐书·高郢传》），形成了"侈于游宴"的"长安风俗"（李肇《国史补》卷下）。权德舆的后期诗歌中，便多是与聚集在他周围的一批台阁诗人酬唱应答、在体式技巧上竞异求新之作，诸如《奉和李给事省中书情寄刘苗崔三曹长因呈许陈二阁老》、《酬崔舍人阁老冬至日宿值省中奉简两掖阁老并见示》等等，从冗长的标题即可看出诗人们的交往概况。这些诗的内容并不充实，创作呈现出凝固化的弊端，艺术性自然也就不那么显明了，但这一些自身所具有的特征对贞元末年的诗风却是较有影响的。到了元和年间，又出现了比一般唱和更进一步的以长篇排律和次韵酬答来唱和的形式，而元稹和白居易便是这种形式的创始者。元稹、白居易在相识之初，即有酬唱作品，此后他们分别被贬，一在通州，一在江州，虽路途遥遥，仍频繁寄诗，酬唱不绝。残酷现实扭曲了诗人的实际生活，也就自然改变着文学的价值取向与审美趣味。所谓“通江唱和”，也就成为文学史上一个令人注目的现象。元、白此期的唱和诗多长篇排律，次韵相酬，短则五六十句，长则数百句，洋洋洒洒，蔚为大观。如白居易有《东南行一百韵》寄元稹，元稹即作《酬乐天东南行诗一百韵》回赠。这种次韵诗的创作难度是很大的，既要严守原诗之韵，又要自抒怀抱，还要写上数百句，搞不好就会顾此失彼。白居易另有《郡斋暇日辱常州陈郎中使君早春晚坐水西馆书事诗十六韵见寄亦以十六韵酬之》等诗，像《严十八郎中在郡日改制东南楼因名清辉未立标榜征归郎署予既到郡性爱楼居宴游其间颇有幽致聊成十韵兼戏寄严》这样的诗干脆连题目都难以卒读。正是从这样的意义上，都穆《南濠诗话》认为：“（酬赠诗）惟务应酬，真无为而强作者，无怪其语之不工。”王国维在《人间词话》中甚至认为：“人能于诗词中不为美刺投赠之篇，不使隶事之句，不用粉饰之言，则于此道（指诗词创作）已过半矣。”不可否认，这一领域的创作中确实存在不少问题。

但这些实际上还是就问题的一个方面来说的，相比较而言，史蒂芬·欧文先生《传统的叛逆》的一段话较为客观、公允：“大部分应酬诗几乎都像它们所力求达到的那样直截了当。当时境况要求它们说什么，它们便会温文尔雅地说什么，从不故作深奥。大部分应酬诗也敢于不自封为伟大诗篇。”①作为作家忠于良知的艺术样式之一，酬赠诗并不是诗力不足

① 莫砺锋编，尹禄光校：《神女之探寻——英美学者论中国古典诗歌》，第 227 页。

的表征,却往往能展露一个人灵魂深处的细密神经,比如能够更好地找寻解脱内心苦痛的途径,抒写诗人胸中的丰富意趣,也能见证交往双方的坚贞友谊。王绩《九月九日赠崔使君善为》可称微妙:"野人迷节候,端坐隔尘埃。忽见黄花吐,方知素节回。映岩千葮发,临浦万株开。香气徒盈把,无人送酒来。"705 年,沈佺期因事流放越南,途中有《遥同杜员外审言过岭》诗,赠答被流放到越南的峰州(今越南北境)的杜审言:"天长地阔岭头分,去国离家见白云。洛浦风光何所似?崇山瘴疠不堪闻。南浮涨海人何处?北望衡阳雁几群?两地江山万余里,何时重谒圣明君?"两人同病相怜,自然有些感慨,只不过最后归结为"何时重谒圣明君",见出心胸境界之低下。但无论如何,此诗作为奠定唐初七律格式的重要作品,在诗美上还是应该值得肯定的。王维《献始兴公》也是这样的作品。开元二十三年,张九龄封始兴县伯,王维作此诗既表达自我"宁栖野树林,宁饮涧水流"的气节,更多则是称颂张九龄"所不卖公器,动为苍生谋"的高洁人品:"宁栖野树林,宁饮涧水流。不用坐粱肉,崎岖见王侯。鄙哉匹夫节,布褐将白头。任智诚则短,守任固其优。侧闻大君子,安问党与仇。所不卖公器,动为苍生谋。贱子跪自陈,可为帐下不。感激有公议,曲私非所求。"

张九龄贬为荆州长史后,诗人又作《寄荆州张丞相》:"所思竟何在?怅望深荆门。举世无相识,终身感旧恩。方将与农圃,艺植老丘园。目尽南飞鸟,何由寄一言?"表达了诗人的知遇之恩。"九龄既得罪,自是朝廷之士,皆容身保位,无复直言。"《资治通鉴》卷二一四《唐纪三十》的一番记载更映衬出诗人的品行之高洁。而在《山中示弟等》一诗中,王维则是将佛、道二教融合在一起,表现了无我的境界:"山林吾丧我,冠带尔成人。莫学嵇康懒,且安原宪贫。山阴多北户,泉水在东邻。缘合妄相有,性空无所亲。安知广成子,不是老夫身!"

张籍《寄白学士》表达了诗人对朋友的思念之情:"自掌天书见客稀,纵因休沐锁双扉。几回扶病欲相访,知向禁中归未归。"白居易读后,立即以《答张籍因以代书》诗相招:“怜君马瘦衣裘薄,许到江东访鄙夫。今日正闲天又暖,可能扶病暂来无。”于頔有《郡斋卧疾赠昼上人》奉送皎然,皎然马上以《奉酬于中丞使君郡斋卧病见示一首》奉还。这都可以看出友朋之间情谊之深厚。贾岛《戏赠友人》也表达诗人内心并不完全枯寂的情怀:“一日不作诗,心源如废井。笔砚为辘轳,吟咏作縻绠。朝来重汲引,依旧得清冷。书赠同怀人,词中多苦辛。”李商隐《寄永道士》以景致映衬,称赏对方的秉性高洁:“共上云山独下迟,阳台白道细如丝。君今并倚三珠树,不记人间落叶时。”

实际上,友朋之间相互酬赠,取长补短,也能促进诗意的进一步成熟与完美,深化了诗歌作为一种中国古代主体文学样式的抒情言志功能,从而给人以美的享受,如韦应物《寄全椒山中道士》,沈德潜《唐诗别裁集》卷三:“化工笔,与渊明‘采菊东篱下,悠然见南山’,妙处不关语言意思。”高步瀛《唐宋诗举要》卷一谓之“一片神行”。柳宗元《酬娄秀才寓居开元寺早秋月夜病中见寄》:“客有故园思,潇湘生夜愁。病依居士室,梦绕故人丘。味道怜虫止,遗名得自求。壁空残月曙,门掩候虫秋。谬委双金重,难征杂佩酬。碧霄无枉路,徒此助离忧。”叶梦得《石林诗话》卷上载蔡天启云:“尝与张文潜论韩柳五言警句,文潜举退之‘暖风抽宿麦,清雨卷归旗’,子厚‘壁空残月曙,门掩候虫秋’,皆为集中第一。”这是因为“壁空”一联“创造了一个清新幽雅而又不无荒冷寂寥的意境,并将此意境与描写对象的处境、心境非常贴切地关合起来”。[①] 这也正是酬赠诗成为中国古典诗词一个重要门类的意义所在,他们在相互酬酢之间,并不忽视诗体语言的运用,而是着意“以此怡情遣兴、竞较诗艺、促进诗歌创作、提高艺术水平”,[②]也就是说,在排比声韵的过程中也能追求和谐自然。被林逋称为“放达有唐唯白傅,纵横吾宋是黄州”(《读王黄州集》)的王禹偁对这样的技法就颇为推许。

---

① 尚永亮:《柳宗元诗文选评》,上海古籍出版社 2003 年 12 月版,第 48 页。

② 张海鸥:《宋代文化与文学研究》,中国社会科学出版社 2002 年 4 月版,第 113 页。

同时,酬赠之作的大量出现客观上深化了创作中的接受意识,进一步促进传统诗歌创作深入社会生活,也能更为有效地避免文学活动逐渐被边缘化的命运。柳宗元在《王氏伯仲唱和诗序》中就肯定了“于余通家,代为文儒”的王氏兄弟这样的唱和行为。再进一步说,只要我们客观地去详加考察,就会发现,即便是僚友、同年之间的相互酬酢与推许,也并没有完全沦入馆阁唱和的空虚单调,而是做出各自不同的努力,力争有所拓展和深化,字里行间,时代脉搏也是依稀可辨的。刘禹锡与李德裕的唱和之作就很是频繁,大和七年(833 年),诗人时任苏州刺史,将自己与当时在剑南西川节度副大使位上的李德裕酬唱作品编为《吴蜀集》,在为作品所写的《引》中,诗人深情地回忆二人的相知过程:“长庆四年,余为历阳守,今丞相赵郡李公时镇南徐州。每赋诗,飞函相示,且命同作。尔后出处乖远,亦如邻封。凡酬唱始于江南,而终于剑外,故以‘吴蜀’为目。”而刘禹锡在与牛僧孺的有关作品中则又是另一番情调,对对象有所微讽,如《旧唐书·牛僧孺传》载牛僧孺南庄,“佳木怪石,置之阶庭,馆宇清华,竹木幽邃”。刘禹锡的《和思黯南庄见示》则说:“丞相新家伊水头,智囊心匠日增修。化成池沼无痕迹,奔走清波不自由。台上看山徐举酒,潭中见月慢回舟。从来天下推尤物,合属人间第一流。”揄扬中含有讥讽,以此可见诗人的情感把握。刘禹锡与柳宗元更是建立了最为深厚的情谊,相契无间,这在两人的酬赠诗中有着全面充分的体现。由于皮日休、陆龟蒙之间往往是“半年得酬唱,一日屡往复。三秀间稂莠,九成杂巴濮。奔命既不暇,乞降但相续。吟诗口吻吶,把笔指节瘃。君才既不穷,吾道由是笃”,围绕一个题目反复酬唱,于是,有了“百家皆搜荡,六艺尽翻覆。似馁见太牢,如迷遇华烛”(皮日休《吴中苦雨因书一百韵寄鲁望》)的艺术感受,这更可以说是酬赠诗的创作,既增进了人们的友谊,也提高了人们的审美赏鉴与识别的能力。

即使是如武元衡《赠歌人》(一作《赠佳人》)那样的作品,也使我们从一个特定的侧面了解那一时期人们的生活与精神状况,有一定的文化史的意义,不能全面贸然否定:“林莺一哢四时春,蝉翼罗衣白玉人。曾逐使君歌舞地,清声长啸翠眉颦。”诗人的另一首《赠歌人》也有这样的意义:“仙歌静转玉箫催,疑是流莺禁苑来。他日相思梦巫峡,莫教云雨晦阳台。”

唐代酬赠诗中有表达自我的壮志与期许,这一类酬酢之作多淋漓尽致地抒发诗人的豪壮情怀,多表现为一种人格精神的闪光,尤以盛唐时期最为突出,李白的作品尤为经典,如《玉真公主别馆苦雨赠卫尉丈卿二首》“功成拂衣去,摇曳沧州傍”,《赠韦秘书子春》“终与安社稷,功成去五湖”,《赠崔司户文昆季》“欲折月中桂,持为寒者薪”等,唱出了诗人内心的衷曲与期待。《经乱离后天恩流夜郎忆旧游书怀赠江夏韦太守良宰》更是以细腻的笔触,描绘了安史之乱给国家和人民带来的灾难与不幸,从而抒发了诗人博大的襟怀:“汉甲连胡兵,沙尘暗云海。草木摇杀气,星辰无光彩。白骨成丘山,苍生竟何罪?”李白又有:“五岳寻仙不辞远,一生好入名山游”(《庐山谣寄卢侍御虚舟》)的情意表达。

也有抒写内心的愤懑情怀。陈子昂《酬晖上人秋夜山亭有赠》:“皎皎白林秋,微微翠山静。禅居感物变,独坐开轩屏。风泉夜声杂,月露宵光冷。多谢忘机人,尘忧未能整。”诗歌的最后抒发主旨,因为冷酷的现实往往促使诗人更加清醒。李白《答王十二寒夜独酌有怀》通过对比深刻地反映了“骅骝拳跼不能食,蹇驴得志鸣春风”的社会现实。白居易《春来频与李二十宾客郊外同游,因赠长句》:“风光引步酒开颜,送老消春嵩洛间。朝踏落花相伴出,暮随飞鸟一时还。我为病叟诚宜退,君是才臣岂合闲。可惜济时心力在,放教临水复登山。”诗歌既表达了对李绅不幸遭遇的同情,更抒发了自我闲放见废、壮志难酬的满腔激愤,激愤之情,几欲破纸。所以,《唐宋诗醇》指出:“观此诗,可知香山未尝一刻忘世,岂独为他人惋惜哉!”

也有展露宾主双方的深情。如:李白《赠汪伦》精巧绝人:“李白乘舟将欲行,忽闻岸上踏歌声。桃花潭水深千尺,不及汪伦送我情。”李白游约在天宝十四载(755 年)。据杨齐贤《李太白文集》注说,宋时汪伦的子孙还保留着触景而发而又深情缅邈的《赠汪伦》一诗:“白游泾县桃花潭,村人汪伦常酿美酒以待白。伦之裔孙至今宝其诗。”

也有称贺或劝慰友人。姚合《寄东都分司白宾客》对白居易的诗歌审美成就给以极高的赞颂:“阙下高眠过十旬,南宫印绶乞离身。诗中得意应千首,海内嫌官只一人。宾客分司真是隐,山泉绕宅岂辞贫。竹斋晚起多无事,唯到龙门寺里频。”贾岛《投张太祝》:“风骨老更高,向春初阳葩。泠泠月下韵,一一落海涯。”姚合《赠张籍太祝》又这样称贺对方:“绝妙江南曲,凄凉怨女诗。古风无手敌,新语是人知。飞动应由格,功夫过却奇。麟台添集卷,乐府换歌词。李白应先拜,刘祯必自疑。贫须君子救,病合国家医。野客开山借,邻僧与米炊。甘贫辞聘币,依选受官资。多见愁连晓,稀闻债尽时。圣朝文物盛,太祝独低眉。”

“只要是真诚的,是真情实感,是从内心流泻出来的,都可以发而为诗;只要能与诗的艺术和谐地组合,融为一体,都可以成为好诗。”①酬赠诗也是如此。酬赠诗在我国诗史上也一直是一种长盛不衰的样式,应该说,酬赠诗的审美评判是一个包孕非常丰富的话题,人们现在的具体展开还很不够。宋初杨亿等人的《西昆酬唱集》推波助澜,史称盛事,但因袭为多,新创很少,不足为式。但是,不可否认,酬赠诗在宋代也出现过许多经典名篇,有着较高的社会价值与审美价值。欧阳修的《戏答元珍》便是深为后人称赏的诗歌:“春风疑不到天涯,二月山城未见花。残雪压枝犹有桔,冻雷惊笋欲抽芽。夜闻归雁生乡思,病入新年感物华。曾是洛阳花下客,野芳虽晚不须嗟。”尾句合和了与对方唱酬之主旨、意趣。这以后,人们也力图在酬赠诗这一视阈创立新意,如黄庭坚的《寄黄几复》一诗,就是中国酬赠诗史(乃至中国诗史)上的难得佳作,融合着作家痛切的人生体验,情感层层深入:“我居北海君南海,寄雁传书谢不能。桃李春风一杯酒,江湖夜雨十年灯。持家但有四立壁,治国不蕲三折肱。想得读书头已白,隔溪猿哭瘴烟藤。”

---

① 孙琴安:《唐诗与政治》,第 323 页。

吴乔《围炉诗话》卷一指出当时的创作现象:“步韵,元、白犹少,皮、陆已多,今则非步韵无诗矣。陷溺之甚者,遂谓步韵诗思路易行,又或倡作而步古人诗之韵。”这只能说是诗歌创作中的逆流,不足为训。直到近代,林则徐也有《次韵答陈子茂德培》诗,绝不局限于个人的悲欢,而是强烈地表达出诗人气壮山河的豪情:“送我凉州浃日程,自驱薄笨短辕轻。高谈痛饮同西笑,切愤沉吟似《北征》。小丑跳梁谁殄灭?中原揽辔望澄清。关山万里残宵梦,犹听江东战鼓声。”

第三节　唐人酬赠诗的代表性作品

“唐代绵延近三百年,初、盛、中、晚各个时期均有帝王雅好诗歌者,君臣酬唱,大臣与大臣之间、京官与地方官之间诗歌的寄赠应答,几乎已成家常便饭,司空见惯,成为他们政治生活中一个不可分割的组成部分,并直接影响和推动了唐诗的发展。”①同时,这一现象也从一个特定的角度透露出文学观念由抒情言志逐渐向娱乐消遣转变的审美信息。更何况,“时代在不断地演变,因此我们对文学作品的评价,也必然要随时有所转变,倘使我们能按照时代的要求,加以适当地评骘,究竟比抛开时代,凭臆武断要更加合适些”。② 朱东润先生《杜甫叙论》里的这一番话语固然着重是就五言排律等形式说的,但这样的一种客观、公允的精神与原则同样适用于有关题材等方面的审美判断。唐人酬赠诗中最著名的则是元、白和刘柳酬赠诗。

一、元白酬赠诗

明人江进之《亘史外编·雪涛小书》说:“香山自有香山之工,前不照

---

① 孙琴安:《唐诗与政治》,第 18 页。

② 朱东润:《杜甫叙论》,人民文学出版社 1981 年 3 月版,第 171 页。

古人样，后不照来者议。意到笔随，景到意随，世间一切都着并包囊括入我诗内。诗之境界，到白公不知开阔多少。较诸秦皇、汉武，开启边境，异事同功，名曰‘广大教化主’，所自来矣。”指出白诗“意到笔随，景到意随”的拓展之功，应该是正确的，同时，这一成就也少不了酬赠诗的贡献。元、白二人的友谊可以称得上是中国诗史上的一段佳话。他们都是颇有用世志向的文士，二人真可以说是“生同其时，各相为偶，因其人才之敌，亦惟其心之合耳”（吴宽《后同声集序》）。张表臣《珊瑚钩诗话》卷一：“前人作诗，未始和韵。自唐白乐天为杭州刺史，元微之为浙观察，往来置邮筒唱和，始依韵，而多至千言，篇章甚富。其自耀云：‘曹公谓刘玄德曰，天下英雄，惟使君与操耳。予于微之亦云。’岂诗人豪气，例爱矜夸邪?”文中所谓和韵从元、白二人首创的说法不一定就对，但指出了二人之间篇章之多的写作特点应该是正确的。二人同年中举及第，仕途路上以道义相聚。他们志趣相投，才情相似，互为推崇，往来之间酬酢的作品自然也多，其中难免有为文造情之处，但元、白二人并不是那种提倡有心、创造无力之人，所以，他们在酬唱领域也多有高妙之作，往往显示出过人的清醒与深刻，展现了他们笃于友情的风范。人生以不得意居多，心中也就免不了有许多哀伤，而这样的哀伤能够与知心朋友一叙，也许就会淡化许多。白居易有《舟中读元九诗》：“把君诗卷灯前读，诗尽灯残天未明。眼痛灭灯犹暗坐，逆风吹浪打船声。”元稹马上作《酬乐天舟泊夜读微之诗》以答之：“知君暗泊西江岸，读我闲诗欲到明。今夜通州还不睡，满山风雨杜鹃声。”正如前述，人生难免有失意不快的时刻，友朋之间的往来酬赠之作可以尽情地抒发自己心中的那一份愁怨。这一基于共同生存境遇的知己情感的表达，也才能真正地动人心魄。读着这样情真意切的往返酬赠之作，真给人以看似清水、饮如醇醪的美感享受。

元稹《闻乐天授江州司马》展现了一曲痛苦心灵的哀歌：“残灯无焰影幢幢，此夕闻君谪九江。垂死病中惊坐起，暗风吹雨入寒窗。”全诗仅是一首七绝，但构成的意境却极为深远，深深引起读者的共鸣。《得乐天书》情感真挚,凄婉动人:"远信入门先有泪,妻惊女哭问何如。寻常不省曾如此,应是江州司马书!"元稹这样的作品还有许多,如《酬乐天频梦微之》:"山水万重书断绝,念君怜我梦相闻。我今因病魂颠倒,惟梦闲人不梦君!"《重赠乐天》:"休遣玲珑唱我诗,我诗多是别君词。明朝又向江头别,月落潮平是去时。"赵执信《谈龙录》:"元、白,皮、陆,并世颉颃,以笔墨相娱乐。后来效以酬唱,不必尽佳,要未可废。"另外,杨巨源有《寄江州白司马》诗,因题材相近,一并附记于此:"江州司马平安否?惠远东林住得无?湓浦曾闻似衣带,庐峰见说胜香炉。题诗岁晏离鸿断,望阙天遥病鹤孤。莫谩拘牵雨花社,青云依旧是前途。"

二、刘、柳酬赠诗

刘、柳二人之情谊比起元、白来那真是有过之而无不及,两者在唐代也可以称得上是争辉比美。刘、柳二人少有凌云之志,中举入仕后又以道义相聚,同气相求,刚正立朝,树新政,止流俗,力挽狂澜,也希冀能解民于倒悬,但没想到随之而来的是不尽的流贬。不过,人生遭际的艰难并没有完全抹去他们的人生真趣。两度的贬谪生涯,更使他们心扉相通,领悟到与朋友的交往是情感生活的重心,所以,二人常以道义互勉。于是,"以志节之砥砺、心性之涵养、诗文之切磋为主要内容"①的刘柳之交超越了一般的所谓有乐同享、患难与共的境界。柳宗元终于踏上了精神深受创痛的贬谪之路。从某种意义上说,从离开京城的那一刻起,他就注定了要度过人生最后十几年穷边独处的生命。也许在这一时候,诗人也会有"白云满鄣来,黄尘暗天起。关山四面绝,故乡几千里"(刘昶《断句》)的感慨。但令诗人万万没有想到的是,从此,他便在一个新的具有普遍意义的层面上揭示出中国传统文人的一种生命漂泊之感。《衡阳与梦得分路赠别》:"十年憔悴到秦京,谁料翻为岭外行。伏波故道风烟在,翁仲遗墟

① 伍晓蔓:《江西宗派研究》论临川诸友的"每月一会面"语,四川出版集团巴蜀书社2005年6月版,第266页。

草树平。直以慵疏招物议,休将文字占时名。今朝不用临河别,垂泪千行便濯缨。”此诗既表现出诗人对文字的敏锐感受力和高强的驱遣力,但更以急遽的时间跨越传递出一种忧郁而激愤的心理感受,时空幅度极其广阔。首联点题,“十年”显期待之漫长,“岭外”写贬所之僻远,时空交感。《金圣叹评点唐诗六百首》深知柳子:“不苦在‘岭外行’,正苦在‘到秦京’。盖‘岭外行’是憔悴又起头,反不足叉道;‘到秦京’是憔悴已结局,不图正不然也。”诗歌接着向纵深开拓,先以历史故实接隼,尽显荒凉萧瑟,后以当下场景贯穿,更是惆怅莫名,末联透过一层,反用李陵《与苏武》“临河濯长缨,念子怅悠悠”诗意,更凸现此番分别的伤痛,宣溢出作者因之而产生的满腔悲愤。诗歌结构是一种有生命感的审美格式,此诗结构井然,管世铭《读雪山房唐诗序例》“七律凡例”认为此诗起结“皆足为一代楷式”。何焯《唐诗鼓吹》批语卷一指出:“路既分而彼此相望,不忍遽行,唯有风烟草树,黯然欲绝也。”物象叠印着诗人的情感,而诗人的情感体验又通过时空的多次奇变而得到层层释放,时间与空间凝缩成一种晶化的艺术境界。刘埙《隐居通议》卷八《律选》:“律诗始于唐,盛于唐,然合一代数十家而选其精纯高渺、首尾无瑕者,殆不满百首,何其难也。”柳宗元《衡阳与梦得分路赠别》应无愧属其“精纯高渺、首尾无瑕”之列。刘禹锡则作《再授连州至衡州酬柳柳州赠别》以赠:“去国十年同赴召,渡湘千里又分歧。重临事异黄丞相,三黜名惭柳士师。归目并随回雁尽,愁肠正遇断猿时。贵江东过连山下,相望长吟有所思。”王夫之《唐诗评选》卷四对此极为称赏:“字皆如濯,句皆如拔,何必出沈、宋下?‘长吟有所思’五字一气。《有所思》乐府篇名,言相望而吟此曲也。于此可得七言命句之法。”

柳宗元又作《重别梦得》续情:“二十年来万事同,今朝歧路忽西东。皇恩若许归田去,晚岁当为邻舍翁。”诗歌既有对所谓“皇恩”的睿智反讽,更有对生死之交的信任与期许。作者从二十年的深挚交谊一直说到眼前的歧路分别,一语道尽世事沧桑,不可逆料,中间寄寓了多少难以回首的风雨与聚散;再以日后宁静和谐的邻里生活相期,获取振作的精神力量，从而宕出远神。短短的一首七绝，意象单纯而丰富，蕴含了如此丰厚的诗心，可见作者的驾驭体裁能力确非常人之所能及。第一句是时，第二句是空，时空交合；前两句是实景，后两句是意蕴，情景融会，诸多意象相互渗透，构成立体的四维审美时空，转折处又用虚字斡旋，凝聚了诗人高超的语言审美感知能力。诗人意犹未尽，再作《三赠刘员外》："信书成自误，经事渐知非。今日临岐别，何年待汝归?"第一、第二两句是以数年的人生履历而凝成的理思，蕴涵了时间在其中，第三句是在时间的片断中做出的空间叙写，正因为有了时空的如此交合，最后深意的抒发便有了更好的落脚点，时间艺术获得了高超的空间效果，富有感情张力。在孤寂和困境中的人们更加追寻着情感和友谊的珍重与呵护，诗人在失意的境遇中体验和审视着新的情谊，也在更高的层次上深化和丰富着对友情的认识，三首诗歌一线贯穿，可并作一个整体来认读，借用俞陛云《诗境浅说续编》评《长沙驿前南楼感旧》的话，真可谓"知子厚笃于朋友之伦矣"。

除与刘禹锡的往来酬酢之外，柳宗元还有其他的一些酬赠之作也是情深意切，极为感人，如《韩漳州书报彻上人亡因寄二绝》其一："早岁京华听越吟，闻君江海分逾深。他时若写兰亭会，莫画高僧支道林。"其二："频把琼书出袖中，独吟遗句立秋风。桂江日夜流千里，挥泪何时到甬东。"诗人以一种内心独白的抒情方式倾吐对故人的缅怀之情，先是遥想昔日在长安与灵彻上人的交往，表达无限景仰之情，然后以宕笔展开，往历史更深处回溯，叹赏灵彻上人远胜兰亭盛会上风期高亮、能言善辩的高僧支遁，在时间过程中展现空间物象，丰富空间层面；其二则立足当下，妙用"暗转"手法，"频把""独吟"等等都以空间画面渗透着时间感，再由"桂江"而联想到"甬东"。正如蔡英俊先生所论："时空是人类对外界事物的流动所能知觉到与抽绎的观念。从我生这一刻起，人便占有了空间的位置与时间的起始——空间的恢廓性与时间的流动感，恒是人类所能直觉到的。"①在诗里，柳宗

① 蔡英俊:《李贺诗的象征结构试探》，见卢兴基选编:《台湾中国古代文学研究文选》，人民文学出版社 1988 年 1 月版，第 158 页。

元以颇似现代电影蒙太奇的手法剪辑组合成两幅简洁而生动的画面，在时空的多维世界中联结物我，创造出时空化合的意境，情尽词满。作为诗歌艺术形式美学的自觉实验者，诗人的《闻彻上人亡寄侍郎杨丈》又换了一种笔法，基本上是从历史时空切入，以彻上人与惠休都姓汤作为联结点，以南朝宋时的鲍照与惠休上人的交游寄托对彻上人的怀念。

《酬曹侍御过象县见寄》则属于“诗从对面飞来”的作品，借以“倾诉其抑郁不平的心情”，“微婉曲折，沉厚深刻”，①思想蕴涵在诗的意境中，动人心旌，展现了一种诗化的心理时空：“破额山前碧玉流，骚人遥驻木兰舟。春风无限潇湘意，欲采蘋花不自由。”表达上更是错综惟意，自由驱使，绘景写意的构思精妙，闪耀着诗意的光彩，末尾化用柳恽《江南春》“汀州采白蘋，日暖江南春。洞庭有归客，潇湘逢故人”和陈子昂《送客》“故人洞庭去，杨柳春风生。相送河洲晚，苍茫别思盈。白蘋已堪把，绿芷复含荣。江南多桂树，归客赠生平”诗意，触处生神，极为切合时地。沈德潜对此称誉不已，在《说诗晬语》中更认为几乎是唐人七绝的巅峰之作，俞陛云《诗境浅说续编》也认为“此诗独淡荡多姿，可入唐人三昧集中”。许浑《送人归吴兴》：“绿水棹云月，洞庭归路长。春桥悬酒幔，夜栅集茶樯。箬叶沉溪暖，蘋花绕郭香。应逢柳太守，为说过潇湘。”即由此诗生发而出。另外，《朗州窦常员外寄刘二十八诗见促行骑走笔酬赠》、《铜鱼使赴都寄亲友》等诗都展现了时空知觉和形象思维的综合进程，产生了“投荒垂一纪，新诏下荆扉。疑比庄周梦，情如苏武归”、“行尽关山万里余，到时闾井是荒墟”等惊人妙句。柳宗元的酬赠诗还有《雨中赠仙人山贾山人》也是很成功的：“寒江夜雨声潺潺，晓云遮尽仙人山。遥知玄豹在深处，下笑羁绊泥涂间。”诗歌从时间向空间滑动，诗如画然，创造了感人的境界，后接以自我解嘲，见出意趣。

---

① 沈祖棻：《唐七律诗浅释》，上海古籍出版社 1981 年 3 月版，第 204 页。

主要参考文献

[1]欧阳修、宋祁:《新唐书》,中华书局1975年版

[2]王定保:《唐摭言》,古典文学出版社1957年版

[3]杜佑:《通典》,中华书局1988年版

[4]刘昫等撰:《旧唐书》,中华书局1975年5月版

[5]王瑶:《中古文学史论》,北京大学出版社1986年1月版

[6]范摅:《云溪友议》,辽宁教育出版社2000年版

[7]孙琴安:《唐诗与政治》,上海人民出版社2003年7月版

[8]蒋寅:《大历诗风》,上海古籍出版社1992年8月版

[9]蒋寅:《大历诗人研究》,中华书局1995年版

[10]葛晓音:《汉唐文学的嬗变》,北京大学出版社1990年11月版

[11]张福庆:《唐诗美学探索》,华文出版社2000年1月版

[12]赵敏俐:《周汉诗歌纵论》,学苑出版社2002年11月版

[13]尚永亮:《唐代诗歌的多元观照》,湖北人民出版社2005年6月版

[14]许总:《宋诗史》,重庆出版社1997年3月版

[15]许总:《唐诗史》,江苏教育出版社1994年6月版

[16]胡仔:《苕溪渔隐丛话》,人民出版社1984年版

[17]赵殿成:《王右丞集笺注》,上海古籍出版社1984年版

[18]永瑢等撰:《四库全书总目》,中华书局1965年6月版

[19]王士源:《孟浩然诗集校注》,人民文学出版社1995年版

[20]闻一多:《唐诗杂论》,上海古籍出版社1956年版

[21]刘熙载:《艺概》,上海古籍出版社1978年12月版

[22]沈德潜:《古诗源》,中华书局1963年6月版

[23]李庆甲:《瀛奎律髓汇评》,上海古籍出版社1986年版

[24]郭绍虞:《中国文学批评史》,百花文艺出版社1999年9月版

[25]郭绍虞:《沧浪诗话校释》,人民文学出版社1983年版

[26]苏轼:《苏轼文集》,中华书局1986年版

[27]叶嘉莹:《汉魏六朝诗讲录》,河北教育出版社1997年7月版

[28]陶文鹏、韦凤娟主编:《灵境诗心——中国古代山水诗史》,凤凰出版社2004年4月版

[29]王士祯:《带经堂诗话》,人民文学出版社1998年版

[30]朱金城:《白居易集笺校》,上海古籍出版社1988年版

[31]陶敏、王友胜:《韦应物集校注》,上海古籍出版社1998年版

[32]王运熙:《汉魏六朝唐代文学论丛》(增补本),复旦大学出版社2002年5月版

[33]柳宗元:《柳宗元集》,中华书局1979年版

[34]陈寿:《三国志》,中华书局1959年版

[35]高步瀛:《唐宋诗举要》,上海古籍出版社1978年版

[36]马端临:《文献通考》,中华书局1965年影印本

[37]蔡义江:《唐宋诗词探胜》,浙江古籍出版社1997年版

[38]傅璇琮:《唐才子传校笺》,中华书局1987年版

[39]傅璇琮:《唐代诗人丛考》,中华书局1980年1月版

[40]林家骊:《沈约研究》,杭州大学出版社1999年8月版

[41]吴功正:《中国文学美学》(上卷),江苏教育出版社2001年9月版

[42]陈伯海:《唐诗学引论》,东方出版中心2007年8月版

[43]莫砺锋编,尹禄光校:《神女之探寻——英美学者论中国古典诗歌》,上海古籍出版社1994年2月版

[44]许总:《唐宋诗宏观结构论》,人民文学出版社2006年2月版

[45]程千帆:《唐代进士行卷与文学》,上海古籍出版社1980年8月版

[46]程千帆:《古诗考索》,上海古籍出版社1984年12月版

[47]胡晓明:《中国诗学之精神》,江西人民出版社2001年9月第2版

[48]邓中龙:《唐代诗歌演变》,岳麓书社2005年1月版

[49]宇文所安:《盛唐诗》,生活·读书·新知三联书店2004年12月版

[50]中国唐代文学会王维研究会编:《王维研究》,中国工人出版社1992年9月版

[51]钱锺书:《七缀集》(修订本),上海古籍出版社1994年8月第2版

[52]牛汉:《梦游人说诗》,华文出版社2001年1月版

[53]伍蠡甫主编:《西方文论选》,上海译文出版社1979年6月新1版

[54]陈寅恪:《元白诗笺证稿》,生活·读书·新知三联书店2001年4月版

[55]陈寅恪:《金明馆丛稿二编》,生活·读书·新知三联书店2001年7月版

[56]胡云翼:《宋诗研究》,巴蜀书社1993年10月版

[57]黄世中:《古代诗人情感心态研究》,浙江大学出版社1990年8月版

[58]陈贻焮:《唐诗论丛》,湖南人民出版社1980年9月版

[59]李怡:《中国现代新诗与古典诗歌传统》,西南师范大学出版社1999年6月第2版

[60]沈祖棻:《唐人七绝诗浅释》,上海古籍出版社1981年8月版

[61]余恕诚:《唐诗风貌》,安徽大学出版社2000年3月版

[62]赵荣蔚:《晚唐士风与诗风》,上海古籍出版社2004年12月版

[63]施蛰存:《唐诗百话》,华东师范大学出版社1996年5月版

[64]杨义:《李杜诗学》,北京出版社2001年3月版

[65]肖驰:《中国诗歌美学》,北京大学出版社1986年11月版

[66]钱志熙:《魏晋诗歌艺术原论》(修订本),北京大学出版社2005年9月

[67]张高评:《宋诗特色研究》,长春出版社2002年5月版

[68]彭定求等编:《全唐诗》(增订本),中华书局1999年1月版

[69]魏家川:《审美之维与诗性智慧:中国古代审美诗学阐释》,首都师范大学出版社2000年8月版

[70]刘学锴:《汇评本李商隐诗》,上海社会科学院出版社2002年1月版

[71]计有功:《唐诗纪事》,上海古籍出版社1987年7月版

[72]王元明主编:《刘禹锡诗文赏析集》,巴蜀书社1989年2月版

[73]肖瑞峰:《刘禹锡诗论》,吉林教育出版社1995年9月版

[74]阮忠:《中古诗人群体及其诗风演化》,武汉出版社2004年5月版

[75][德]恩斯特·卡西尔:《人论》,上海译文出版社1985年12月版

[76]钱锺书:《管锥编》第二册,中华书局1986年6月版

[77][日]吉川幸次郎:《中国诗史》,复旦大学出版社 2001 年 12 月版

[78]周啸天:《唐绝句史》,重庆出版社 2006 年 1 月版

[79]李德辉:《唐代交通与文学》,湖南人民出版社 2003 年 3 月版

[80]尚永亮:《柳宗元诗文选评》,上海古籍出版社 2003 年 12 月版

[81]张海鸥:《宋代文化与文学研究》,中国社会科学出版社 2002 年 4 月版

[82]朱东润:《杜甫叙论》,人民文学出版社 1981 年 3 月版

[83]伍晓蔓:《江西宗派研究》,四川出版集团巴蜀书社 2005 年 6 月版

[84]李浩:《唐诗的美学阐释》,安徽大学出版社 2000 年 4 月版